Wolfgang Tribukait

Brüche

ein Leben im 20. Jahrhundert

Wolfgang Tribukait, geboren 1932 in Ostpreußen, unterrichtete jahrzehntelang Englisch, Französisch, Deutsch und Geschichte am Wirtschaftsgymnasium Villingen. Reisen führten ihn in viele europäische Länder und in die USA. Für den Schwarzwälder Boten schrieb er zahlreiche Berichte über Gastspiele am Villinger Theater, Ortsbeschreibungen für den Almanach des Kreises Schwarzwald-Baar. Freude am Umgang mit Sprache und Gedanken ließ ihn Texte und Gedichte über Begebenheiten seines Alltags verfassen, selbstkritisch und kritisch auch gegenüber seiner Umgebung.

Weitere Veröffentlichungen von Wolfgang Tribukait:

Aus der Mitte gerückt
Geschichten unserer Zeit (2004)
BoD: ISBN 3-8334-1065-5

Gedankenspiele und Holzphantasien
Gedichte und Holzfiguren (2006)
BoD: ISBN 9-783741-23805-5

Im Lauf der Jahre
Berichte und Geschichten (2008)
BoD: ISBN-13: 978-3-8370-7016-3

Gedichte und Texte
Eigenverlag (2013)

Was noch geschah
Alltagsgeschichten (2016)
BoD: ISBN-13: 9-783-7412-7582-1

Dies und Das
Alltagsgeschichten (2020)
BoD: ISBN 9-783-751-923514

Inhalt

Das Medaillon

Meine Großmutter Friederike Tribukait wohnte zur Miete in zwei Dachkämmerchen in einem niedrigen kleinen Siedlungshaus am Stadtrand von Königsberg. Wir wohnten nicht weit entfernt und besuchten sie oft. Von der Rückseite des Hauses stieg man aus einem Garten mit Gemüsebeeten und Obstbäumen eine enge steile Holztreppe hinauf in eine winzige Kochnische. An Wänden und Balken überall hölzerne Schwälbchen, dunkelblau ihre Rücken, hell ihre Unterseiten. Wie freuten wir Kinder uns an denen! Links ging es in die Schlafkammer, und rechts im Wohnzimmer unter der Dachschräge duftete es herrlich nach Basler Pfefferkuchen. Eng drängten sich Schränkchen, Sofa, Tisch und Stühle. Wir bewunderten die bunten Porzellanfigürchen in der Vitrine, meine Schwester und meine Cousine übten kunstvolles Sticken. Wie gern ließen wir uns da Märchen und Geschichten erzählen! In Erinnerung blieben mir die Balladen vom Riesenspielzeug, von den Kölner Heinzelmännchen und vom Bäumchen, das andre Blätter hat gewollt, und der „deutsche Rat": „Vor allem eins, mein Kind, sei treu und wahr!"

Meine Großmutter war 1874 als älteste von sechs Kindern geboren. Jung hatte sie ihren Cousin, einen Arzt, geheiratet, war mit ihm aus der Provinzhauptstadt in ein kleines Landstädtchen gezogen, zwei Eisenbahnstunden entfernt. Ihr erstes Kind erkrankte an Hirnhautentzündung und blieb geistig behindert; unverständige Leute schrieben das der „familiären Inzucht" zu. 1899 bekam sie eine zweite Tochter, 1900 meinen Vater. Aber 1902 infizierte sich ihr Mann und starb wenig später an Blutvergiftung. Ärzte waren damals kaum sozial abgesichert. Die junge Witwe lebte in Armut, verdiente mit Stickereien und privatem Handarbeitsunterricht ein Zubrot zur winzigen Rente. Sie durfte im Haus ihres Vaters wohnen, eines angesehenen Stadtschulrats, und dort wuchsen ihre Kinder heran, hatten aber kaum Spielgefährten. Eine gute Ausbildung war teuer. Mein Vater wäre gern Arzt geworden, aber das war für ihn unbezahlbar. Sein Großvater riet ihm zur Pharmazie – da könnte er sich sein Studium als Apothekenhelfer verdienen. Und seine Mutter half ihm, ein Herbarium anzulegen – ihr Schönheitssinn machte es zu einem Prachtstück.

Und nun, da sie fast siebzig war, schien ein gesicherter Lebensabend nahe. Die behinderte Tochter war gestorben, die zweite Tochter gut versorgt, mein Vater auf dem Weg eine eigene Apotheke zu erwerben. Wie gern waren wir, ihre Enkel, bei ihr zu Besuch!

Am 27. Januar sagte sie, das sei ein besonderer Tag: des Kaisers Geburtstag! Umständlich kramte sie aus einem alten Sekretär ein Samtetui, das mit einem seidenen Band umwunden war. Sie öffnete es behutsam und ließ uns ein goldenes Medaillon betrachten. Ein mit bunten Emailleornamenten verzierter Deckel wölbte sich – drückte man auf eine Feder, sprang er auf, zeigte das Bildnis einer schönen jungen Frau. Ringsum war das Medaillon mit Granaten besetzt. Auf der Rückseite war die Jahreszahl 1893 eingraviert. Die junge Frau war die Kaiserin Augusta Victoria, die Gemahlin des Kaisers Wilhelm II.

Wir bewunderten das Medaillon und die Kaiserin. Die Großmutter erzählte: 1893 hatte das Kaiserpaar der Provinzhauptstadt Königsberg einen Besuch abgestattet. Ein junges Mädchen sollte den hohen Gästen einen Blumenstrauß überreichen. Ihr Vater, der Stadtschulrat, war ein angesehener Mann und Stadtältester (= Gemeinderat). Ihr, als seiner schönen Tochter wurde die Ehre zuteil. Als Dank erhielt sie das Medaillon mit dem Bildnis. Stolz und treu bewahrte sie es auf, auch als es längst keinen Kaiser mehr gab.

1945 blieb meine Großmutter in ihrer Heimatstadt, überlebte die Eroberung durch die russische Armee. Doch ihr Sohn – wie so viele andere – starb dort bald darauf an Ruhr oder Typhus. Ihre Tochter mit Familie gelangte nach Mecklenburg. Meine Großmutter kam in das nahegelegene Ostseebad Rauschen. Dort ist sie ein Jahr später verstorben.

Gustes Familie

Es muß in meinem fünften Lebensjahr gewesen sein. Damals, noch vor dem Krieg, lebten wir in einem kleinen ostpreußischen Städtchen nahe der litauischen Grenze. Ungeheuer weit der Marktplatz, von Hitze flirrend in der Sommersonne. Unsere Wohnung über der Apotheke angenehm kühl; oft spielten wir Kinder im schattigen Garten. Abends las meine Mutter uns Märchen vor, vom Froschkönig und vom Dornröschen, und vor allem von der gruseligen Knusperhexe. Unser Mädchen hieß Guste. Sie war etwa sechzehn Jahre alt, sang stundenlang immer wieder den Schlager vom Mägdelein am Golf von Biscaya, und ich sang nach: „Fahr nicht in die Fremde mein blonder Mitose". Und sie sang auch den Schlager von Hamann, der mit dem Hackebeilchen kleine Jungen zu Hackfleisch verarbeitet. Ihre Familie, Landarbeiter, wohnte am Rand des Städtchens, wo es überging in die endlose Weite. In der Dämmerung eines Herbstabends nahm sie mich mit dorthin – anfangs Kopfsteinpflaster an der Kirche vorbei, dann Sandwege, Büsche an den Seiten, ein mannshoher Bretterzaun. Dahinter in einem halb verwilderten Garten ein kleines, an Holunder geducktes Haus. Eine offene Tür führt in eine große, halbdunkle Wohnküche – rechts ein riesiger Herd, unter den schwarz verrußten Töpfen und Pfannen sieht man das Feuer, riecht den Rauch, der sich mischt mit dem Duft von gebratenem Speck und Zwiebeln. Davor eine ältere Frau mit breiten Hüften, blaugraue, schmutzige Bluse, langer brauner Rock, geflickt, ein Kopftuch. Was mag sie alles brutzeln in ihren Töpfen und Pfannen? Draußen neben der Tür lehnt ein Brett an der Wand; in ihm zwei Nägel, daran gebunden, mit den Hinterläufen nach oben, ein Hasenkörper – gerade hat ein Mann ihm das Fell über die Ohren gezogen. Blaurot und plastisch jeder Muskelstrang – Beine, Hinterteil, Brustkorb, Arme – der Kopf ist unwichtig.

Die Frau lacht laut, scherzt mit den dunkel gekleideten Leuten, die um den Tisch hocken. Auf dem rohen Holz Messer und Gabeln, und die Gläschen mit Pillkaller – Schnaps mit Leberwurst. Die Männer und Frauen lassen breit sich wiegende Worte mit prallen Lauten erklingen, starke Melodien, kräftige Rhythmen, fremdartige Worte dazwischen, ostpreußisches Platt. Ich verstehe sie nicht. Was mögen sie sagen? Derbe Spoaskes, laute Lachsalven – auf was für Braten mögen sie warten? Die Guste, vor zwei Stunden bei uns noch vertraut, spricht jetzt unverständlich, ist für mich zu einer Fremden in der Gruppe geworden – bin ich allein unter Menschenfressern? Faßte nicht neulich meine Tante mich an und sprach von meinem schönen, festen Fleisch? Kaum traue ich mich, von der Milch zu trinken, die jemand vor mich hinstellt. Weit weg meine Eltern, die mich stets so behüteten! Im Halbdunkel, an der Seitenwand, noch ein Tisch, darüber, an einem Wandbrett, lange Messer – was wollen die Leute schneiden damit?

Erst bei Dunkelheit gehen wir heim. Ich weiß nicht mehr, ob ich mit meiner Mutter über den Besuch in jenem Häuschen sprach, ob sie mir etwas erklärte. In meiner Phantasie wirkte das Erlebnis nach. Wenn abends meine Schwester und ich in den Betten lagen, malten wir uns in langen Erzählungen aus, wie wir andere Kinder schlachten und braten wollten. Ein gruseliger Genuß müßte es sein, ihre prallen Hinterbacken abzuschneiden!

Bald darauf zogen wir fort in eine größere Stadt. Aber noch immer sehe ich vor mir jene dunklen Gestalten um den Tisch vor dem Herdfeuer, höre die mir unverständlichen Laute, und blaurot schimmern die Muskeln des gehäuteten Hasen.

Kindheit im Krieg

Krieg

Im Frühjahr 1939 zogen meine Eltern in ihre Heimatstadt Königsberg. An einem kleinen Platz in einem besseren Viertel ein hohes Jugendstil-Haus, darin eine geräumige Dachwohnung. Im großen Wohnzimmer Parkettboden, zwei mal im Jahr vom Dienstmädchen mit Stahl-Spänen geschrubbt; auf dem Smyrna-Teppich in der Ecke ein schwarz glänzender Flügel. Am altmodischen Eichen-Schreibtisch mit seinem gedrechselten Aufsatz zeichnet mein Vater sonntags Pläne für das Häuschen, das er bauen will, nach dem Krieg; dann wird er auch eine eigene Apotheke kaufen können, droben im Baltikum vielleicht, das dann sicher zum Großdeutschen Reich gehören wird.

Hinter dem Eßzimmer haben wir einen großen beschatteten Balkon. Dort feiern wir Kindergeburtstage mit Vettern und Cousinen, Kaffee und Kuchen, Singspiele – meine Mutter will den Kindern die schöne heile Welt so lange wie möglich erhalten.

Ein schwüler Sommertag, Hitze und drohendes Unheil bedrücken. Die Mutter erzählt dem Sechsjährigen vom Ausbruch des Krieges. Doch zunächst merken wir nichts davon. Sonntags gehen wir spazieren, bei den Teichen draußen vor der Stadt, manchmal im Zoo. Im Sommer fährt man an die Samlandküste, das gehört sich so. Heiß brennt der Sand unter nackten Füßen, hinein in die Brandung, im Strudel kopfüber kopfunter, da kommt schon die nächste Welle. Am Strand zwischen Tang und Muscheln Bernstein, aus Borkenstückchen schnitzen wir kleine Schiffchen. Nachmittags in den Wald, Blaubeeren, die gibt's abends mit Zucker und Milch – Hmmm!

Eines Morgens große Aufregung: Eine Mine ist, angetrieben an unserem Badestrand! Wehe, wenn sie explodiert! Aber sie wird entschärft, nichts Schlimmes passiert.

Der Bruder meiner Mutter, ein junger Lehrer, steht jetzt in Polen. Er schreibt, wie schön glatt der Vormarsch verlief, bis ihnen die Russen entgegenkamen. Weitere Siegesmeldungen begeistern uns Schulkinder. In den Pausen ziehen wir an zusammengerollten Papierstreifchen – bis zu welchem militärischen Dienstgrad werden wir es einst bringen?

Zwei Jahre später haben die Sommergäste an der Ostsee eine große Rußland-Karte an die Wand gepinnt, stecken mit Fähnchen den Front-Verlauf ab, schwadronieren über große Strategie. In der Stadt gibt es nachts manchmal Fliegeralarm, ein oder zwei Stunden im Keller, halblaut sprechende Menschen – aber nur einzelne Flugzeuge, harmlos, entfernte Detonationen; wer Glück hat, findet am Morgen einen Granatsplitter. Auf dem Messegelände eine große Ausstellung erbeuteter russischer Panzer, Kanonen und Lastwagen – welcher Junge turnt nicht begeistert darauf herum!

Oft fahren mein Freund und ich mit der Straßenbahn durch die Stadt, vorbei an hohen alten Häusern, am Schloß, warten vor hochgezogenen Brücken, dann alte Fachwerkspeicher am Hafen, wuchtige Backsteintore, verziert mit Gestalten der preußischen Geschichte.

Jeder Junge muß in die Hitler-Jugend. Nachmittags Exerzieren oder Geländespiel am Stadtrand, manchmal Partei-Unterricht in einem Keller. Wir Zehnjährigen sitzen auf ein paar Bänken, vorn erzählt ein Vierzehnjähriger voll Begeisterung über das Leben des Führers, wie er Baumeister werden wollte und nun ja auch tatsächlich Baumeister geworden ist, der größte Baumeister des deutschen Staates. Und wenn erst der Endsieg errungen ist, wird ewiger Frieden herrschen überall auf der Welt, und Deutschland wird groß und mächtig und herrlich sein für mindestens tausend Jahre. Einer schaut kritisch und etwas ungläubig drein. Sofort bemerkt es der Fähnleinführer, ein Donnerwetter geht auf ihn nieder, er kauert sich zusammen und würde am liebsten im Erdboden versinken.

HJ-Dienst draußen, hinter den Hammerteichen. Schuhappell. „Deine Schuhe sind nicht blitzblank, strafexerzieren! Rechtsum, linksum, zwanzig Liegestütze! Im Gleichschritt, marsch! Ein Lied, zwo drei!" Vor uns marschieren mit sturmzerfetzten Fahnen die toten Helden der jungen Nation; und über uns die Heldenahnen, Deutschland, Vaterland, wir kommen schon!" Geländespiel, manchmal im Wald, manchmal auf dem

9

Judenfriedhof. Zwischen hohen Hecken graue Grabsteine mit für uns nicht lesbaren Zeichen und Symbolen. Ich verstand nicht, dass wir die Ruhe der Toten entweihten.

Zwei Polizisten zu Pferde. Zwischen ihnen, in Handschellen, ein jüngerer Mann. Bedrückendes Schweigen, ernste Gesichter. Die Polizisten verscheuchen die gaffenden Pimpfe. Sie haben Pistolen. Mit ihrem Gefangenen ziehen sie stadtauswärts – fort von allen Menschen.

Ich sage meinem Vater, dass ich das Jungvolk nicht mag. Mein Vater meint: „Es mag ja manches nicht schön sein heute in diesem Staat, aber so wie die Verhältnisse nun einmal sind, muß man sich eben anpassen." Auf Spaziergängen erzählt er mir über die griechische Götterwelt und den Krieg um Troja, über die Geschichte Preußens, den Inhalt vieler großer Opern; und er preist Kant: „Wie erhaben ist das: der gestirnte Himmel über mir und das moralische Gesetz in mir!"

Auf dem Schulweg. Wir zwei Neunjährigen sangen laut. Ein Anwohner einer stillen Straße fühlte sich gestört, stürmte wütend aus dem Haus und ohrfeigte uns. Wir schrieben ihm, er habe den Urenkel des bekannten Stadtschulrats geschlagen, und wir unterzeichneten mit der gefälschten Unterschrift meines Vaters. Zufällig kannte der Mann meinen Vater. Ich bekam eine harte Strafpredigt und die strenge Mahnung: „Adel verpflichtet!"

Ja, meine Eltern fühlten sich als eine Art Adel. Mein Vater, Sohn eines früh verstorbenen Arztes, war von seinem Großvater erzogen worden; seine Mutter hatte in drückender Armut gelebt. Der Vater meiner Mutter war Studienrat gewesen, sein Heldentod 1914 hatte seiner Witwe eine äußerst knappe Pension hinterlassen, die für sie und ihre drei kleinen Kinder kaum reichte, schon gar nicht während der Inflation 1923. Ihre Schwester, kinderlos mit einem Berliner Professor verheiratet, hatte ihr immer wieder geholfen. Die Leute fühlten sich zu den besseren Kreisen gehörig, und so erzogen sie ihre Kinder. Aber als ich einmal eine niedere Arbeit auf das Dienstmädchen abschieben wollte, bekam ich einen scharfen Anpfiff: „Du hast noch überhaupt keine Würde! Erwirb sie dir erst! Arbeit adelt!"

Oft, wenn ich etwas ausgefressen oder mit meiner Schwester gestritten hatte, schwang mein Vater den Rohrstock. Ein paar Hiebe – lange, ermahnende Worte – wieder ein paar Hiebe, viele Worte, die ich vor Schmerz und Angst kaum zur Kenntnis nahm, wieder Hiebe. Mein Vater war leicht reizbar, oft fürchtete ich ihn mehr als dass ich ihn liebte. Sein Erziehungsgrundsatz: „Alt und grau darf der Jung werden, aber nicht frech!"

Mein Vater hörte wohl manches in der Apotheke, aber mit meiner Mutter sprach er nicht darüber. Noch viele Jahre später klagte meine Mutter: Die Sonntag-Vormittage verbrachte er mit seiner Mutter, kam viel zu spät zum Essen heim, das Dienstmädchen beschwerte sich, verlangte seinen freien Nachmittag. Meine Mutter ließ keinen Zweifel an sich heran, sie wollte ungestört weiterleben in einer von evangelischen Pfarrhäusern geprägten heilen Welt. Der jüngste Bruder meiner Mutter wurde 1915 geboren, fünf Monate nachdem sein Vater im 1. Weltkrieg gefallen war. Die sehr kleine Pension seiner Mutter reichte kaum zum Leben, vor allem während der Inflation 1923. Ihre Schwester, kinderlos verheiratet mit einem Professor in Berlin, unterstützte sie – aber ihr Leben war hart. Frustrierend die Fahrt mit dem plombierten Zug von Berlin durch den polnischen Korridor nach Königsberg! Und mußte man nicht das Deutschtum Ostpreußens gegen die slavische Umgebung verteidigen? Schon als Kind schloß sich mein Onkel den Nazis an, seine Mutter durfte das nicht wissen. Nach seinem Abitur ließ er sich zum Grundschullehrer ausbilden, er wollte einfache Leute erziehen. Freiwilliger Arbeitsdienst. Und dann kam gleich der 2. Weltkrieg. Von der Artillerie meldete er sich zur Infanterie, wurde Unteroffizier. Im Februar 1943 fiel er vor Leningrad. Ein Cousin, U-Boot-Arzt, kehrte nicht von Feindfahrt zurück, ein anderer Cousin, Feldgeistlicher, fuhr mit dem Zug auf eine Mine und flog in die Luft.

Nächtlicher Fliegeralarm wurde häufiger. Vom hochgelegenen Fenster aus sahen wir Scheinwerferarme am Nachthimmel kreisen, der gepflegte Rasen vor dem Haus wurde aufgerissen, Splittergräben gebaut.

Stunden im Luftschutzkeller, Hochbetten, ich pule Rinde von groben Stützbalken. Halblaut sprechen die Mitbewohner unseres Hauses, ein alter Herr spielt mit sich selber Schach. Aber in Königsberg schienen Meldungen über Luftangriffe aus einer anderen, fernen Welt zu kommen.

Dennoch quartieren wir uns ein bei einem Onkel in einem nahe gelegenen Dorf. Mittag unter den Bäumen in Pfarrers Garten – Kartoffelpuffer mit Apfelmus! Wir Kinder bewundern die Batterie von Pfeifen des alten Pfarrers – eine immer länger als die andere! Über mannshoch wachsen die Tabakspflanzen an der Sonnenseite des Hauses, heiß ist der Sommer, oft gehen wir baden im einsamen Waldsee. Heimweg neben dem Bahndamm, pausenlos Züge mit der Aufschrift: „Räder müssen rollen für den Sieg!" Es ist die Hauptstrecke von Königsberg nach Westen.

Eine tote Maus in der Falle. Ich schneide sie auf, schabe das Fleisch heraus, präpariere das Fell. Onkel Bruno lacht, wochenlang singt er: „Ein Mann hat eine Maus, mi ma Mausemaus, er zieht ihr ab das Fell, was macht er mit dem Fell, er näht sich draus nen Sack, mi ma Mantelsack, er tut hinein sein Geld…" Eines Tages werden Silbersachen und feine Tischwäsche irgendwo auf dem Pfarrhof vergraben. Im Juli an der Samlandküste. Große Erregung: auf den Führer ist ein Attentat verübt worden! Was müssen das für schändliche Verbrecher sein! Wenn man sie nur ermitteln und der Polizei übergeben könnte!

Aber, wieder in Pörschken, heißt es plötzlich: Manch einer wird wohl bedauern, dass das Attentat nicht geglückt ist. Und als ein anderer Geistlicher Onkel Bruno besucht, höre ich den halb scherzhaft fragen: „Was, Sie sind noch da? Ich dachte, Sie wären längst abgeholt!" Onkel Bruno war Mitglied der bekennenden Kirche.

Nacht. Über den Wolken dröhnen Flugzeugschwärme. Wir hören Flakfeuer und ferne Explosionen. Hinaus aufs freie Feld: am Horizont sehen wir die riesige Glut. Hunderte von Toten. Drei Nächte später ein zweiter Angriff auf Königsberg. Wieder stehen wir auf dem Feld, sehen die Glut, davor die Silhouetten einzelner Häuser. Über uns die Flugzeuge – und trotz der Entfernung meinen wir das Prasseln der Flammen zu hören. Wir wissen, mein Vater hat Nachtdienst in der Innenstadt. Tage später sehen wir ihn, erschöpft, Hände und Arme voller Brandblasen, halbblind. Ausgebombte Familien werden im Pfarrhaus einquartiert. Ein junges Mädchen, das Haufen verkohlter Leichen hatte sehen müssen, schreit immer noch: „Nun bringt die Dinger doch endlich weg!" Nach amtlichen Angaben kamen 4200 Menschen ums Leben, 200.000 wurden obdachlos.

Im Oktober Abschied von unserer unversehrten Stadtwohnung. Abends mit der Straßenbahn zurück zum Hauptbahnhof. Meine kleine Schwester schaut durchs Fenster und zählt Häuser ab: „kaputt, kaputt, kaputt, heil, kaputt, kaputt". An einem trüben Tag stehen wir in Pörschken an der Bahnsteigkante. Frauen und Kinder werden aus Ostpreußen evakuiert. Mein Vater hat ein paar Tage Urlaub und darf seine Familie begleiten. Durch Nebel und Sprühregen, in der Dämmerung die Marienburg. Mein Vater preist die einfache, mitunter derbe Ehrlichkeit ostpreußischen Wesens – und er meint, im Westen seien die Menschen anders. Und ich soll nie vergessen, dass ich aus der Stadt der reinen Vernunft komme.

Am andern Morgen ein kaltes, nur notdürftig möbliertes Giebelzimmer in einem pommerschen Bauernhaus. Ein Kachelofen muß hinein – mein Vater besorgt den Handwerker im eine Stunde weit entfernten Städtchen. Dann fährt er mit mir in die Kreisstadt Cammin; doch das Gymnasium dort kann keine weiteren Schüler aufnehmen. Eine Schule aus Lünen im Ruhrgebiet ist nach Pommern evakuiert, deren Quinta kann ich besuchen und im Internat wohnen.

Allein. Kahle Gänge, ein Schlafraum für etwa zwanzig Jungen. Zum Essen drei Treppen runter, über den Hof, zwei Treppen rauf. Chor: „Gut Fraß, gut Fraß, gut Fraß!" Mittags Eintopf, abends Kommißbrot mit Marmelade, morgens mit Kunsthonig. Der Heimleiter: „Du warst heute nicht zum Dienst bei der HJ!" – „Ich geh' doch zu denen aus Lünen, die haben nachmittags Unterricht, da kann ich nicht!" – „Die HJ ist wichtig, das darfst du nicht versäumen, da müssen wir eine Regelung finden!" Es wurde keine Regelung gefunden.

Die anderen Internatsschüler waren von ihrem HJ-Dienst begeistert.

Sie erzählten über ihre tolldreisten Streiche. Ich stand verschreckt abseits, und einer versuchte mich zu trösten: „Anfangs fanden wir's alle schrecklich, doch dann gewöhnten wir uns, jetzt mögen wir's nicht mehr anders, du wirst dich auch noch drein finden, wir sind eine prima Gemeinschaft!" Doch am Abend zieht einer einen andern an den Hoden über den Gang in den eisigen Waschraum. Meine Leistungen sinken ins Bodenlose. Weihnachten darf mein Vater ein paar Tage lang seine Familie besuchen, er holt mich ab aus Cammin, und nach den Ferien brauche ich nicht zurückzukehren dorthin.

Weihnachtstage in Pommern. Die Bauern schlachten Gänse, lange Stangen mit darauf gebundenen Schinken stehen zum Räuchern auf dem Dachboden. Man kocht Rübensirup, und an klaren Frosttagen geht's auf die Hasenjagd. Als Treiber ziehe ich mit durch den Wald. Daheim wird die Beute verteilt, wir bekommen auch ein Kaninchen.

Am Dorf vorbei fährt eine Kleinbahn nach Greifenberg, langsam, oft bleibt sie im Schnee stecken, sie braucht mehr als eine Stunde, morgens hin, mittags zurück. Dorthin darf ich jetzt täglich fahren. Im Zug schwatzen die Frauen: „Ja, wenn die von hier nach Ostpreußen hätten fliehen müssen, wir hätten sie aufjenommen mit Gastfreundschaft, hätten se behandelt wie Leute wie wir – aber die hier, die tun ja, wie wenn wir Jesindel wären und Lumpenpack, herjelaufenes. Ich wünsch denen ja nichts Böses, aber manchem tät es ganz jut, mal zu spürn wie das is, wenn man Haus und Hof und alles zurücklassen muß!" Seit Wochen schon ziehen tagaus, tagein von früh bis spät endlose Flüchtlingstrecks durch das Dorf, Planwagen, viele nur notdürftig ausgerüstet. Die Leute gehen daneben; Menschen, Pferden und Wagen sieht man es an, dass sie schon lange im Winter unterwegs sind. Nacht für Nacht richten die pommerschen Bauern Massenlager ein, zehn, fünfzehn Flüchtlinge in einem Raum, auf einer Strohschütte, in ihren Kleidern. Zu essen geben ihnen die Bauern auch, am Morgen ziehen sie weiter, und am Abend sind andere da. So geht es den ganzen Januar und Februar. Am liebsten würden auch die Pommern alles Nötige und Wertvolle in ihre Wagen packen und sich dem großen Treck anschließen. Aber wehe dem, der dabei erwischt wird! Bürgermeister und Dorfpolizisten glauben fest an den Endsieg, sie vertrauen auf neue Wunderwaffen, immer wieder heißt es: „Alles wird sich noch wenden, bis hierher kommen die Russen nie, das wird der Führer nicht zulassen!"

Und dann, morgens am Sonntag, dem 4. März 1945, höre ich im Volksempfänger den Wehrmachtsbericht: „Russische Panzerspitzen im Raum Naugard." Ein Blick auf die Karte: das sind vierzig Kilometer von uns. Packen in fliegender Hast, jeder einen Rucksack und ein Köfferchen, meine kleine Schwester hat vierzig Grad Fieber, schnell ein paar Kissen, auf die Straße, ein Bauernwagen kommt gerade vorbei, scharfer Trab bis zum Bahnhof; ein Güterzug voller Menschen, meine Mutter sieht eine offene Tür, Leute schreien: „Alles voll!" Aber meine Mutter schafft es, wir drängen uns hinein, finden noch ein Eckchen mit Stroh, ich sitze bei der Tür. Kaum sind wir drin, fährt der Zug ab – kein Mensch weiß wohin. Er war in Naugard schon beschossen worden – danach kommt keiner mehr.

Fahren – lange Wartezeit auf irgendeinem Abstellgleis – fahren; etwas Suppe auf dem Bahnhof von Swinemünde – fahren – warten auf dem Bahnhof von Rostock, während eines Luftangriffs – wieder fahren, lange warten, fahren – drei Tage und drei Nächte, kalt ist's Anfang März. Auf dem Lübecker Bahnhof gehe ich zur Toilette, der Zug soll weiterfahren – mit Mühe gelingt es meiner Mutter, ihn aufzuhalten, bis ich, durch Lautsprecher ausgerufen, atemlos angerannt komme. Dann ein sonniger Frühlingsmorgen bei Lauenburg an der Elbe – wir stehen vor der Brücke und warten, steigen aus, gehen zum Fluß hinunter, können uns endlich waschen. Meine kleine Schwester ist inzwischen gesund geworden, lacht und spielt. Endlich pfeift die Lokomotive, einsteigen, Weiterfahrt, wieder Unterbrechungen; nochmals eine Nacht im ungeheizten Güterwagen auf irgendeinem unbekannten Bahnhof. Jemand erzählt: „Die Station heißt Bremervörde. Man sagt, wir sollen hier bleiben."

Am Morgen mit Rucksack und Köfferchen auf dem Bahnsteig. Aus den umliegenden Dörfern sind alte und invalide Bauern mit Pferdefuhrwerken bestellt worden, um Flüchtlinge abzuholen – so, wie Kunstdünger abgeholt werden muß, wenn ein Zug damit da ist. Da sagt dann ein Heidebauer zu Mutter Krüger mit Töchtern aus der Stadt Naugard in Pommern: „Tja, denn kummt nu man mit, wi künnt ja woll taufohrn!" Mutter Krüger: „Ja sagen Sie mal, wo soll es denn überhaupt hingehn?" „Na Eberstorf tau." „Ja wie weit ist denn das?" „Tja, so säben Kilometer sin dat woll." „Nein, das geht aber nicht, wir sind aus der Stadt, wir wollen in der Stadt bleiben!" „Do wart ji woll keen Glück mit hewwen, de Lüd hier sin all von't Land!" „Nein, ich will auf jeden Fall in der Stadt bleiben!" „Na denn man tau, un veel Glück!" Der Bauer läßt Mutter Krüger stehen und nimmt andere „Gäste" mit in sein Dorf.

Ein anderer Bauer fordert Mutter Krüger auf, mit ihm zu kommen, nach Glinde, drei Kilometer von der Stadt. Nein, sie will in der Stadt selbst bleiben. Die Bauern reden miteinander in ihrem Platt, das die Flüchtlinge kaum verstehen, schon gar nicht, wenn's schnell geht. Dann tritt Carsten Buck aus Kuhstedter Moor auf Mutter Krüger zu: „Nu kumm man mit, bi uns, dat is wie so ne lütte Stadt, do wart ji dat woll gefalln!" Und alle andern Bauern bestätigen, was für ein schöner Ort Kuhstedter Moor ist, richtig eine kleine Stadt, und schließlich glaubt es Mutter Krüger und geht mit. Sie wird es wohl ein paar Jahre bei den paar Katen im Moor haben aushalten müssen.

Uns, d.h. meine Mutter, meine zwei Schwestern und mich, bringt ein Wagen nach Niederochtenhausen, eine gute Wegstunde von Bremervörde entfernt. Der Saal des Dorfwirtshauses ist voll von Flüchtlingen, immer mehr kommen hinzu, schließlich beginnt der Bürgermeister mit der Verteilung: „Jehann Breuer, du hest twe Kammern leer stohn, de Fru un de veer Kinner kümmt tau di!" – „Nee, dat geit nich, wi hewwt nich gnaug tau freeten vör de all!" – „Tau' n Dunner, du nimmst de Lüd, suns giwwt dat Krach!" – „Du hest mi gor nix tau befehln!" – „Dat heww ick doch!" So geht das hin und her, die Flüchtlinge verstehen kaum etwas, es wird immer heftiger, lauter, man sieht befehlende und trotzige Gesten. Wie Vieh fühlen wir uns, das zwangsversteigert wird. Und wie Vieh werden wir auch zunächst behandelt: auf dem Hof weist uns die Bäuerin ein feuchtes, nicht heizbares Zimmer zu, der polnische Zwangsarbeiter muß eine Schicht Stroh auf den Boden schütten, eine Decke drauf, zwei Decken drüber – das muß reichen als Lager für die Familie. Die Nächte sind kühl, die Feuchtigkeit läßt das Stroh auf dem Boden schimmeln, Käfer krabbeln dazwischen herum, die Decken sind klamm. Wer nachts ein Bedürfnis verspürt, muß sich auf der Diele an die Seite der Kühe hocken. In einem alten Niedersachsenhaus ist die Diele der wichtigste Raum. Auf der einen Seite Kühe und Kälber, wiederkäuend, manchmal brüllend – auf der anderen Seite die Schweine, vor der Fütterung quieken sie ohrenbetäubend. Auf steiler Leiter hinauf auf den Heuboden – Vorsicht, dass man nicht durch die Luke fällt! Mit den Kindern des Bauern und der Nachbarn spielen wir Verstecken, suchen die Nester der Katzen für ihre neugeborenen Kätzchen, bauen uns selber Nester und Höhlen. Vorübergehend gehe ich in die Dorfschule, aber ich nehme sie nicht ernst, und mein Hochdeutsch wird von den Bauernjungs auch nicht ernst genommen.

Der Pole arbeitet nicht mehr. Vormittags schläft er, nachmittags trinkt er mit seinen Landsleuten in der Küche des Bauern Schnaps – niemand weiß, woher sie ihn haben. Niemand stellt sie auch zur Rede, alle haben Angst, fürchten, die Polen könnten auf schlimme Weise sich rächen für Jahre der Zwangsarbeit.

Meine Mutter putzt und flickt, aus abgetragenen Sachen Erwachsener näht sie neuwertige Kleider für die Kinder (vor ihrer Heirat war sie Handarbeitslehrerin). Schließlich lernt sie sogar melken. Bei fünf Kühen sind der Opa und die Bäuerin froh über die Hilfe, und wir Flüchtlinge dürfen dafür in der Küche mithalten: Abend für Abend erst Milchsuppe, dann fette Bratkartoffeln mit Speck und Apfelmus. Wir brauchen nicht zu hungern, und es schmeckt.

In den ersten Maitagen rücken die Engländer heran, eine deutsche Einheit soll sich im Dorf festsetzen und Widerstand leisten. Aber die Männer sind lustlos, hocken um ihre Gulaschkanone und warten. Eines Tages heftiges Artilleriefeuer, die Geschosse heulen von hinter dem Wald her über das Dorf hinweg, auf dem Feld hinterm Haus spritzen Dreckfontänen hoch. Beim Nachbarhof werden ein paar Baumstämme zerfetzt. Zitternd vor Schreck kommen die Leute herübergelaufen, suchen mit uns Deckung in der Rübenmiete.

Nach ein paar Stunden beruhigt sich das Feuer. Am Abend hinter einem anderen Waldstück Leuchtkugeln – erst einzelne, dann immer mehr, rote, grüne, gelbe, ganze Schwärme davon ziehen leuchtende Bahnen durch den Abendhimmel. Die Leute treten unter die Haustür, um das Schauspiel besser zu betrachten. Nach einem Weilchen kommt jemand vorbei, der es im Radio gehört hat: der Krieg ist aus.

Gleich am nächsten Tag gibt die Bäuerin meiner Mutter die große Hakenkreuzfahne. Die trennt die schwarzen Streifen ab und den weißen Kreis; das rote Tuch wirkt ein wenig verblaßt, aber das macht nichts, meine Mutter kann es so zuschneiden, dass es schöne rote Röcke gibt, weiße Blusen und schwarze Träger dazu. Welch prachtvolle Dirndlkleider!

Nach etwa zwei Monaten kommt der Bauer aus englischer Gefangenschaft, nach und nach auch andere Männer des Dorfes. Auch zu Flüchtlingsfamilien finden viele Männer über den Suchdienst. Wir warten und warten – einen Sommer, einen Winter, noch einen Sommer. Jeden Tag, wenn ich heimkomme aus der Schule in der Stadt, frage ich, ob es Nachricht gibt von meinem Vater. Zurückgegangen nach Königsberg im Januar 1945, um die Bevölkerung mit Arzneimitteln zu versorgen. Im September 1946 erfahren wir, dass er im April 45, bald nach der Eroberung der Stadt durch die Rote Armee, an Ruhr oder Typhus gestorben ist. Er ruht in einem Massengrab, einer von achtzigtausend, die damals nach Kriegsende dort starben.

Ein Fund

Ziellos wandere ich umher zwischen den Trümmern meiner Heimatstadt. Trauer nistet in leeren Fensterhöhlen. Fremd und doch seltsam
vertraut die rauchgeschwärzten Mauern – ist nicht jene Ruine in der
Nähe des Doms das Haus meines Urgroßvaters, des Schulrats? Nie
habe ich ihn gekannt, nur über ihn erzählen gehört. Hohes Gras wächst
zwischen Backsteinbrocken. Plötzlich breche ich mit einem Bagger ein
Loch in die Seitenwand eines versteckten Gewölbes. Mühsam dringe
ich in einen Keller, der zugemauert 55 Jahre unberührt überstanden
hat. In einer Ecke am Boden eine Kiste – darin Bücher, die mir gehör-
ten, als ich elf Jahre alt war.

Obenauf ein unscheinbares kleines graublaues Bändchen – die Geschichte eines Eisbären, durch Zufall waren sein Fell und sein Schädel
wieder zusammen gekommen, in der Silvesternacht erzählt er der Au-
torin seine Erlebnisse in Alaska. Sie endeten damit, dass er einen von
ihm bewunderten Deutschen, der ihn halb gezähmt hatte, fraß und dafür erschossen wurde. Eingeklebt auf die erste Seite des Büchleins ein
Exlibris, Jugendstil, Linoldruck – Alfred Besch. Mein Patenonkel, ein
junger Lehrer, 1943 in Rußland gefallen.

Ein Roman – ein junger Elsässer, aufgewachsen als Kolonistensohn
in Algerien, flieht mit einem desertierten Fremdenlegionär auf aben-
teuerliche Weise nach Deutschland, gerade rechtzeitig zur Einweihung
des Nord-Ostsee-Kanals 1895; er bewundert den Kaiser und seine Ma-
rine, stellt sich in den Dienst des Reiches und wird schließlich beim
chinesischen Boxer-Aufstand sein Blut verspritzen fürs Vaterland. Das
Buch hatte meinem Vater in seiner Jugend gehört, er hatte es mir gegeben – deutsch-nationale Tradition, über mich ausgegossen wie klebri-
ger Sirup.

Ein anderes Buch: der Musiklehrer einer Kleinstadt hat seine Söhne
nach deutschen Kaisern genannt, Otto der Große, Friedrich der Zweite, Heinrich der Dritte. In ihr enges idyllisches Leben hinein strahlt die

Sehnsucht nach Weite und Weltgeltung: die Tochter heiratet einen jungen Mann, der in Deutsch Südwestafrika Grundbesitz aufbaut. Unsere Kolonien!

Ein dicker Wälzer, Realienbuch für deutsche Jungen und Mädchen, gedruckt 1913. Abschnitte über Optik, Astronomie und Geschichte. Der Krieg der Griechen gegen die Perser geht nahtlos über in die Verherrlichung deutschen Kaisertums, stülpt sie mir über wie ein Netz, in dem man Schmetterlinge fängt. Deutsche Heldensagen, Herzog Ernst – darin eine Orient-Reise zu seltsamen fremden Ländern mit phantastischen Völkern, Langohren und Menschen, die sich ausruhen im Schatten ihres einzigen überdimensionalen Fußes, den sie über sich aufrichten. Kranichmenschen mit schwert-langen Schnäbeln bedrohen Ritter in Kettenhemden – bedrohen sie auch mich? In der Kiste neben meinen Büchern eine Pappschachtel, halb gefüllt mit fingernagelgroßen Bernstein-Stückchen, die ich am Ostseestrand auflas. Ist der Besitz erlaubt, oder beansprucht der Staat alle wertvollen Fundstücke? Während ich noch überlege, höre ich um mich her Russisch sprechen. Zerknitterte Mütterchen in langen Röcken und mit schwarzen Kopftüchern humpeln zwischen den Trümmerfassaden dahin. Andere hocken am Straßenrand, bieten Vorübergehenden Blaubeeren und Pilze zum Kauf. Aber ein paar Schritte weiter patrouilliert bedrohlich die russische Miliz – wollen sie mich verhaften, weil ich verbotene Dinge bei mir habe? Muß ich fürchten, in ein elendes sibirisches Straflager verschleppt zu werden? Angst packt mich. Nur fort von hier! Was will, was kann, was darf ich mitnehmen in mein Leben in einer anderen, westlichen Welt? – Erwachend fahre ich hoch in meinem Bett, höre vor dem Fenster meines schönen Hauses im Schwarzwald das Gezwitscher der Vögel. Fünfundfünzig Jahre und mehr, zwölfhundert Kilometer – im Schlaf vom Traum überbrückt. Wie froh bin ich, mich freigestrampelt zu haben!

Nach dem Krieg

Das Heidedorf lebte nach dem Krieg weiter wie seit undenklichen Zeiten. Zwar waren einige Männer gefallen, andere als Krüppel zurückgekehrt – aber nach wie vor genossen drei oder vier Großbauern und deren Familien hohes Ansehen, einige mittlere Höfe waren geachtet, Tagelöhner liefen so mit; man wußte, wer im Städtchen in einer Gärtnerei arbeitete oder in der Kreisverwaltung. Wichtig waren der Stellmacher und Schmied und der Müller; manchmal brauchte man den Kaufmann. Schon der Bäcker war notfalls entbehrlich: jeden Samstag entfachte Opa Spreckels im alten gemauerten Backofen ein gewaltiges Holzfeuer, und dann ließen die Frauen der Nachbarschaft die selbst gekneteten Brote und ihre Butterkuchen dort backen.

Irgendwo gab es einen armen Schuster, doch den brauchte man selten – meist lief man in Holzschuhen, die der Opa aus gut gewässertem Pappelholz von Hand schnitzte, und in der Stube trug man geflochtene Strohsandalen. Auch die Flüchtlinge, die armen hergelaufenen Habenichtse, wurden so ausgestattet. Was war es für eine Sensation, als 1947 erstmals ein niedersächsischer Bauernsohn ein Flüchtlingsmädchen heiratete, eine ostpreußische Bauerntochter! Freilich, noch ärmer dran waren Leute aus Hamburg oder Bremen, die manchmal fragten, ob sie für Schmuck oder Teppiche Eier oder Speck tauschen könnten. Alle paar Wochen fuhr ein Schwarzhändler mit dem Auto vor, geschniegelt und gebügelt, allzu glatt in seiner Freundlichkeit – dann zogen der Bauer und er sich zu Besprechungen in die gute Stube zurück.

Im Sommer 1945 lebten meine Mutter, meine Schwestern und ich als wären wir Teil der Bauernfamilie. Meine Mutter arbeitete wie eine Magd, und wir Kinder genossen unsere Freiheit. Die Friedhofshecke wurde beschnitten, dort lagen armdicke Äste Lindenholz; ich schnitzte daraus mit einem Taschenmesser kleine Hunde, Hühner, Gänse und Schafe, baute für die Tiere schuhkartongroße Blockhäuser aus Birkenästen – meine Schwestern und die Bauernkinder freuten sich an dem Spielzeug. Oft rutschte mir das Messer aus, schmerzend schnitt es in die Finger der linken Hand, Blut strömte – aber das heilte bald wieder, es machte mir nichts.

Als die Kirschen reiften, stellte der Opa die Leiter an den großen Baum und schickte mich rauf; „Un plück man vorsichtig, lot de Knubben stohn, suns is dat gliks vör twei Johr!" Nachmittags schaukelten wir mit dem Pferdewagen über löcherige Sandwege zur Weide; während die Kühe gemolken wurden, spielten wir Kinder am Moorkanal oder schauten auf der Heide in die Nester der Lerchen, die hoch über uns sangen. Und wie köstlich schmeckte der noch kuhwarme Schaum von den Tüchern, durch die die Milch in die großen Blechkannen gefiltert wurde! Abendessen – der Opa nahm sein Gebiß heraus und legte es neben seinen Teller. Meine Mutter ekelte sich, Gisela fragte: „Was ist das?" Aber für mich war es nur interessant. Danach kamen Kinder von den Nachbarhäusern herüber; zu zehn und zwölf spielten wir, am Stamm der dicken Eiche war man frei: „Eins, zwei, drei, vier Eckenstein, alles muß verstecket sein, hinter mir da gibt es nicht – wenn ich rufe komme ich!" Abseits vom Haus stand die Scheune, hinter ihr Wagen und Landmaschinen. Die Käthe war hinter dem Schuppen, der Joachim in der Rübenmiete, die Gisela hinter dem Backofen unterm riesigen Holunderbusch – nur ganz langsam ging die norddeutsche Dämmerung über in die Nacht. Die Fledermäuse flogen, ein Mädchen fürchtete, sie könnten sich in ihren langen Haaren verfangen.

Den Lehrer des Dorfes hatten die Engländer zur Umerziehung in ein Lager geschickt; im Schulhaus verwaltete sein alter Vorgänger eine kleine Leihbücherei. Da gab es Romane über das Bauernleben in der Heide; Graf Luckner erzählte, wie sein Hilfskreuzer im ersten Weltkrieg englische Schiffe versenkt hatte; auch Gerstäckers „Flußpiraten am Missisippi", Bürgels populärwissenschaftliche Astronomie und Felix Dahns „Kampf um Rom" – der begeisterte mich, den las ich fünf mal. Eindrucksvoll die plattdeutschen Romane von Fritz Reuter, eine geordnete Welt – war sie vergangen? Jemand schenkte mir Goethes Faust. Meine Mutter kümmerte sich nicht um meine Lektüre; und wenn der Opa mich mit einem Buch im Gras liegen sah, schimpfte er: „Du kanns freten un supen, un widers nix!"

Aber bei der Heuernte brummte unten auf der Diele das Gebläse, und oben im Dach lenkte ich das Rohrende; die Ballen flogen in alle Ecken und Winkel, ein Hauptspaß war das, ein halbes Dutzend halb nackte Kinder spielten dazwischen herum und stopften die Hohlräume aus, und das frische Heu duftete. Im August, wenn auf dem Hof die alte Dreschmaschine ratterte, schleppten wir das leere Stroh weg; und im Herbst zog das Pferdegespann den Kartoffelroder die Ackerfurche entlang, viele Frauen bekamen jede ein Stück Streifen zugewiesen, auch meine Mutter, Gisela und ich – da sammelten wir die herausgeschleuderten Knollen, bald kam das Gespann zurück, die nächste Lage! Abends schmerzte der Rücken.

Als die Schule wieder begann, wanderte ich jeden Morgen eine Stunde weit ins Städtchen. Ich bewunderte andächtig das Farbenspiel des Morgenrots über den Birken im weiten Moor. Und ich betete, dass mein Vater doch noch zurückkehren möge. Wenn ich Glück hatte, kam eine Pferdekutsche in rascher Fahrt, die Hufe trappelten auf dem Kopfsteinpflaster, ich rannte und sprang hinten auf.

Im Unterricht lasen wir Goethes „Herrmann und Dorothea" und Storms „Pole Poppenspäler", lernten Balladen von Schiller, Uhland und Geibel. Eine strenge und tüchtige alte Lehrerin brachte uns gründlich die englische Grammatik bei, und die Lehrsätze der Geometrie gingen mir leicht in den Kopf. Wenn ich mittags heimwanderte, dachte ich mir Märchen und kleine Gedichte aus. Einsam war die Chaussee, im Winter morgens noch dunkel. Manchmal reichten mir Schneewehen bis fast zu den Hüften.

Meine Schulaufgaben waren meist schnell erledigt. Dann spielte ich mit den Bauernmädchen Mühle, Dame und Mensch-ärgere-dich-nicht im Wohnzimmer des Bauern, wo aus dem Radio ständig Schlagermusik dudelte. Aus Eichenästen schnitzte ich mir Schachfiguren. Abends fiel oft der Strom aus; in der Bauernstube gab es eine Petroleumlampe, bei uns Kerzenreste. Wenn meine Mutter Zeit hatte, spielte sie mit uns Rommé oder Ratespiele.

Der Bauer hielt die Zeitung aus dem Städtchen – neben den wichtigsten politischen Informationen nur Klatsch und Tratsch. Anfangs hatten wir gehofft, bald nach Königsberg zurückkehren zu können. Als sich zeigte, daß daraus nichts wurde, schuf der Bauer für unser Zimmer aus einem unserer zwei Fenster einen eigenen Ausgang mit kleinem Vorbau. Wir erhielten einen winzigen gußeisernen Behelfsherd, oft qualmte und stank das Torffeuer entsetzlich. Für unseren Brenntorf und Feuerholz bekamen wir einen blechgedeckten Schuppen aus Reetbündeln. Zum stillen Örtchen mußten wir den Hof überqueren, der vom Spülwasser der Bauernküche eine Schlammpfütze war, reich garniert mit Kotwürstchen der Gänse; das Örtchen selbst, stinkend in der Sommerhitze, von Fliegen durchsummt, war begehrt; als ich einmal dort saß, schmiß mich die Buerin raus: „Du kanns ok annerswo sitten gohn!"

In der Knappheit der ersten Nachkriegsjahre waren nicht nur Lebensmittel durch Karten rationiert, auch Tabak und Zigaretten gab es nur auf „Rauchermarken". Für die ließ uns meine Mutter vom Dorfschreiner einen Schrank anfertigen. Zwei Jahre später hatten wir ein Radio – was war es für eine Errungenschaft! Der kleine helle Holzkasten thronte auf unserem Schrank. Wir hörten die Nachrichtensendungen, manchmal Kommentare; Opern- und Operetten-Melodien und Texte schrieben sich mir ins Gedächtnis, ich sang die Arie aus dem Bettelstudent „Ich hab kein Geld, bin vogelfrei, will aber nicht verzagen!" und aus Rigoletto „Ach wie so trügerisch sind Weiberherzen!" Als ahnungsloser Vierzehnjähriger meinte ich, den starken Mann spielen zu müssen. Manchmal lauschte ich Hörspielen. Meine Mutter freute sich an der Musik aus Klassik und Romantik, das konnte sie nebenher hören, wenn sie etwas für die Bäuerin nähte. Außerdem kümmerte sie sich um die Schulaufgaben meiner Schwestern (die eine war elf und ging schon mit mir eine Fußstunde weit zur Realschule ins Städtchen). Freilich, mit ernsthaften Wort-Sendungen zu Fragen der Zeit mochte meine Mutter sich nicht befassen; als alleinerziehende Frau mit drei Kindern in ärmlichen Verhältnissen hatte sie mit Alltagsaufgaben mehr als genug zu tun; jäh herausgerissen aus den bürgerlichen Ordnungen ihrer Herkunft, sehnte sie sich nach einer Welt, in der alles schön harmonisch sein sollte. Sie brauchte Ablenkung; was das Radio an Ernsthaftem bieten konnte, schob sie beiseite.

Eines Tages besuchte uns aus Celle eine Cousine meiner Mutter mit ihrer dreizehnjhrigen Tochter. Dieses Mädchen, Ute, flirtete ein wenig mit mir. Es knisterte zwischen uns – Spannung eines einzigen Tages. Nachmittags ging die ganze Familie auf die abgeernteten Felder um Ähren zu lesen. Als wir genug hatten, rannten Ute und ich vor den anderen her nach Hause – wäre es nicht lustig, wenn wir zwei im Einverständnis den Frauen einen tüchtigen Schrecken einjagten?

Wir schlossen die Wohnung auf, versteckten das Radiogerät unter dem Bett, ließen die Wohnung unabgeschlossen und eilten zurück zur Familie. Wenig später waren wir mit den anderen wieder da. Meine Mutter öffnete die Tür – sie erschrak, weil sie nicht abgeschlossen war. Wie leicht hätte etwas gestohlen werden können! Sie schaute sich um, alles schien in Ordnung. Aber dann erblickte sie den leeren Platz auf dem Schrank. Entsetzt schrie sie auf: „Kinder! Es ist doch gestohlen worden! Unser Radio!" Völlig vernichtet schlug sie die Hände über dem Kopf zusammen. Fast noch beredter das bedrückte Schweigen ihrer Cousine. Kaum eine Hoffnung auf Polizei oder Schadensersatz.

Grausam wie Kinder manchmal sind weideten Ute und ich uns an dem Schrecken der Frauen. Dann, die Hände vor den Mund gepreßt, um unser Lachen zu verbergen, holten wir das Radio aus dem Versteck hervor. Meine Mutter rang mühsam um Fassung, schalt lange über unsere gemeine Bosheit. Es dauerte eine Weile, bis sie sich erleichtert beruhigte. Und wir sahen, wie wichtig das Radiogerät für sie war.

Meine Mutter freundete sich an mit einer Königsberger Beamtenwitwe. Oft saß die korpulente Frau Kitzelmann bei ihr auf dem Sofa und erzählte – sie wohnte beim Kaufmann des Dorfs und sah, was da die

Frau in den Kochtopf tat. Und sie fühlte sich gedrückt durch die kleinen Schikanen der Kaufmannsfrau gegenüber einer, die als „Gebildete" hochdeutsch sprach. Frau Kitzelmanns Sohn studierte Musik – sie berichtete von der Mühsal seines Lebens an der Uni.

Mit gleichaltrigen Jungen hatte ich kaum Kontakt, meine Mitschüler wohnten viel zu weit entfernt. Die aus dem Dorf gingen in die Dorfschule, suchten für die Zeit danach Arbeit auf einem Hof oder eine Lehrstelle. Einer lotste mich mit in Bibelstunden; da deutete ein Mann in pathetischer Sprache tiefsinnige Gleichnisse, das begeisterte mich. Freudig ging er auf meine Fragen ein. Daheim erzählte ich davon. Frau Kitzelmann gab zu bedenken, dass solch ein pietistischer Einfluß auch gefährlich sein könnte – aber meine Mutter mochte das nicht hören, für sie mußte Christentum in jeder Form etwas Gutes sein. Frau Kitzelmann schwieg mißbilligend, dann gab sie dem Gespräch eine andere Wendung.

An trüben Herbstnachmittagen bastelten wir Strohsterne für den Weihnachtsbaum, ich schnitzte Krippenfiguren, und aus Sperrholz sägte ich Vögel, die wir, bunt angemalt, auf die Tannenäste stecken konnten. Gern kamen die Bauernkinder zu uns, um mit uns Weihnachtslieder zu singen. Und im Winter bastelten wir aus Pappstückchen und Brettchen ein kleines Theater; mit fingerlangen Pappscheiben-Figürchen führten meine Mutter und ich darauf Märchenstücke für die kleineren Kinder auf.

Der Dorflehrer kam zurück und leitete einen Männer-Gesangverein. Er mühte sich redlich, und die „Abendstille überall" erklang – wir legten Gefühl hinein. „Ach du klarblauer Himmel, und wie schön bist du heut!" Gerührt kommentierte meine Mutter, dass auch ihr Vater dieses Lied sehr geliebt hatte. Wenn im Wirtshaus gefeiert wurde, wurden die Stimmen vor dem Singen mit selbstgebranntem Kartoffel- oder Rübenschnaps geölt, und manche jungen Männer freuten sich schon im voraus auf „das anschließende Unterleibsvergnügen". Damals wußte ich nicht, was sie meinten.

Ein stiller Sonntag im Herbst. Wir wußten, unsere Bauernfamilie war fortgefahren zu einem Verwandtenbesuch, nur der Opa war allein daheimgeblieben. Wir sahen ihn noch, als er am Nachmittag durch den Garten ging – etwas müde wirkte er. Abends hörten wir Stimmen, Türen und Schritte – und plötzlich laute Klagerufe und Weinen. Der Opa hatte sich voll angekleidet auf sein Bett gelegt, um nicht mehr aufzuwachen.

Drei Tage später drängten sich die Menschen in der Diele, die durch Verschläge zum Saal hergerichtet war. Bankreihen, vorn auf einem Podest der Sarg mit dem aufgebahrten Toten, umgeben von Blumen und Kerzen. Schwarz gekleidete Männer, viele alte Frauen in dunkler Tracht. In der Gemeinde auch wir, schüchtern und kindlich-erstaunt meine Schwestern. Hinter uns eine ältere Frau zu ihrer Nachbarin: „Feine Deerns!" Dann predigte der Pastor, gab allen die Hände, der Sarg wurde verschlossen und auf den Pferdewagen gehoben; langsam bewegte sich der Leichenzug zum nahen Friedhof. Anschließend saßen die Leute bei Kaffee und Butterkuchen in der guten Stube.

Es gehörte sich, dass ein dreizehnjähriger Junge in den Konfirmandenunterricht ging. Also blieb ich jeden Montag Nachmittag zwei Stunden länger im Städtchen, hörte zusammen mit Kindern aus umliegenden Dorfschulen biblische Geschichten, lernte Gesangbuchverse und den Katechismus, und auf meinem langen einsamen Heimweg grübelte ich über das Gehörte. Wie sind die christlichen Lehren, insbesondere die Auferstehung, in Einklang zu bringen mit naturwissenschaftlichem Denken? Der Mensch, ein Ebenbild Gottes – aber über Körperlichkeit spricht man nicht. Wenn eine Kuh zum Bullen geführt wurde, ging ich mit und sah zu. Einmal fand ich auf einer Weide eine Kuh tot, in ihrer Scheide ein halb geborenes Kalb. Also so vollziehen sich Zeugung und Geburt. Sexualkundeunterricht gab es damals noch nicht. Aber ich hatte gelesen, dass der Mensch sich aus dem Tierreich entwickelt hat. Im Herbst schaute ich zu, wie ein Schwein geschlachtet wurde. Mit dem bloßen Arm rührte die Bäuerin im Eimer das Blut. Unter dem Messer des Metzgers quollen die Eingeweide heraus. Später hing da der aufgeschnittene Schweineleib – von ein paar Einzelheiten abgesehen, ist der so anders als ein Menschenleib? Grausig! Der Mensch soll eine Seele haben, Tiere angeblich nicht – aber warum regt sich der Hofhund fürchterlich auf, wenn ich ihn mit starrem Blick fixiere?

Im Konfirmanden- und im Religionsunterricht wurden der Glaube an Gott und die christlichen Lehren als selbstverständlich vorausgesetzt, niemand wagte, daran zu zweifeln; ich versuchte zu glauben und konnte es doch nicht, und ich konnte mit niemand darüber sprechen, am wenigsten mit meiner Mutter. Als ich konfirmiert wurde, war ich furchtbar von Zweifeln geplagt. Aber mich von der Macht der Tradition zu befreien brauchte ich noch lange.

Auf meinem Schulweg sah ich den Mond und den Morgenstern – ich rechnete aus, wie lange eine Rakete etwa brauchen würde, um dorthin oder zum Mars zu fliegen – wie könnte eine Kolonisierung einmal möglich sein? Wenn ich darüber zu sprechen versuchte, wurde ich ausgelacht.

Meine Mutter gewann einen sehr alten pensionierten Pfarrer, einigen Schülern Lateinunterricht an der Realschule zu geben: verschmitzt funkelten die Äuglein des kleinen Mannes; überaus rüstig, hieb er mit dem Fuß auf den Tisch, wenn ein Schüler die Nachsilbe -bum falsch gebrauchte; Klarheit und Strenge der lateinischen Grammatik strahlten von ihm aus.

Ein zweiter, ein dritter, ein vierter Sommer. Zu hungern brauchten wir nicht; wir konnten Kartoffeln und Rüben kaufen, suchten Pilze, hielten Kaninchen. Gelegentlich fing ich im Flüßchen mit einer selbstgemachten Angel zwei, drei kleine Barsche oder einen spannenlangen Aal – wie fest mußte ich zupacken, um dem sich windenden, glitschigen Fisch den Angelhaken aus dem Schlund zu reißen! Und wie schön waren die stillen Sommerabende am Flußufer – mit den nackten Füßen stand ich im dunklen Schlick oder im braunen Moorwasser, je nach Ebbe oder Flut. Der Wind raschelte im Schilf. Manchmal zog auch ein Gewitter auf – dann klangen die Donnerschläge wie gewaltige Chöre.

In einem Gärtchen ernteten wir Karotten, Erbsen und Buschbohnen, und in einer Ecke gedieh dort ein prächtiger Kürbis, unser ganzer Stolz. Dann sah man eines Tages landfahrende Leute, und am Morgen war der Kürbis fort. Niedergeschmettert starrten wir auf den leeren Platz. Der Schreck fuhr Gisela so ins Gedärm, dass sie sich zwischen die Büsche der benachbarten Kiesgrube zurückzog. Von dort ertönte plötzlich ein Freudenschrei: „Unser Kürbis! Hier liegt er!" Wurde das ein Triumphzug, als wir ihn ins Haus brachten!

Wir erhielten ein uraltes Fahrrad. Durch den an vielen Stellen unterlegten Reifen trat der flickenbunte Schlauch immer wieder in großen Beulen heraus, da half kein noch so gründliches Umwickeln mit Schnur. Und nun besuchte auch Gisela die Realschule. Damit auch sie in den Genuß des Fahrrads kam, ging ich ein Stück voraus, sie überholte mich mit dem Rad, stellte es an einen Baum und ging weiter; dann kam ich zum Rad, überholte sie, stellte das Rad an einen Baum und so fort. Statt einer Stunde brauchten wir beide nur vierzig Minuten. Wenn das Fahrrad kaputt war, mußte Gisela sich anstrengen, mit ihren kurzen Beinchen neben meinen langen Schritten herzutrippeln.

Meine Mutter meinte, ein fünfzehnjähriger und konfirmierter Junge müsse lernen, sich in Gesellschaft zu bewegen. Sie schickte mich in eine Tanzstunde, doch für die der Realschüler hatte sie nicht das Geld. So ging ich mit Bauernburschen und Lehrlingen in den kahlen Saal eines Gasthofs, von den Wänden blätterte die Farbe, auf der Bühne und zwischen den Fenstern übereinander gestapelte häßliche Stühle. Den etwa dreißig jungen Männern, die meisten viel älter als ich, standen sieben Mädchen gegenüber, auch sie viel älter als ich. Keine gefiel mir. Kein männlicher Lehrer. Die Tanzlehrerin kam aus Bremen; sie versuchte, mit Schmuck und Schminke ihre längst vergangene Jugend über die Zeiten zu retten. In ihrem alten Auto brachte sie manchmal ein Grammophon mit, das krächzte jämmerlich. Manchmal war es auch kaputt. Dann übten wir tanzen ohne Musik, die Arme vorgestreckt zu einer nur gedachten Partnerin.

An der Bremervörder Realschule gab es ein Gerangel um eine Schere; sie gehörte einer Klassenkameradin, die aus meiner Heimatstadt stammte. Ich sprang ihr bei, und dann schwärmte ich für sie. Aber sie kam als Fahrschülerin aus der entgegengesetzten Richtung, und sie beachtete mich nicht.

Von der 9. Klasse an fuhr ich täglich zum Gymnasium nach Stade – morgens eine Fußstunde zum Bahnhof, dann eine knappe Fahrstunde mit dem Zug, mittags zurück. Als Fünfzehnjähriger aus dem Haus kurz nach halb sechs, wieder daheim meist nach halb drei.

Ein Jahr später fand meine Mutter eine kleine Wohnung in Bremervörde. Sie erhielt Witwenrente und wurde angestellt als Handarbeits- und Turnlehrerin.

Jugend

Stade war und ist stolz auf hanseatische Geschichte, auf einstigen Wettstreit mit Hamburg um die Vorherrschaft an der Unterelbe. Aber der Hafen versandete, alte Häuser und Speicher wurden vor der Modernisierung bewahrt. Nach 1648 schwedisch und später hannoveranisch, wurde es 1866 gegen seinen Willen preußisch. Norddeutsche Backsteingotik, alte Bürgerhäuser, ein Zeughaus aus schwedischer Zeit und mächtige, in Parks umgewandelte Wallanlagen. Hauptstadt eines Regierungsbezirks, Beamtenstadt.

Das Gymnasium verstand sich als Bewahrer ehrwürdiger Formen richtigen Benehmens. Als der Direktor den ersten dunklen Flaum auf meiner Oberlippe erblickte, knurrte er bösartig: „Warum rasierst du dich nicht?" Im Lateinunterricht übersetzten wir Cäsar, und der Lehrer veranschaulichte die Denkweise der alten Römer, indem er sie plattdeutsch ausdrückte. Aber als ich dann auch einen derben Ausdruck gebrauchte, fauchte er mich an: „Du bildest dir wohl nicht ein, du könntest hier Niederochtenhausener Knechtsmanieren einführen!" Ich wußte nicht wie mir geschah, hatte ich doch nichts Böses gewollt – aber niemand hatte mich gelehrt, was ich durfte und was nicht.

Als Fahrschüler sah ich von Stade nur selten mehr als den Weg vom Bahnhof zum Gymnasium. Um 1950 war die Stadt noch grau; kaum zu ahnen, dass liebevolle Restauration und viel Farbe sie zu einem Muster reicher lebendiger Tradition gestalten könnten. Für mich blieb Bremervörde der Mittelpunkt meines Lebens. Klein war dort unsere Wohnung, aber ich hatte eine eigene winzige Dachkammer. Dort konnte ich auf meinem Bett lesen – später als andere Jungen war ich an Karl May geraten, jetzt verschlang ich ihn.

Eine kleine Wohnküche unter der Dachschräge; beim Abwaschen des Geschirrs trocknete ich die Teller, und wir sangen mehrstimmig, meine um drei Jahre jüngere Schwester Gisela, die neunjährige Bärbel, meine Mutter und ich. Volkslieder und Kanons. Für meine Mutter erstand darin wieder jene schöne harmonische Welt, die sie so liebte. Ich tat gerne dabei mit; nur ganz insgeheim ahnte ich, dass das eine Art Rückzug in ein Schneckenhaus war. Über anspruchsvollere Literatur und Kunst oder Filme sprachen wir nicht.

Gisela war klein; blondes Kraushaar umstand ihr Gesicht wie ein Kranz aus zerknittertem Heu, für ihre Kurzsichtigkeit und ihr leichtes Schielen mußte sie eine Brille tragen. Wenn ich ihr mäßiges Realschul-Wissen zu verbessern versuchte, rieb sich ihr Stolz daran. Sport war ihr Lieblingsfach; was ich über Geographie oder Geschichte erzählte, würgte sie als angeblich unwichtig ab, halb spöttisch, als wäre das bloße Angeberei, halb vielleicht auch mit Aufblick zu ihrem großen Bruder, dessen Überlegenheit sie klein zu reden versuchte. Nie bemerkte ich bei ihr ein Interesse für Jungens. Als sie fünfzehn wurde, bekam sie das Dackelbaby Strolch geschenkt; den liebte sie abgöttisch und sprach über ihn wie einen Menschen. Der Dackel wurde älter und gewöhnte sich an, mit einem zerfetzten Scheuerlappen zu onanieren; Gisela und meine Mutter mißbilligten das, kämpften aber vergeblich an gegen seine „Po-Übungen“, wie sie das nannten.

Meine Mutter konnte für wenig Geld ein gebrauchtes Klavier kaufen, ich erhielt wieder Stunden, wärmte die einst in Königsberg begonnene Liebhaberei auf. Nach einiger Zeit spielte ich Sonatinen von Kuhlau, Clementi und Dussek, leichte Stücke von Bach, und nebenher goß ich Gefühle in die Heidelieder von Herrmann Löns. Der Klavierlehrer leitete einen gemischten Chor, und bald sangen meine Mutter und ich dort mit. Meist ältere Werke, eine Vertonung von Schillers Glocke, Strauß-Walzer, selten Hugo Distler – doch das war den meisten schon zu schrill und modern. In der Pause saßen an einem Tisch der Forstmeister und der Bankbeamte, leitende Angestellte vom Warenhaus und einer Druckerei, ein pensionierter Beamter und ein Großhandelskaufmann – am anderen Tisch die Damen, Chefverkäuferinnen und Sekretärinnen, die Frauen eines Architekten und eines Metzgers, einige Kriegerwitwen und die Frau des früheren NS-Ortsgruppenleiters.

Kaum junge Leute. Man sprach über Stadtereignisse, schimpfte über Demontagen durch die Besatzungsmächte (obwohl man selbst glücklicherweise nicht davon betroffen war) und ließ kein gutes Haar an den Franzosen, die ihre Zone ausplünderten und sie nur höchst widerwillig mit der Bizone vereinigt hatten. Mitunter erzählten die Herren, wie sie im Krieg im Westen gut gelebt oder im Osten in arge Bedrängnis geraten waren – ein Bedauern über das, was Deutschland in Europa angerichtet hatte, hörte ich nie. Man begrüßte die Außenpolitik Adenauers und glaubte, Deutschland werde bald in seinen Vorkriegsgrenzen wiedervereinigt sein. Innenpolitisch wünschte der eine oder andere ein bißchen mehr Sozialdemokratie. Nur der Bankbeamte schimpfte, „die in Bonn schliefen alle", er wähle kommunistisch, damit sie endlich aufwachen sollten.

Eigentlich ging es ja seit der Währungsreform aufwärts – aber in jenem entlegenen Winkel war das Gefühl davon noch nicht recht angekommen. Man lebte gewissermaßen noch immer gedämpft – aber wann war das in Bremervörde je anders gewesen?

Die kratzbürstige Gisela wollte oft bestimmen, was wir machen sollten – Kartenspiele, Federball auf der stillen Straße vor dem Haus, schwimmen im braunen Moorwasser des Flüßchens Oste. Ihre Freundinnen interessierten mich nicht. Sie sprachen über die Bremervörder Realschule, über Hunde und Mädchenromane – wie langweilig! Sie dachten nicht daran, mit einem siebzehnjährigen Jungen zu flirten. Nie war die Rede davon, wie Mädchen sich biologisch von Jungen unterscheiden und welche Reize und Lockungen andere Spiele bieten können. Damenbinden wurden vor mir versteckt wie gefährliche Geheimnisse, über ihren Zweck erfuhr ich erst viel später durch meine Frau. Als die ledige Tochter einer guten Bekannten ein uneheliches Kind bekam, war das ein Skandal – aber wenigstens war es von einem Akademiker, einem verheirateten Beamten im Landratsamt!

Meine Mutter abonnierte das Ostpreußenblatt. Das schrieb über ostpreußische Dichter und Musiker und altes Brauchtum und betonte das selbstverständliche Recht der Ostpreußen auf Rückkehr in ihre angestammte Heimat. Viele Verwandte teilten diese Ansichten. Wenn ich sie in der Schule vertrat, wurde ich ausgelacht.

Im Geschichtsunterricht sprachen wir über das 14. bis 18. Jahrhundert, bezogen auf Reich und Elbemündung, beiläufig ein bißchen Preußen. Das sollte jetzt Nebensache sein, Friedrich II ein gewalttätiger Emporkömmling? Wie konnte man sich als Muß-Preuße fühlen! Mein Vater hatte mich preußischen Patriotismus gelehrt! Kritik an Bismarck, der den blinden alten König von Hannover entthront und den Welfenschatz versteckt hatte – das bestürzte mich. Durfte ich anders denken als der Lehrer? Meine Mutter meinte, nur Leute von Stand und mit viel mehr Wissen hätten das Recht auf ein eigenes Urteil. Auseinandersetzungen könnten sehr unangenehm werden, das sollte man vermeiden. Ich verstand die Welt nicht – woran sollte ich mich halten?

Faires Spiel, klares, genaues Denken – wo gibt es das besser als im Schach? Mein Vater hatte mich die Grundregeln gelehrt, im Bremervörder Club lernte ich Feinheiten der Strategie. Jeder Fehler brandmarkt sich selbst. Wenig Worte, aber doch ein bißchen Umgang mit Menschen, schwerfälligen und temperamentvollen, einfältigen oder überlegen-planvollen Gegnern. Manchmal spielte mit mir ein langer blonder Mann, um die dreißig Jahre mochte er sein. Als Unterhaltungsmusiker schlug er sich durch. Tiefe Furchen durchzogen sein schmales Gesicht. Der Krieg hatte ihn ausgespuckt – aber ich verstand damals nicht, was das bedeutete. Mitunter kommentieren Schachspieler Fehlzüge ihrer Gegner mit sarkastischen Bemerkungen. Ein einsam zu weit vorgezogener Bauer stirbt den Heldentod, und auch ein Offizier muß mal das Zeitliche segnen – aber Vorsicht! Solche Redensarten konnten leicht andere Leute verletzen.

Genauigkeit macht die Qualität einer Arbeit aus. In einer Arbeitsgemeinschaft am Gymnasium lernte ich sägen, hobeln und das Verzinken von Brettern. Schräg gegenüber von unserer Wohnung lag eine Schreinerei. Indem ich dort ein Wandregal und ein Schränkchen mit zwei

Schubladen baute, lernte ich die Grundzüge des Handwerks. Was ungenau gearbeitet ist, wackelt! Die wortkarge, sachliche, scheinbar einfache und doch feinfühlige Art der Schreiner schien mir liebenswerter als viel leeres Geschwätz.

In einem Schulaufsatz beschrieben wir unseren Wohnort – ich das Heidedorf, ein Mitschüler ein anderes Dorf, dreißig Kilometer entfernt. Hans Katt war der jüngere Sohn eines Bauern von dort, schmal, aufgeschossen, rötlich-blond, mit einer Nase wie der Schnabel eines Raubvogels. Genauestens beschrieb er Häuser, Bäume, Feldwege und Menschen – Lehrer und Mitschüler staunten. Wir freundeten uns an; ich fuhr mit dem Fahrrad hinüber, ließ mir die Hünengräber am langgestreckten Moränenhügel zeigen, lauschte mit ihm den dunkel-heiseren Rufen der Kolkraben, den Eulenschreien, die er gut nachahmen konnte, und in der großen Kreidekalkgrube des Zementwerks Hemmoor suchten wir versteinerte Seeigel und Donnerkeile. Näher mit ihm befreundet war Butt, ein anderer Junge – zu dritt fuhren wir in den Ferien nach Schleswig-Holstein, übernachteten im Zelt, in Jugendherbergen und im Sylter Fisch-Restaurant von Butts Verwandten. Übergenau wußte Hans Länge, Höhe und Breite bedeutender Kirchen, konnte minutiös alle geschichtlichen Daten hersagen. Dann hinüber nach Flensburg, wir verirrten uns auf gewundenen Heckenwegen, schauten Schleswig, Eutin, Lübeck, Ratzeburg an. Ein Jahr später fuhren wir ins Weserbergland – weit entfernt war das von unserer entlegenen Gegend. Wir bewunderten fremde Landschaften, Bauten, Stadtbilder – wenn es auch mühsam war dorthin zu gelangen, es gab schöne, andere Welten!

Nach dem 10. Schuljahr mußten wir Gymnasiasten uns entscheiden: naturwissenschaftlicher oder sprachlicher Zweig? Ich wählte die Sprachen. Aus der englischen Leihbücherei „Brücke" entlieh ich vieles, man beriet mich dort gut, Lektüre während meiner täglichen Bahnfahrten. Auch mit Latein hatte ich kaum Mühe. Der Lehrer, klein und drahtig, ehemaliger Frontoffizier, hatte lächelndes Verständnis für die Flapsereien seiner Primaner. Indem wir Ovid, Tacitus, Vergil und Sallust lasen, wurden die nüchterne Virtus und Humanitas dieser Autoren lebendig – und das war ja selbstverständlich eine vorchristliche Welt. Weshalb taten damals viele Leute so, als könnten nur Christen anständige Menschen sein? Aber auch der tüchtige und beliebte Lateinlehrer lebte weiter in nationalen Vorurteilen: Bei einer Klassenfahrt durch Ost-Holstein erklärte er ein Rundlingsdorf: „Schon vor tausend Jahren mußte hier die Grenze des Deutschtums befestigt sein; im Westen haben wir ja saubere Nachbarn, im Osten nicht!" Als Flüchtlingsjunge schluckte ich das damals gern.

Bei langen Klassenfahrten mit dem Rad erzählte dieser Lehrer über sein Studium in der Vorkriegszeit, seine Sängerschaft in Jena, die dann von den Nazis aufgesogen wurde. Ich mochte ihn, er zeigte, dass auch er als Thüringer Mühe hatte, im fremden Norddeutschland Fuß zu fassen. Und mir schien, er mochte mich auch – ich durfte ihn einmal zu Hause besuchen, lernte seine Frau und seine Kinder kennen. Aber er sah auch, wie ich mich unverstanden fühlte und mich arrogant von anderen absonderte. Einmal beobachtete ich, wie er das einem Kollegen gegenüber durch eine Handbewegung andeutete. Aber er sprach mich nicht darauf an, und mir wurde es erst viel später bewußt.

In der Klasse zwei Gruppen: einerseits Fahrschüler, ihren Dörfern entwachsend, andererseits Söhne von Beamten, Juristen und Kaufleuten aus der Stadt, die sich seit vielen Jahren kannten. Die waren geistig gewandter und beeindruckten mich, aber ich gehörte nicht dazu. Sie sprachen über die Mädchen vom Lyzeum; das lag zehn Minuten entfernt, wer dort in der Pause ein Schwätzchen wollte, mußte sich beeilen. Für mich existierte das nicht, ich kannte die Stader Mädchen nicht. Allzu lange dachte ich noch an jene Mitschülerin aus der Bremervörder Realschule, obwohl ich über sie so gut wie nichts wußte und sie sich nur belästigt fühlte, wenn ich versuchte, sie zu treffen. An den Nachmittagen ging ich mit meinen Schwestern schwimmen in Bremervörde, gab Nachhilfestunden, arbeitete in der Schreinerei oder versuchte, mit meiner primitiven Box Naturaufnahmen zu machen. Voll Neid sah ich bei einem Stader Klassenkamerad ein ganzes Fotolabor – von so etwas konnte ich nicht einmal träumen.

Deutschunterricht. Als gütiger Intellektueller versuchte Dr. O., mit den Primanern über Philosophie und Literatur zu diskutieren. Von den Werken, die er empfahl, las ich zu wenig. Ich war gefangen im unlösbaren Konflikt zwischen christlicher Erziehung und Naturwissenschaft. Wir schrieben einen Hausaufsatz über den Herbst. Mein Entwurf enthielt viel Wehmut und Sterbensreife. Meine Mutter fand das zu melancholisch, ich schrieb den Aufsatz um, schilderte den Herbst einseitig als goldenen Früchtebringer und Vollender. Ich erhielt eine schlechte Note. An wem sollte ich nun zweifeln, an meinem Lehrer oder an meiner Mutter? Oder an mir? Ich verstand nicht, warum das oberflächliche Harmoniestreben meiner Mutter nicht genügte, verstand nicht, worum es in der Geistesgeschichte eigentlich geht. Sie erschien mir wie ein uferloses Nebelmeer, nirgends ein fester Halt. Nicht Autoritäten zu folgen, sondern einem eigenen einsichtigen Urteil, Vorurteile zu überwinden, denkend mich den Problemen der Gegenwart zu stellen – ich verstand nicht, was da eigentlich von mir erwartet wurde, und ich konnte es nicht. Mir erschien die Geistesgeschichte wie eine große Seifenblase, bunt schillernd schwebend im luftleeren Raum ohne Bezug zur Lebenswirklichkeit von uns Schülern.

Und auch für Dr. O. selbst schien die Geistesgeschichte beim 1. Weltkrieg stehengeblieben zu sein. Thomas Mann tat er kurz ab als Schilderer bürgerlicher Dekadenz; als ein Mitschüler sich Kafka für ein Referat wählte, schüttelte er den Kopf: „Wie können Sie nur Geschmack finden an einem so düsteren, grotesken und verquälten Autor?" Wir lasen Bergengruen und Binding – aber Musil, Zweig, Benn, Döblin, Brecht wurden in Stade 1952 nicht erwähnt. Und bei Hebbels „Maria Magdalena" billigte er die Haltung des Liebenden, der das von einem anderen verführte Mädchen verstößt: „Darüber kann kein Mann weg!"

Geschichte: Mit salbungsvollen Handbewegungen schilderte „Schleimi", wie klug Bismarck seine Gegner überwunden hatte – ohne Kritik an Bismarcks problematischen Entscheidungen. Er sprach von der bösartigen Einkreisungspolitik der Entente gegen Deutschland vor 1914 und von der Ungerechtigkeit des Versailler Vertrags. Gelegentlich unterbrachen leidenschaftliche Ausbrüche den sonst so sanften und einschmeichelnden Vortrag. Kein Wort über politische Fehler des wilhelminischen Deutschland, unkritische Wiedergabe der Dolchstoß-legende, Anspruch auf deutschen Lebensraum im Osten. Kein Wort über die Toten Polens und Rußlands oder über Judenmorde – aber die Teilung Deutschlands 1945 war für ihn ein ungeheures Verbrechen. Sein Unterricht war allgemein unbeliebt. Bei mir dauerte es lange, bis ich die deutsche Geschichte anders zu sehen lernte.

Korrekte Formen galten als selbstverständlich – gelehrt wurden sie nicht. Eine Sportstunde war abgesagt worden, wir Schüler hatten uns auf den freien Nachmittag vor der nächsten Klassenarbeit gefreut, nun sollte doch Unterricht sein – ich übergab einen höflichen Streik-Brief an den Sportlehrer nicht persönlich, sondern steckte ihn an die Türklinke des Lehrerzimmers. Der Direktor wollte zehn andere und mich deshalb von der Schule verweisen. Mit Mühe konnte der Klassenlehrer Begnadigung erwirken. Sport mochte ich nicht. Als Kind in Königsberg hatte mein Vater mich in einen Turnverein gezwungen – da sollten wir an Geräten schwingen oder springen, stets in Gefahr, uns weh zu tun. Die anderen Jungen rochen nach Schweiß, sie lachten mich aus, und ich dachte: wozu all die qualvolle Mühe! Wie abstoßend der rohe Kommando-Ton des Lehrers! In Stade versuchten Lehrer und Mitschüler zwar, mich Freude an der Bewegung meines Körpers empfinden zu lassen – aber ich konnte mein Ungeschick, meinen Hang zur Bequemlichkeit und die eingewurzelte Abneigung nicht überwinden. Natürlich isolierte ich mich dadurch. Einige Mitschüler ruderten auf der Elbe, sie luden mich ein – aber erst abends hätte ein Zug mich nach Hause gebracht, ich mochte den freien Nachmittag nicht dafür drangeben.

Unverstanden, mit nur wenigen Mitschülern durch gemeinsame Interessen verbunden. In einem Roman von John Knittel las ich, wie ein rauher, unverbildeter Naturbursche, an Wissen und Können allen überlegen, sich in wildem Trotz gegen die gesamte Gesellschaft empört. Das war mein Ideal! Und das Beethovenbild, das der Film „Eroica" zeichnet, verstärkte es noch: auch dort der leidenschaftliche Einzelgänger, der gewaltige und geniale Werke schafft!

Nachsicht gegenüber menschlichen Schwächen lehrte man mich nicht. Zwar wollte ich aus einem Buch Regeln des guten Benehmens lernen, aber meine Mutter entschied: „Wie du dich zu verhalten hast, mußt du aus dir selber wissen, ein Buch hilft dir da nichts. Und wir haben dafür auch kein Geld!"

Mein letztes Schuljahr. Es gab in Stade ein Schülerheim; damals war es noch in zwei Holzbaracken untergebracht, in deren einer auch viele als primitiv geltende Osteuropäer lebten. Endlos zog sich der Gang hin zwischen den Kammern, die kaum mehr waren als Verschläge. Die Witwe Frau B. bewohnte mit ihrer vierzehnjährigen Tochter zwei Zimmer, ihr sechzehnjähriger Sohn schlief mit fünf anderen Jungen in einem der zwei Räume, in denen je sechs Oberstufenschüler hausten – Stockbetten, zwei Tische, Metallschränke. In Estland hatte Frau B. einst ein großes Gut gehabt; dessen Hausverwalterin lebte jetzt in der anderen Baracke, wo auch Küche, großer Essraum und Schlafsaal für etwa sechzehn Unterstufenschüler waren. Die beaufsichtigte ich bei ihren Hausaufgaben, und dafür durfte ich zum ermäßigten Preis im Heim leben. Durch die dünnen Bretterwände hörte man jedes Geräusch, und Frau B. wußte stets genau, ob die Schüler arbeiteten, schnarchten, sich um die Bettdecken balgten oder Witze erzählten. Sie rollte ihre baltischen RRRRs, wenn sie uns Jungen immer wieder klar machte: wir konnten nicht leben wie die Grandseigneurs! Streng war ihr Regiment, aber auch getragen von ironischem Humor. Christliche Zucht war oberstes Gebot, Tischgebet selbstverständlich, sie ermahnte zum sonntäglichen Kirchgang. Und sie hielt die Erinnerung wach an den baltischen Adel: „Ein baltischer Baron war viel reicher an Land als ein westlicher Graf!" Beim Essen in der großen Gemeinschaft achtete sie hart auf gute Manieren.

Immer mal wieder sprach sie laut mit ihrer Verwalterin – auf estnisch, damit kein Schüler etwas verstand. Bei Tischgesprächen und an Vorleseabenden versuchte sie, uns zu guter Lektüre und Konzertbesuchen anzuregen – dazu lud sie auch Mädchen vom Lyzeum ein. Für mich waren das Wesen aus einer anderen Welt. Frau B.s dragonerhafte Energie wurde zugleich gefürchtet und belächelt. Wenn sie sich nicht überwacht fühlten, erzählten sich manche Schüler zotige Witze über Frau Wirtin. Mir war jede Form von Sexualität fremd. Wenige Jahre nach meiner Zeit schaffte es Frau B., ein schönes neues Schülerheim bauen zu lassen.

Meine Schwestern entwickelten sich erst nach meiner Abreise zum Studium. Soviel ich weiß, nahmen sie die Bremervörder Welt hin ohne zu fragen. Sie wuchsen heran als naive und fröhliche Mädchen.

Reifeprüfung 1952, als letzter Jahrgang Niedersachsens mit nur 12 Schuljahren. Zum Abi-Ball brachten die meisten jungen Leute Freundinnen mit. Ich hatte keine. Eine Freundin meiner Schwester begleitete mich. Nach dem Ball durfte sie im Schülerheim bei Frau B.s Tochter übernachten. Auf dem Weg dorthin kein Händedruck, kein Kuß, nichts. Bevor ich zum Studium abreiste, ging ich mit meiner Mutter spazieren. Sie ermahnte mich beiläufig: „Und das andere, das versparst du dir bis nach der Hochzeit!"

Nein, eine lustige Zeit der Pennäler-Streiche waren meine Schuljahre nicht. Es lag an den Umständen, und es lag auch an mir. Ich nahm es hin, weil ich wußte: da mußte ich durch! Als ich zum Studium fortfuhr, glaubte ich, das in der Schule Gelernte bald vergessen zu dürfen.

Konflikte

Wer mehr wissen möchte über die Geschichte der Erde, wer darauf ein Bild von der Welt gründen möchte, wer einen Beruf sucht, der ihn hinausführt aus der Enge kleiner Verhältnisse – der verfällt (mit ein wenig Nachhilfe durch einen Lehrer) leicht auf den Gedanken, Geologie zu studieren. Als ich in Bonn damit anfing, dachte ich an Gebirgsbau im Schiefergebirge, an Kohle und Erz, an den Vulkanismus der Eifel. Und vielleicht würde die neue Bundeshauptstadt am Rhein mich auch einen Hauch von Welt schnuppern lassen.

Für Anfänger vorgeschriebene Grundvorlesungen und Praktika in Physik, Chemie und Zoologie – das interessierte mich nicht, ich tat es widerwillig, wollte es möglichst schnell hinter mich bringen. Wie langweilig, stundenlang im chemischen Labor zu stehen, Reagenzgläser zu waschen und dann zu schauen, ob das Zusammenschütten zweier Flüssigkeiten vielleicht einen farbigen Niederschlag ergab! Kartierungsübungen, Exkursionen in die nähere und weitere Umgebung – ja! Welche Freude, mit den Geologen beobachtend und lernend durch die Landschaft zu wandern, von einem Aussichtspunkt aus zeichnend den Aufbau zu erfassen: harte und weiche Gesteinsbänke, Bergrücken und Täler! Weniger aufregend die Vorlesung über Erdgeschichte: war es wirklich so wichtig, wann, wo und unter welchen Bedingungen sich diese oder jene Gesteinsart gebildet hatte?

Die Kommilitonen, erfahren in den Nöten der Kriegs- und Nachkriegszeit, betrachteten meine Naivität mit Befremden. Sie hatten ein klares Berufsziel: die meisten wollten ins Erdöl. Nüchterne Leute, früh gehärtet. Vielleicht verbargen sie zartere Regungen – einem unverständigen dummen Jungen zeigten sie nichts davon.

Meine Mutter gab mir hundert, später hundertzwanzig Mark im Monat – mehr konnte sie nicht. Für fünfundzwanzig Mark hauste ich in einer Dachkammer, in deren Fußboden ein Bombenloch notdürftig durch Bretter und einen dünnen Teppich abgedichtet war – sommers war es glühend heiß, winters eisig. In der Mensa aß ich umsonst, manchmal klopfte ich Teppiche und verdiente ein paar Mark. Sparsam kam ich hin. Meine Mutter und mein Lehrer hatten mir vorgeschwärmt vom lustigen Leben in einer Korporation. Als eine nichtschlagende Sängerschaft mich einlud, wurde ich schnell Mitglied. Bei den Geologen erzählte ich davon – für die ein absolut lächerliches, unzeitgemäßes Verhalten.

Und doch freute ich mich daran, mit Mütze und Band in der Kneipe verkehrt auf einem Stuhl zu reiten, Studentenlieder zu singen, ein Spiel für ein Stiftungsfest vorzubereiten, eine lustige Räuberballade mit eingebauten Persiflagen bekannter Opernmelodien; gefeiert wurde auf der Godesburg in herrlicher Umgebung. Ein anderes mal zog man mit einem von Pferden gezogenen Brauereiwagen in den Himmelfahrtstag, bunt geschmückt Wagen und Studenten, winkende Menschen am Straßenrand, Maiausflug mit einem Faß Bier. Angehende Betriebswirte erzählten, wie sie sich mühten, einen Beruf zu finden – mit Erfolg. Markant einige Alte Herren: ein Ministerialbeamter, das Gesicht voller Schmisse, männlich-forsch und lebensfreudig; gern genoß er lange milde Abende auf der Terrasse seines Reihenhauses, zusammen mit seiner Frau (sie waren kinderlos) und einigen Studenten, und dann schwärmte der Alte Herr von seiner Jugend in Königsberg und von schönen Reisen. Ein anderer, FDP-Abgeordneter und früherer westpreußischer Gerichtspräsident, zitierte humorvolle Gedichte von Endrikat, berichtete aus dem Bundestag und von Besuchen bei vielen anderen Korporationen; wieder ein anderer, Jurist in der Verwaltung, wünschte für sich und seine Familie nichts sehnlicher als ein Häuschen mit Garten und hoher Hecke drum herum, Rückzug aus der bösen Welt. Diese Welt verkörperte sich in einem Verbandsfunktionär, der die Sängerschaft mit dem Bonner Männergesangverein zusammenführen wollte – empört lehnten die Korporierten das ab – sie wollten doch akademischen Nachwuchs erziehen! Wenige junge Aktive; manche traten ein, weil sie vorgekeilt waren, andere erhofften sich für später gesellschaftliche Beziehungen, die ihre Karriere fördern könnten. Leute, die in einer fremden Universitätsstadt irgendeinen Anschluß suchten. Ein Germanist, witzig, ironisch, analysierend, Wortspielen zugeneigt, wollte „so eine Gruppe" von innen kennenlernen; er lehrte mich, die Personen kritisch zu hinterfragen. Mir fehlten die Maßstäbe: wen sollte ich mehr, wen weniger achten? Wie ist ein Mensch mit einer „rheinischen Frohnatur" richtig einzuschätzen? Wer ist im Grunde ein allzu beschränkter Spießer? Und wie schwierig und doch nötig ist es, geheime Gedanken zu verbergen! Wie leicht wirkt Kritik, naiv vorgetragen, verletzend! Ich war froh, die verschiedenartigsten Gedanken aufsaugen zu können wie ein trockener Schwamm.

Damenabende der Korporation. Neben den Frauen der Alten Herren wenige Studentinnen fortgeschrittenen Semesters. Selten Besuche von Töchtern der Alten Herren; eine gefiel mir, sie wohnte in Koblenz, ich fuhr zwei, drei mal für einen Nachmittag hin und durfte ihr das Händchen halten. Ich schwärmte aus der Ferne; einige Briefe; ein Jahr später schrieb sie, sie hätte einen Liebsten gefunden. Zutiefst war ich verletzt in meinen Gefühlen – aber damals lebte ich schon an einem anderen Ort in einer anderen Welt.

Bei den Geologen waren außer mir nur wenige Anfangssemester. Ich bewunderte einen sehr spanisch aussehenden jungen Flamen – zielstrebig befaßte er sich mit Ablagerungen der Eiszeit, er wollte später ins niederrheinische geologische Landesamt. Er war drei Jahre älter als ich und so gut wie verlobt; an so etwas wagte ich nicht zu denken. Ein anderer, ostpreußischer Bauernsohn, wirkte tolpatschig und grob, war aber dennoch allgemein beliebt. Handfest und praktisch, arbeitete er in den Ferien im Erdöl, verdiente dabei phantastisch und schuf sich Beziehungen. Mir lag am meisten ein Arztsohn vom Niederrhein; nach dem ersten Semester fuhren wir zusammen vier Wochen per Anhalter durch England und Schottland. Wir erzählten uns viel mit den Fahrern, die uns mitnahmen – Sprechübungen auf Englisch. In Jugendherbergen gab es flüchtige Bekanntschaften, Gesang und Volkstanz. Gern hätten wir beide die Freundschaft gefestigt; aber er wechselte von der Geologie zum Bergbauingenieur und studierte weiter in Aachen. Einige Briefe gingen noch hin und her – nach einigen Jahren schrieb ich ihm zuletzt nach Südafrika, von dort kam keine Antwort mehr.

Auch ich machte Praktika in den Semesterferien, eines im Siegerländer Erzbergbau. Wie eindrucksvoll, tausend Meter unter Tage einen Stollen abzuschreiten und im Licht der Grubenlampe bunte Kristalle im Erzgang funkeln zu sehen! Aber wie stur und geistlos, abzuzählen, wie viele Meter Grauwacke auf wie viele Meter Schiefer folgten, dadurch vielleicht (!) eine Stratigraphie des Unterdevons zu gewinnen und – nochmals vielleicht (!!) einen Anhaltspunkt, wo – drei mal vielleicht (!!!) – weitere Erzgänge sein könnten. Wie beschränkt sind die Wirkungsmöglichkeiten eines Geologen! Ein anderes Praktikum in der Kölner Braunkohle. Um die herauszubaggern, wurden die herrlichen Buchenwälder der Ville und viele Dörfer vernichtet, Rekultivierung ein unsicheres Versprechen auf die Zukunft, das Wort Umweltschutz 1954 unbekannt, der Gedanke eine Ketzerei. Wie konnte ich es wagen, Kritik zu üben! Die Leute in der Markscheiderei, wo ich Karten farbig anlegte, berichteten es meinem Bonner Professor. Mit seinem trockenen, sarkastischen Humor sagte der zu mir: „Dann bereiten Sie sich mal schön darauf vor, später Landesgeologe auf einer einsamen Insel zu spielen!"

In einer Psychologie-Vorlesung suchte ich Ausgleich: waren Menschen nicht wichtiger als Steine? Sollte ich die Geologie fahren lassen? Der Psychologie-Professor riet mir ab: Psychologie sei eine brotlose Kunst, als Naturbursche sei ich wohl an meinem richtigen Platz, und ein armer Teufel wie ich sollte lieber zielstrebig auf Examen und Beruf hinarbeiten.

Ich machte so rasch wie möglich mein Vordiplom. Danach wechseln Geologen meist den Studienort, sie müssen auch andere Verhältnisse kennenlernen. Ich ging nach Freiburg. Geologisch-mineralogische Fachliteratur, Studium der Gesteinsproben im Institut. Viele einzelne Fakten – aber sie fügten sich kaum zu Zusammenhängen. Exkursionen in die Vorbergzone enttäuschten: Man fuhr mit dem Bus von einem Aufschluß zum andern, schaute die örtliche Ausbildung der Gesteinsarten an, fuhr weiter – keine Rede davon, den Aufbau einer Landschaft zu erfassen. Auf meine Kritik erwiderte Professor Pfannenstiel scharf: "Ohne genaue Stratigraphie ist die ganze Tektonik am Arsche des Propheten!" Was sollte mir das…, außerhalb Badens herrschen doch ganz andere Verhältnisse!

In Freiburg lebte ich ohne Korporation, die mich in ihren Dunstkreis hüllte. Ein Bundesbruder schrieb mir, ich sollte einem aus Stade kommenden Freiburger Studenten die Bonner Korporation empfehlen. Aber ich hatte erkannt, dass ich dort an fragwürdige Traditionen gefesselt worden war – allzu deutsch-national die Denkweise der Alten Herren! Ich riet dem Studenten ab – das bedeutete den Bruch mit den Bonner Bekannten.

Einsame Spaziergänge am Schloßberg. Ich suchte nach Sinn – wäre da nicht mehr Beschäftigung mit Philosophie und Literatur der Gegenwart wichtig? Ohne Zusammenhänge zu begreifen, las ich ziellos, was mir zufällig in die Finger geriet. Was mir eigentlich selbstverständlich hätte sein müssen, dämmerte mir langsam als undeutliche Ahnung: zwischen Naturwissenschaft und Christentum gab es den Humanismus als reiche, vielgestaltige Welt.

Der Bonner Geologie-Professor hatte mir geraten, mich um ein DAAD-Stipendium in der französischen Schweiz zu bewerben. Ich erhielt es und war überglücklich: ein Jahr studieren, ohne meine Mutter belasten zu müssen! Aber auch geheime Sorge: Würde mein Französisch ausreichen? Und wie würde ich, der in Kultur Unerfahrene, in der wohlzivilisierten Schweiz zurechtkommen?

Aufbruch

Wer heute zwanzig Jahre alt wird, hat oft schon viel von der Welt gesehen; kann er sich vorstellen, wie Zwanzigjährige vor fünfzig Jahren lebten? Damals nach dem Krieg war an Reisen kaum zu denken.

Und doch fühlte ich: wie unbefriedigend, dass ich außer einigen Landstrichen Norddeutschlands so gut wie nichts gesehen hatte! Nach meinem fünften Semester, das ich in Freiburg studiert hatte, packte ich mein primitives kleines Zelt auf mein Fahrrad und machte mich auf den Weg; nicht allzu weit, in der Provence, lockte die andere Sprache und die andere Welt des Südens.

Mein Fahrrad war altersschwach, keine Rede von Gangschaltung; ich war froh, wenn ich ohne Pannen hundert bis hundertfünfzig Kilometer am Tag zurücklegen konnte. An den Abenden suchte ich abgelegene Stellen, Pappeln und Ufergebüsch an Saône oder Rhône, Wiesen, wo ein Bach aus den Bergen kam; nicht einmal einen Zeltplatz konnte ich bezahlen.

Unzulänglich auch meine Vorbereitung: ich wußte kaum, welche Kunstschätze es am Weg zu sehen gab. Ziellos durch Lyon, mehr durch Zufall und Glück als durch Plan geriet ich an schöne alte Häuser und Plätze, ahnte ein wenig von der Atmosphäre der Stadt. Weiter über Nebenstraßen, von damals noch nicht allzuviel Autoverkehr belästigt. Eindrücke von Landschaften, Städtchen und Dörfern, der trockenen Hitze über der kargen Buschwelt auf den Kalkplateaus, Geruch nach Buchsbaum, Dorneiche, Stechginster, Thymian. Schwach war damals mein Französisch – doch es langte, um irgendwo ein bißchen Brot, Käse und Wein zu kaufen. Kein Gedanke daran, mir die Feinheiten der Küche leisten zu können! Ich zeltete einsam, atmete die Stille des Abends und des Morgens am Ufer des südlichen Flüßchens.

Nîmes: durch die Straßen schlendernd, stand ich unversehens vor dem römischen Tempel Maison Carrée und der antiken Arena. Der Abend dämmerte; aus offenem Fenster eines oberen Stockwerks füllte eine Flötenmelodie die menschenleere Gasse. Pan war in die alte Stadt gezogen. Eigentlich nichts Besonderes – aber für mich verdichtete sich in den Häusern, dem antiken Gemäuer und dieser Flötenmelodie die Atmosphäre von zweitausend Jahren.

Wie freundlich waren die Menschen zu mir, der ich nicht einmal ihre Sprache richtig sprach! Ein Weinbauer füllte meine Feldflasche mit Rotwein, ein anderer lud mich ein, den Abend in seinem Haus zu verbringen; und mit welcher Erleichterung sagte er: „Wie gut, dass wir normal miteinander sprechen können – noch vor zehn Jahren hätten wir einander umgebracht!" Wieder andere wiesen mir den Weg zu romanischen Kirchen, verfallenen Burgen und außergewöhnlichen Landschaftsformen. Viele Deutsche dachten bei Frankreich nur an Reparationsforderungen nach dem Krieg – wieviele Vorurteile gegen die Franzosen gab es damals noch, und wie unbegründet waren sie!

Ich fuhr weiter, ließ mich südlich von Montpellier zwischen Strandseen und Meer von Myriaden Moskitos zerstechen, bestaunte die mittelalterliche Festungsstadt Carcassonne, den Pont du Gard, das antike Arles – was gab es für großartige Welten, von denen ich kaum gehört hatte! In einer Jugendherberge lieh ich von der Herbergsmutter die Übernachtungsgebühr; sie sagte: „Je veux faire une expérience!" und sie warf mir vor, nicht mehr als ein Vagabund zu sein. Auf dem Rückweg brach der Rahmen meines alten Fahrrads, ich ließ es ich weiß nicht mehr wo und fuhr per Anhalter heim. Von der Fülle der provençalischen Kunstschätze hatte ich nur wenig gesehen; bei vielen späteren Reisen habe ich das Versäumte nachgeholt. Aber waren nicht das unvorbereitete und unmittelbare Erleben wichtiger als Kenntnisse?

So primitiv und unzulänglich jene Vagabunden-Reise im Jahr 1954 auch war – mir öffnete sich eine bis dahin fremde Welt; sie machte mich staunen und überwältigte mich.

Unterwegs

Der kleine, drahtige Professor neigte schnell immer wieder den Kopf und den Oberkörper, unablässig bewegte er die Arme, als wollten die Hände sich gegenseitig kneten. Indem er den unterwürfigen Diener spielte, umtanzten mich seine lebhaften braunen Augen, forschten mich aus: fünf Semester lang hatte ich naturwissenschaftliche Grundvorlesungen gehört; jetzt wollte ich bei ihm Geologie studieren. Ein Stipendium des DAAD ermöglichte mir den Aufenthalt in der Westschweiz, damals, anfangs der fünfziger Jahre, außergewöhnlich: mußte (nach Schweizer Maßstäben) ein Student, der völlig mittellos war, nicht irgendwie selber Schuld sein an seiner Armut? Französisch sprach ich nur wenig, ich hoffte, es zu lernen.

Für den Professor war es selbstverständlich, in sieben Sprachen wissenschaftlich zu disputieren – hier in Neuchâtel spräche man nun einmal französisch, aber wenn nötig würde er auch mit seinem Schweizerdeutsch helfen. Ja, das Wetter sei ja so herrlich, das müsse man ausnutzen, jede Gelegenheit gleich am Schopfe packen – also gleich morgen sollte ich mit dem Bus nach Valangin fahren, dort das Valanginien studieren, dann auf die erste Jurakette hinaufwandern, zurück und zu Fuß heim in die Stadt durch die Kluse. Und tags darauf mit dem Zug ins Val de Travers bis zur Station Noiraigue, dann die Areuse-Schlucht durchwandern, alle vorkommenden Gesteinsarten und ihre Lagerung beobachten und am Seeufer entlang mit der Straßenbahn zurück. Und dann sollte ich Bericht erstatten über alles, was ich beobachtet hatte. Mir verschlug es die Sprache. Noch nie hatte ich vom Valanginien gehört; und bei Exkursionen in Deutschland waren die Studenten stets geführt worden, der Professor hatte erklärt, notfalls hatten ältere Studenten dem Verständnis nachgeholfen. Allein, in fremder Umgebung und völlig unvorbereitet stand ich plötzlich vor einer gänzlich unerwarteten Aufgabe.

Ich tat was mir aufgetragen war. Morgendlicher Dunst vom See erstreckte sich bis an den Fuß der ersten Bergkette, zwischen steilen Kalkfelsen durchquerte der Bus die Schlucht, jenseits in der Sonne das friedliche Dorf mit der Burg. Durch den Bergwald wanderte ich hinauf zum Aussichtspunkt. So also sahen sie von oben aus, die langgezogenen Ketten des Jura, nicht ganz so regelmäßig wie im Lehrbuch, als fügten Falten sich zusammen, um sich anderswo wieder zu trennen, zwischen ihnen die breiten Täler, offenes Acker- und Weideland. Wenn ich nach Süden blickte, schimmerten über dem Horizont große, helle Flächen – ich hielt sie zunächst für Wolken, traute meinen Augen nicht: es mußten die Alpen des Berner Oberlands sein. Noch nie hatte ich, der aus dem Flachland kam, dergleichen gesehen. Ich war überwältigt – was bedeuteten gegen diesen Anblick die Gesteine der Jura-Schlucht!

Tags darauf an der Areuse verzauberten mich die Farben: Gold, rot und braun das Herbstlaub vor den weißen Kalkfelsen, leuchtend blau darüber der Himmel, dunkel das Wasser des Bachs – gewaltige Kessel hatte es ausgeschliffen in den Gesteinsbänken des Flußbetts. Die Schichten, grau, gelb und weiß, stiegen an, liefen horizontal, stürzten senkrecht ab, bildeten Wände und Türme, fielen schließlich wieder sanfter ab zum offenen Bergfuß am See. Und von den Hängen her überall die gelben Ahornblätter vor azurenem Himmel.

Wie friedlich das Städtchen am See! Wohlgeordnet, eine Idylle, unberührt von den Schrecken des Kriegs. Ein wenig verschlafen, die Straßenbahn wand sich durch zwischen Villen und Gärten, nur wenige Häuser im Zentrum hatten vier oder fünf Stockwerke, doch die Stadt insgesamt schien vom Seeufer hinaufzuwachsen an den Fuß des Berges. Welcher Gegensatz zu dem Deutschland der Nachkriegszeit, wo kleinere Städte verwahrlost, größere in Trümmern lagen!

Der Professor hatte fachliche Beobachtungen erwartet, war mit meinem allgemein gehaltenen Bericht nicht zufrieden. Ich hatte nur Bruchteile des Sehenswerten wahrgenommen, das Wesentliche überhaupt nicht erkannt! Ärgerlich verwies er mich an den Assistenten, und der fragte ironisch von oben herab: „Qu' est-ce que vous croyez avoir vu?"

Wehrlos war ich gegen die Ironie, ich biß die Zähne zusammen. Der Professor merkte es und lachte: „Vous êtes un petit taureau!" Wirklich, ich hätte ihn am liebsten auf die Hörner genommen – aber wer im Deutschland der Kriegs- und Nachkriegszeit erzogen war, wagte kaum, seine Gefühle zu äußern.

Für mich naiven Jungen kaum vorstellbar, dass ein Professor, eine Art Halbgott, eine mich weit überfordernde Aufgabe stellen und mich hinterher auslachen könnte!

Der Professor ließ mich zeichnerisch geologische Karten in Profile umwandeln. Dabei erwartete er selbständiges Denken. Was niemand mich je gelehrt hatte – jetzt wurde es plötzlich von mir erwartet. Lehrmeinungen waren mir beigebracht worden. Ich erhoffte mir Anleitungen – war es nicht unnötiger Zeitverlust, Arbeitsmethoden von Grund auf selber entwickeln zu sollen? Der Professor meinte, ein Lernender müsse den eigenen Kopf bemühen. Wenn ich rebellierte, schalt er mich aus: „Vous ne réfléchissez pas!" In mir staute sich ohnmächtige Wut.

Prof. Wegmann erlaubte sich einen üblen Scherz mit mir. Er überredete mich, an mein Bonner Heimatinstitut eine Kiste mit Proben Schweizer Gesteine zu schicken – unfrei, auf Kosten des Bonner Instituts. Ich hatte protestiert – was sollte der Sinn davon sein? Aber Wegmann bestand darauf: „Ils seront heureux de recevoir vos échantillons!" Naiv wie ich war, glaubte ich nicht an einen bösen Scherz des Professors. Ich tat nach seinem Geheiß – und bei meiner Rückkehr erhielt ich dafür bittere Vorwürfe.

Meine Kenntnisse in französischer Sprache und Literatur waren allzu gering, dem wollte ich abhelfen, ich besuchte Kurse an der Universität. Internationale Besetzung: Engländer, Italiener, zwei Holländer, ein Grieche, ein Syrer, etliche deutsche Au-Pair-Mädchen. Nach dem Unterricht diskutierte man oft weiter in einem hellen Tagescafé am See – ich hatte bisher nur den Bierdunst deutscher Kneipen kennengelernt, war überwältigt von der gelösten Atmosphäre, den Gesprächen über Bücher, Filme, Malerei des zwanzigsten Jahrhunderts. In den Deutschen, die mich beeinflußt hatten, spukten immer noch Vorurtei-

le gegen „entartete Kunst". Hier Heiterkeit ohne Klamauk oder Blö-
delei – ich bewunderte das, und ich sah, wie viel ich nachlernen mußte. Plötzlich aus Trümmern, Not und Hektik des Wiederaufbaus in eine
heile Welt versetzt – wie konnte ich mich rasch anpassen? Eine junge
Engländerin sagte zu mir „You are always so terribly serious!" Sie hatte ja recht; Heiterkeit nachzulernen fiel mir schwer.

Natürlich fragte man auch nach meinen politischen Ansichten.
Selbstverständlich Deutschland in Europa, aber wiedervereinigt in den
Grenzen von 1937. Recht auf Heimat, auch für Ost- und Sudetendeut-
sche. Und eigentlich sollten doch alle Menschen deutscher Sprache in
einem Staat leben, also auch Österreicher, Elsässer, Schweizer... Am eisigen Schweigen der anderen merkte ich, wie sehr die Gedanken de-
rer, die mich erzogen hatten, in diesem Kreise befremden mußten. Die
Kriegsschuld Deutschlands und all ihre Konsequenzen begannen mir
langsam bewußt zu werden.

In Deutschland war damals der Wiederaufbau vordringlich – wirtschaftliche Zweckmäßigkeit regierte, Rücksicht auf Baudenkmäler und
alte Stadtbilder waren damals gering. Wie anders in der Schweiz der
berechtigte Stolz auf das Erbe vergangener Jahrhunderte! Deutschland
schien ein Land ohne Geschichte zu sein.

Kurs über französische Literatur: eine andere Art des Denkens! In
Frankreich nüchterne Schilderung des Lebens in menschlicher Gesellschaft, in deutscher Literatur eher erhabene und verschwommene Gefühle; meine Schulzeit im Nachkriegsdeutschland, meine ganze Erziehung
schien mir verfehlt. Französische Aufklärung: wie bestechend klar war
das alles! Warum hatte unser Deutschlehrer uns jene Epoche als trocken,
langweilig und unergiebig dargestellt? Und die großen französischen Ro-
manschriftsteller des 19. Jahrhunderts – setzten sie sich nicht auf eine viel
rationalere und eindringlichere Weise mit dem modernen Leben ausei-
nander als deutsche Autoren? Lebens- und Menschenkunde durch den
Spiegel der Literatur – mir schien, hier wurde Wesentlicheres geboten als
in Deutschland, wo Gefühle als Tiefsinn ausgegeben wurden.

Zusammen mit deutschen Au-Pair-Mädchen ging ich ins Kino, anspruchsvollere Filme, anschließend Diskussion – nachholen, was für andere selbstverständlich war! Eine lotste mich mit in die protestantische Studentengemeinde, und ich durfte teilnehmen an einer Ski-Freizeit im Wallis – mit 22 Jahren zum ersten mal auf den Brettern! Wie herrlich das tief verschneite Hochgebirge – für mich eine völlig neue Welt. Man diskutierte: „Qu'est-ce que c'est qu'un protestant?" Mir schien die Frage falsch gestellt; müßte es nicht heißen: „Was ist ein Christ angesichts des naturwissenschaftlichen Weltbilds?" Dem stellten sich die Leute nur oberflächlich; damit verlor das Gespräch für mich sein Interesse. Mit einem Physik-Studenten diskutierte ich weiter. Er fragte mich: „Was hältst du für das Wesentliche im Leben?" Ich: „Seine Wahrheit finden und sie weitersagen."

Meine Zimmmerwirtin stand im Gespräch mit einer anderen Frau. Unhöflich ging ich zwischen den beiden hindurch, ohne ein Wort zu sagen. Aufgebracht rief sie mir zu: „Je voudrais bien savoir quelle éducation vous avez!" Am liebsten hätte ich ihr geantwortet: „Aucune, Madame, aucune!"

Von dieser Zimmerwirtin zog ich bald fort in eine billige Mansarde. Durch die dünnen Wände hörte ich jedes Wort meiner Nachbarn, italienischer Gastarbeiter. Ich sprach mit ihnen nur das Nötigste. Eines Tages besuchte sie eine Kommilitonin aus meinem Sprachkurs, und ich verstand, wie sie sich nach mir erkundigten. Die Studentin: „E intelligente, il sera professore!" Im Ton der Anerkennung, wieviel Ablehnung! Ich schämte mich, aber ich wußte nicht, wie ich mich ändern konnte.

Der Professor hieß mich, tagelang in Monographien zu lesen, in welchen entlegenen Alpentälern es welche Gesteinsarten gab. Induktive Methode; erst Massen von Faktenwissen anhäufen, dann daraus Folgerungen ziehen. – Mir schien das sinnlose Zeitverschwendung. War es nicht wichtiger für mich, Lücken in meiner Kenntnis von Philosophie und Literatur zu schließen? Er schickte mich los zu weiteren selbständigen Exkursionen. Ich sollte in der Natur meine Augen aufsperren –

und wenn ich nicht beobachten konnte, nun, dann würde ich eben nie ein Geologe werden, jedenfalls kein guter.

Vernichtend dieses Urteil. Ich wollte es lange nicht wahr haben. Aber schließlich mußte ich es mir eingestehen: mir lag es mehr, in Texten Sinn zu suchen, als empirisch Faktenwissen anzuhäufen; ich mußte mit Worten und Gedanken umgehen statt mit Steinen. Mein Irrtum hatte mich Jahre gekostet, doch ich wollte ihn noch nicht fahren lassen.

Im Juni machten die Göttinger Geologen eine Exkursion in die Alpen. Sie besuchten auch Neuchâtel, um sich beraten und führen zu lassen. Bei einer kleinen Fahrt in den Jura durfte ich sie begleiten, und sie sagten mir zu, ich dürfte auch am nächsten Tag in den Alpen dabei sein. Bei der Rückkehr in die Stadt hielt der Bus an einer Verkehrsampel, ich hatte dort in der Nähe zu tun und sprang ab – für die Göttinger ein Grund, mich auszuschließen von der zugesagten Teilnahme an der Alpenfahrt. Verärgert über so viel Kleinlichkeit, fuhr ich am nächsten Tag allein dorthin und nahm auch ohne Erlaubnis an der Lehrwanderung teil. Es kam zu unschönen Wortwechseln. Geologen sind nicht so zahlreich – meine Taktlosigkeit sprach sich bald auch zu meinem Bonner Heimatinstitut herum.

Die Schweizer Geologen maßen immer wieder mit dem Kompass das Streichen und Fallen der Gesteinsbänke, der Klüfte und der Verschiebungsflächen. Daraus ergaben sich – im Schweizer Jura! – wesentliche Einsichten über den Gebirgsbau. Wegmann sagte: „Was Sie an einer Stelle verstanden haben, werden Sie auch anderswo wiederfinden; Methoden, die Sie in einem Gebiet anzuwenden gelernt haben, werden Sie auch anderswo zum Erfolg führen!" Zweifelnd fragte ich, ob das auch für den völlig andersartigen Schwarzwald gelte. Er bejahte das ausdrücklich – und ein Jahr später erlebte ich damit im Schwarzwald ein Fiasko. Er behauptete, ein Deckenbau wie in den Alpen würde sich auch im Rheinischen Schiefergebirge nachweisen lassen – als ich in Bonn davon erzählte, hielt ein Dozent es für unverantwortlich, einem unerfahrenen Studenten solch abwegige Thesen in den Kopf zu setzen.

Die Bonner Geologen fuhren im Herbst 1955 nach Schottland. Ich durfte mit und erzählte unterwegs von der Arbeitsweise der Schweizer – besserwisserisch, das auf Exaktheit begründete Überlegenheitsgefühl der Schweizer hatte auf mich abgefärbt. Natürlich reagierten die Bonner entsprechend ablehnend.

Dennoch versuchte ich, von dem Bonner Professor ein Dissertationsthema zu erhalten. Der erwiderte, einem Studenten, der ihm einen so unverschämten Brief voll wüster Beleidigungen geschrieben habe, wolle er kein Thema geben.

Ich war völlig verblüfft – nicht das geringste wußte ich von einem solchen Brief, den ich da angeblich geschrieben haben sollte, das einzige Vergehen, dessen ich mir bewußt war, bestand darin, einem höflichen Schreiben an ihn die Anrede „Lieber Herr Professor" vorangestellt zu haben. Ich verlangte, den angeblich beleidigenden Brief zu sehen – da war er verschwunden. Ich bat, er möge mir, wenn schon keine Dissertation, dann eine Diplom-Arbeit geben, wenn möglich mit geringer Bezahlung. Er lehnte ab. Eine bezahlte Arbeit habe er nicht, über eine unbezahlte sprach er nicht. Menschen, die mich beraten konnten, kannte ich nicht. Ein deutscher Ordinarius war ein unangefochtener König in seinem Reich – keine Studentenvertretung wagte, ihm gegenüber auf Rechte von Studenten zu pochen.

Ich schrieb einem Mineralogen, den ich in Freiburg kennengelernt hatte. Seine Antwort kam schnell: Er bot mir eine mineralogische Dissertation im Schwarzwald an, mit finanzieller Unterstützung durch eine Bergwerksgesellschaft.

Schwarzwaldsommer

„Was haben Sie sich bloß für einen Ast abgebrochen, der Bauer und Sie, es ist zum totlachen! Seine Worte so deftig, richtig zum anfassen – und dazwischen Ihre steifen Wendungen aus dem Schriftdeutsch, so akademisch und blutleer! Urkomisch diese Mischung! Wirklich, ich möchte mich kringeln vor Lachen!"

Röttges grinste mich überlegen an. Ich hatte versucht, mit meinem Motorrad langsam an der Herde auf der Straße vorbeizufahren, dabei hatte ich eine Geiß am Fuß erfaßt, und zwei Wochen später hatte das arme junge Tier geschlachtet werden müssen. Gemeinsam hatten der Bauer und ich das Schreiben an die Versicherung aufgesetzt, und nachträglich hatte der Bauer es Röttges gezeigt. Röttges lebte als Prospektor der Bergwerksgesellschaft mit den „einfachen Leuten". Etwa dreißig Jahre war er alt, ein Hühne von Gestalt, Junggeselle. Er hockte an den Abenden im Wirtshaus, ließ sich erzählen, wo es früher alte Stollen gegeben hatte, und dort suchte er nach Spuren mittelalterlichen Bergbaus. Er trug das Wissen im Kopf, das ich zu einer Doktorarbeit ausbauen sollte.

Niemand wußte, warum Röttges sein Mineralogie-Studium früh abgebrochen hatte. Als Junge hatte er in den letzten Kriegstagen ein Bein verloren, bei einem Bombenangriff; mit seiner Prothese humpelte er so schnell an den steilsten Hängen entlang, dass ich ihm kaum folgen konnte.

Außer einer norddeutschen Kleinstadt und stillen Universitäts-Instituten hatte ich noch kaum etwas gesehen. Unerfahren, verdreht auf der Suche nach akademischer Wahrheit.

Immerhin, ich sprach englisch und französisch, ein bißchen wie ein Landstreicher gereist war ich auch.

Welch herrliche Ausblicke über Wälder und Weiten bieten die Schwarzwaldhöhen um Todtnau! Quarz-Zonen sollte ich suchen, in ihnen Mineralien erkennen und aus geringen Farbveränderungen Folgerungen ziehen. Dafür war ich nicht ausgebildet, und Farbenblindheit behinderte mich. Ich wollte Bewegungsspuren messen, fuhr mit meinem alten Motorrad Wald- und Wanderwege entlang, rutschte Holzriefen hinunter. Tiefer Verwitterungsschutt bedeckt das Gestein, mir boten sich wenig Aufschlüsse.

Röttges nahm mich mit in die Stollen des Bergwerks. Spärlich leuchteten unsere Karbid-Lampen, am Boden schmieriger Lehm und Pfützen zwischen den Gleisen, gekleidet in Gummistiefel und Ölzeug gingen wir durch unter tropfenden Klüften, an einigen Stellen regnete es in Strömen. Vorbei an Schächten, die ins scheinbar Bodenlose abtauchten, oder anderen, in denen Leitern aufstiegen und sich im Dunkel verloren. Er zeigte mir bunte Mineralien in engen versteckten Spalten, große Flächen von Bergkristall, bunten Kupferkies, rötliche Zinkblende, Bleiglanz, und überall die blaugrünen Würfel des Flußspats und die kugeligen, gelbroten Blätter des Schwerspats. Nach langem Weg gelangten wir zu ein paar Männern, ließen uns berichten über den Fortgang der Arbeit: beim Gedröhn der Preßlufthämmer bohrten sie in den Fels. Dann alle hinaus, Sprengung, Frühstückspause, bis sich die giftigen Dämpfe verzogen hatten. Flußspat bauten sie ab, mühsame Arbeit tief unter Tage. Gering der Verdienst eines Hauers; aber Mitte der fünfziger Jahre gab es in den abgelegenen Dörfern um Todtnau und Schönau sonst nur Bürstenmacherei oder Arbeit im Wald. Wenn Röttges mit den Leuten im alemannischen Dialekt sprach, war das für mich fast unverständlich.

An Regentagen saß ich als technischer Zeichner in einer Kammer neben der Aufbereitungsanlage. Dort wurde der Flußspat gemahlen und von Fremdstoffen gereinigt – das Gebäude bebte unter den Erschütterungen und dem Lärm der Gesteinsmühle, in riesigen Bottichen wurde das Material ausgeschlämmt. Drehende Gestänge, schmieriger Schlamm überall.

Die Wände nackter Beton, unter jedem Tritt knirschte körniger Quarz. In der Kammer Regale mit Laborgeräten und Chemikalien, in einem Schrank zusammengerollte Pläne. Wenn ich zeichnend dort einige Stunden verbracht hatte, war mir, als wäre mein Kopf mit zermahlen. Nur raus!

Röttges und ich wohnten im Dach eines kleinen Holzhäuschens, das der Firma gehörte. Er mußte durch meine Kammer, um in seine eigene zu gelangen. Manchmal lag er stundenlang auf seinem Bett, die abgeschnallte Prothese lehnte an der Wand; er genoß den Duft indischer Räucherstäbchen und meditierte im Anblick einer alten Schwarzwälder Hexenmaske. Er hütete seine Geheimnisse. Wenn er nachts fortblieb, verriet er nicht wo; einmal nur klagte er, wie bitter es sei, ein einbeiniger Krüppel zu sein. Ich machte eine Puppe zurecht, zog einer Rotwein-Flasche ein Röckchen aus Krepp-Papier an, eine mit einem Gesicht bemalte Tüte voll einiger Zigaretten-Schachteln wurde zum Kopf, ein Paar knackige Wienerle zu Armen – die Puppe tat ich Röttges ins Bett. Der war gerührt und ein paar Tage lang sehr freundlich – dann fiel er wieder in seinen Ton spöttischer Überlegenheit. Wie lächerlich waren doch alle Menschen! Skrupellos der Bergwerksbesitzer, ein Dr. h.c. und CDU-MdB; kurzsichtig und kleinlich die Betriebsleitung, die nach eigennützigen Vorteilen strebte; schwerfällig die Arbeiter, die es nicht schafften, sich für bessere Arbeitsbedingungen zu organisieren. Lächerlich kleine Mädchen, die sich glücklich schätzten, weil sie über banalen Durchschnitt nicht hinausschauten, und lächerlich die ganze herkömmliche Religion. Und lächerlich vor allem das Streben von Studenten höherer Semester nach dem Drrr vor dem Namen!

Ich fragte nach Röttges Lektüre. Gehobene Krimis, Science Fiction. Was man sich heute mit wissenschaftlicher Logik in der Phantasie ausmalen konnte, würde in einigen Jahren das Leben der Menschen bestimmen. Huxleys „Schöne Neue Welt", damals noch von vielen als schreckliches Hirngespinst abgetan, war auf dem besten Weg, verwirklicht zu werden. Ich wollte es nicht wahr haben, meinte, die Gefühlskräfte der Menschen würden nie zulassen, das Leben so radikal zu rationalisieren. Für Röttges war das hoffnungslose Gefühlsduselei.

Ich lebte eingesponnen in meine eigene Gedankenwelt, nicht interessiert an den kleinen Leuten oder ihren Sorgen um ihr Auskommen, ihre Gesundheit, Nachbarn und Vieh. Manchmal fuhr ich nach Freiburg, kaufte mir Taschenbücher über Philosophie. Damit verbrachte ich meine einsamen Abende, ließ die Dorfmädchen unter meinem Fenster miauen wie läufige Katzen, ohne sie zu beachten.

Ich hätte mir Gespräche mit Röttges gewünscht, aber ich war zu unerfahren für ihn. Beide lebten wir unsere Widersprüche: Röttges, der sich für einen Rationalisten hielt, verstand es, mit allen Leuten freundlich umzugehen; er fuhr zum Sommerfest, wo die Blasmusik spielte und ein Schwätzchen beim Bier fällig war. Einmal nahm er mich mit; aber ich verstand kein Alemannisch, und mein steifes akademisches Hochdeutsch wirkte wie ein Eisblock im blühenden Obstgarten. Vielleicht gerade weil ich mich für Psychologie und Philosophie interessierte, verstieg ich mich in einsame theoretische Höhen. Und hinter seiner leutseligen Art verbarg sich tiefe Skepsis: „Jeder Mensch ist ein Schuft, es sei denn, er beweist das Gegenteil!" Solche Sprüche verletzten mich, da gab es keine Brücke.

Die geologischen Methoden, die ich gelernt hatte, versagten im Schwarzwald. Fleißige Messungen brachten wenig Ergebnisse; Spekulationen, die ich darauf begründete, interessierten weder den Bergwerksdirektor noch meinen Doktorvater. Ich müßte mir andere Grundlagen erarbeiten, viel Zeit würde mich das kosten. Verzweifelt rang ich mit mir selbst: Ich liebte immer noch die Wissenschaft von der Erde; und nach acht Semestern die Fakultät zu wechseln – wie sollte ich das vertreten gegenüber meiner Mutter, die wahrhaftig nicht viel Geld hatte? Wenn ich meine Kenntnisse anderswo anwenden wollte, müßte ich unter den miteinander gut bekannten Geologen die Widerstände mächtiger Gegner überwinden – fast aussichtslos. Sollte ich das versuchen, obwohl meine Interessen sich anderen Fächern zugewandt hatten?

Ich fühlte mich jämmerlich, zu nichts nütze, ein menschlicher Versager. Vielleicht sollte ich als ehrlicher Schreiner arbeiten. Oder zur Bundeswehr gehen, meinen Eigenwillen auszulöschen versuchen in der Unterwerfung unter Kommando-Strukturen.

An einem sonnigen Oktobertag fuhren Röttges und ich zu einem abgelegenen Dorf; Röttges hatte einen Hinweis erhalten, es gäbe dort Reste einer Bergwerkshalde. Wir suchten viele Stunden – nichts. Nach der Arbeit Rast am Waldrand, buntes Herbstlaub; Wiesen und Äcker zogen sich den Hang herauf. Ich freute mich an der Idylle: „Eigentlich schön, dass wir nichts gefunden haben. Sonst würde eine breite Straße gebaut, ein Loch in den Berg gewühlt, und nach ein paar Jahren würde eine große braune Halde die Gegend verschandeln."

„Sagen Sie das mal den Leuten im Dorf, die wären froh über einen Verdienst im Bergwerk!"

„Es gibt auch andere Verdienstmöglichkeiten. Und für mehr als ein paar Jahre reichen die meisten Stollen nicht. Außerdem: den größten Verdienst hätte doch nur der Drrrr h.c., der im Bonner Bundestag sitzt."

„Sie leben in hoffnungsloser Gefühlsduselei!"

„Vielleicht. Aber Gefühle sind auch wichtig. Ohne Psychologie, Philosophie und Literatur verstehe ich die Menschen nicht. Und in diesem Sommer habe ich gelernt, dass die Menschen wichtiger sind als die Wissenschaft von der Erde, so schön die auch ist."

„Dann sollten Sie Ihr Geologie-Studium aufgeben!"

„Ich weiß es, und schweren Herzens muß ich es wohl tun!"

„Sie sind ein Narr, sich eine so schöne Dissertation durch die Nase gehen zu lassen!"

Röttges zog an seiner Zigarette. „Irgendwo tun Sie mir leid, und doch kann ich Sie auch wieder verstehen. Vielleicht ist das für Sie die ehrlichste Lösung. Aber in Ihrer Haut möchte ich nicht stecken!"

Die Sonne sank, und aus dem Tal stieg der Nebel. Das goldene Laub der Ahornbäume wurde zu lastenden Schatten. Rasch wurde es dunkel und bitter kalt.

(Mit dem Wissen des Prospektors erarbeitete einige Jahre später ein anderer Student eine hervorragende Dissertation. Die Bergwerksgesellschaft blieb im internationalen Konkurrenzkampf auf der Strecke und entließ ihre Mitarbeiter)

Unterm Dach

Freiburg 1957. Ein großes rotes Mietshaus in einer stillen Straße. Ein paar Stufen: im Hochparterre wohnt ein älteres Ehepaar, Teil der Erbengemeinschaft, der das Haus gehört, als quasi Hausmeister überwachen sie alles Geschehen. Hinauf über die gut gewachste Treppe aus Eichenholz: in der Beletage ein Kaufmann, der sich von den Geschäften zurückgezogen hat, großzügig und jovial, vom Krieg her ein Holzbein. Seine freundliche kleine Frau erzählt von den zwei längst erwachsenen und fortgezogenen Kindern. Zu ihrer Wohnung gehört droben unterm Dach eine winzige Kammer, früher für Dienstboten gedacht, nicht heizbar; die ist jetzt für einen Spottpreis zu vermieten, eigener elektrischer Zähler. Die Frau begleitet mich, vorbei an der Wohnung des Musikers. Ganz oben lebt ein pensionierter Bankangestellter mit seiner Frau, die früher Lehrerin war. Rechts um die Ecke drei Türen, die mittlere ist's. Ein Handwerksgeselle schlief hier, sein häßliches eisernes Bettgestell steht noch da, zerfetzte rote Tapeten, unter denen Zeitungsreste hervorschauen. „Wenn Sie sich's herrichten mögen! Toilette und Wasserhahn sind zehn Schritte entfernt, drüben, jenseits der Treppe."

Ich war begeistert. Ein paar Tage lang strich und tapezierte ich mit einem Bekannten, dann gewann der winzige Raum ein Gesicht: auf vier mal vier Ziegeln zwei Bohlen quer, zwei Bretter längs, eine Luftmatratze, sandfarbene Wolldecke. In die eine Fensternische tat ich eine Platte, unter der Koffer und Schuhe verschwanden. In die andere Fensternische eine alte Kommode, auf ihr die Waschschüssel und die Wasserkanne, in den Schubladen Wäsche, Toilettenzeug, Brot, Margarine, Marmelade, Wurst und Käse – Tee bereitete ich mir mit dem Tauchsieder, auf meiner kleinen Kochplatte briet ich manchmal alte Brotreste mit Speck und Eiern – meist aß ich in der Mensa. Rechts ein Arbeitstisch, darüber ein Bücherbrett und eine Wandlampe. In der Ecke hinter der Tür zwei Bretter hochkant und zwei quer, ein brauner Vorhang: der Kleiderschrank. In der Mitte, unter einem freundlichen Lampenschirm, aus hellem Tannenholz mein selbst geschreinerter Nierentisch und ein kleiner Sessel, mit Segeltuch bespannt. Zwischen den Fenstern ein niederes Regal, darauf ein paar bunte Steine, eine kleine schwarz-weiße Porzellan-Vase, später ein kleines Radio. Durch die zwei Fenster schien vormittags die Sonne, glühend heiß wurde es im Sommer; wenn ich dann hier arbeiten wollte, steckte ich die Füße in die Schüssel mit kaltem Wasser. Zwei Turmuhren schlugen die Viertelstunden. Abends steht das Haus wie ein Wehr gegen den kalten Wind aus dem Höllental. Im Winter ist das Zimmer eisig, dann wird die Stromrechnung für den kleinen elektrischen Ofen hoch.

In der Geographie konnte ich geologische Kenntnisse verwerten, über Landschaftsformen wußte ich mehr als die meisten Geographen; deren Wissenschaft von der (Erd)oberfläche erschien mir oft als allzu oberflächlich. Für Klimatologie, Kartographie und Siedlungsgeographie tat ich nur das Nötigste. Doch ich zeichnete ein großes Blockdiagramm des französischen Zentralmassivs, farbig angelegt nach dessen geologisch verschiedenen Teilen, eine landschaftliche Gliederung dieses großen Gebietes. Mit meinem Motorrad fuhr ich dorthin, machte eine Serie von Dias. Der Assistent war von meiner Arbeit begeistert, Prof. Creutzburg ließ kein gutes Haar daran.

Als ich von der Fahrt ins Zentralmassiv zurückkam, begegnete mir auf der Treppe ein hübsches blondes Mädchen. Neu eingezogen in die Mansarde neben meiner; in Freiburg kannte sie niemand. Am Abend kam sie auf einen kurzen Schwatz in meine Bude. Sie war aus Hamburg und studierte Betriebswirtschaft. Sie setzte sich bequem in meinen niederen Sessel – im Trainingsanzug zeichnete sich dezent ihr schöner Körper. Sie schaute sich um im Zimmer und sagte: „Hier gefällt's mir! Hier gehe ich so bald nicht weg!"

Nach ein paar Tagen sagte ich beiläufig auf der Treppe, ich wollte mir einen Film anschauen; das faßte sie als Einladung auf. Nach dem Kino gingen wir spazieren. Auf einem Kinderspielplatz lockte die Schaukel. Ehe ich mich's versah, saß sie rittlings auf meinem Schoß, presste sich an mich. Auf und nieder sausten wir, wie von selbst löste sich ihr duftendes Haar, warm war ihr Atem. Noch nie hatte ich das erlebt. Ich war 24 Jahre alt und im Umgang mit dem anderen Geschlecht völlig unerfahren. Sie war es nicht. Unsere Zimmer lagen Wand an Wand. Die Versuchung war zu stark für mich.

Mein Herz klopfte wie rasend, als ich sie bat, bei ihr schlafen zu dürfen. Für mich war es der Bruch des strengsten Tabus meiner Erziehung. Sie wehrte sich nur kurz, dann stimmte sie zu, sie fühlte mich gern bei sich und beruhigte mein Herzklopfen. Aber wenn ich in ihre Kammer hinüber ging und bei ihr lag, machte ich mir selbst Vorwürfe. Gewiß, was ich tat, war natürlich, war Befreiung und Erlösung aus dem Kerker meiner Vereinzelung – aber ich war nicht frei von der strengen Moral jener Jahre. Ich kannte das Luther-Zitat: „Pecca, sed pecca fortiter!" Ich verdeutlichte es mir: „Wer nie den geraden Weg verläßt, läuft Gefahr, selbstgerecht, hart und verständnislos zu werden. Wer öfter kleine Fehltritte begeht, wird leicht zu einem erbärmlichen kleinen Halunken. Wer etwas Schlimmes tut, kann seine Tat wiederholen und dem Übel verfallen; bereut er, ohne sich zu bessern, bleibt er seelisch krank; erkennt er sich selbst und meistert er sich, wird er vielleicht ein gütiger und verstehender Mensch."

Sie sagte, dass sie mich liebte; ich kam nicht zurecht damit, dass sie vor mir schon einen anderen geliebt hatte. Ich verstand sie nicht, und obwohl ich mich an ihr freute, war ich uneins mit mir selbst. Ich fühlte mich schuldig, weil ich ihre Liebe mißbrauchte, und doch erfüllte ich ihr Verlangen und meines. Am Ende des Semesters suchte das Mädchen sich ein anderes Zimmer, und ich löste das Verhältnis. Sollte ich je eine andere lieben, wollte ich an der wieder gut machen, was ich hier Unrechtes getan hatte.

Ich las Kierkegaards „Tagebuch des Verführers", und es faszinierte mich. Ich las auch die anderen Teile von „Entweder – Oder", und ich lernte den Unterschied zwischen ethischem und ästhetischem Leben zu sehen; neu und überwältigend für mich der Gedanke, Ethik auf die bewußte Wahl des eigenen Selbst zu begründen. Bei Kierkegaard fand ich, was ich suchte: eine philosophische Auseinandersetzung mit christlicher Lehre. Kierkegaard, der die Klarheit im Denken Lessings preist, machte mir deutlich, wie sehr christlicher Glaube von allem verstandesmäßigen Denken verschieden ist: durch die Qualität eines Sprunges, den der einzelne vielleicht wünschen, aber nicht willentlich vollziehen kann. Und wenn er das nicht kann: ist es dann nicht besser, einen solchen zum Scheitern verurteilten Versuch aufzugeben? Etwa ein Jahr lang studierte ich eine Auswahl aus Kierkegaards Schriften, dann ließ ich mich im Philosophikum darüber prüfen.

Drei Semester lang las der Romanist Hugo Friedrich über die französische Literatur des Mittelalters. Beginnend mit der Spätantike und dem Gegensatz zwischen Rom und Byzanz breitete er die ganze Spannung zwischen West und Ost vor seinen Studenten aus – als unterschiedliche Geisteshaltungen über Jahrhunderte, noch nachwirkend im Kalten Krieg. Dann die wichtigsten philosophischen Gedanken des Hochmittelalters, Abälard und Héloïse – bei diesem Thema verließen einige Ordensschwestern fluchtartig den Hörsaal. Als Ausblick die Mystik der Imitatio Christi des Thomas a Kempis. Vor diesem Hintergrund die großen Versromane des Chrétien de Troyes – ritterliche Tugenden als Spiegel für die Fragwürdigkeit des Verhaltens vieler Menschen in unserer Zeit. Außer Philologen auch viele Juristen, Theologen und Betriebswirte in diesen stets brechend vollen Vorlesungen – die Hörer waren überwältigt.

Angesichts dieser Fülle von Geist fragte ich mich, wie ich bisher überhaupt hatte leben können. Das norddeutsche Luthertum erschien mir als kümmerliche Halbbildung, die deutsch-nationalen Ansichten der Korporierten und ihrer Alten Herren als banausenhafte Verirrungen teutonischer Barbaren. War ich geistig vergiftet worden? Wie konnte ich meinem Leben eine neue Grundlage geben? Neuzeitlicher Humanismus als reiche Welt zwischen den Fronten des Kalten Krieges!

Ich bejahte noch die CDU-Politik. Im Wahlkampf 1957 fuhr ich einen Lautsprecherwagen und ließ die Sprüche vom Tonband laufen. Die Breisgau-Dörfer waren noch keine Schlaf-Vorstädte von Freiburg. Über all winkten freundliche Menschen, schenkten uns Studenten Äpfel, Birnen und Zwetschgen. Für das so verdiente Geld konnte ich endlich eine Schreibmaschine kaufen.

Studium in Freiburg in den späten fünfziger Jahren – das bedeutete Hörsäle mit uralten zerkratzten Bänken aus rohem Holz, Kampf um frühzeitig vorbelegte Plätze bei Seminaren, Gedränge in Leseräumen, wo man froh sein mußte, ein halbes Tischchen für sich zu ergattern. Im geographischen Institut zitterte die Luft vom Baulärm, denn unmittelbar vor den Fenstern wurde die neue Chemie und eine Grünanlage geschaffen. Von den Fenstern der Anglisten und Romanisten irrte der Blick immer wieder hinüber zu dem Labyrinth aus Drahtgittern und Beton, Stahlträgern und Hausteinblöcken, das da langsam aus dem Boden wuchs und das neue Kollegiengebäude werden sollte. Allzu langsam; das Studentenkabarett spottete: "Schon euren Enkeln wird es besser gehen!" Tiefpunkt war die Mensa, das Freiburger „Keller-Fres(s)co": In dem großen, niedrigen, von Heizungsrohren durchzogenen und mit häßlicher Ölfarbe gestrichenen Raum stand der Geruch von Kohl und Meerettich-Sauce, von Bratkartoffeln und gekochtem Fisch, und in ihm standen auch Hunderte von Studenten, die eine riesige Schlange bildeten, die sich mehrmals zwischen den Pfeiler-Reihen hindurchwand und deren Schwanz häufig bis auf die Zugangs-Treppe hinaufreichte. Glücklich, wer mit erhaltenem Essen einen Platz an einem Tisch fand; wer Pech hatte, saß auf seiner Kolleg-Mappe und balancierte sein Essens-Tablett auf den Knieen. Es schmeckte alle Tage gleich fade – aber konnte man für eine-Mark-zwanzig mehr verlangen? Wer bedürftig war und gute Fleißprüfungen machte, bekam das Essen umsonst – das war sehr wichtig für mich. (Ein schönes neues Mensa- Gebäude gegenüber der Universität wurde 1960 eröffnet; weitere im Instituts-Viertel und bei den Kliniken folgten später.)

Zwischen dem Instituts-Viertel und dem Rathaus erstreckten sich damals noch große abgeräumte Trümmergebiete. Nur langsam wuchsen darauf einzelne Neubauten, früh das Colombi-Hotel und einige Banken. Ich fühlte mich mehr als Gast denn als Bürger der Stadt, doch ich freute mich am Aufbau.

Die freundlichen alten Vermieter meiner Mansarde sah ich selten. Meine Wäsche gab ich fort – bis sich genug angesammelt hatte, stanken die alten Socken aus dem Koffer. Langes Lüften der Bude war nötig vor jedem Besuch; kam jemand unangemeldet, war es mir peinlich. Oft knirschten nicht zusammengekehrte Brotkrümel unter meinen Schritten, Papiere und Bücher lagen chaotisch herum. Und immer mal wieder brachte die freundliche alte Nachbarin ein Schälchen Kompott oder ein Stück Kuchen; ihren einzigen Sohn hatte sie im Krieg verloren. Lange erzählte sie über Bücher, Filme und Vorträge im Volksbildungsheim Waldhof, oder über ihre Schwester, die sie in ihre Wohnung aufgenommen hatte und die ihr das Leben schwer machte, und was sie in ihrer Jugend für ein schlimmes loses Mädchen gewesen war. Oder sie fragte nach meinen Professoren, meinen Angehörigen und meinen Bekannten. Hans Katt, mein Freund aus Stader Schultagen, war meinen Spuren gefolgt. Nach dem Abitur hatte er drei Semester an einer PH studiert; dann war er schwer erkrankt, in einer schwierigen Nieren-Operation hatte man ihn gerettet. Der modernen Wissenschaft, der er sein Leben verdankte, wollte er sich fortan widmen – er begann ein Geologie-Studium in Bonn. Vordiplom mit Auszeichnung, hoch geschätzt vom Professor – aber jetzt wollte er mit philosophischen, historischen und soziologischen Studien die moderne Welt verstehen. Er kam nach Freiburg – oft diskutierten wir lange. Spinozas Ethik faszinierte ihn. Mit einer Arbeit darüber wollte er die Aufmerksamkeit des Professors erregen. Ich meinte, als Student müßte er sich zunächst an den Interessen des Professors orientieren – das schien ihm belanglos. Seine Eltern zahlten, und er lebte sparsam, verdiente gelegentlich mit Büroarbeiten dazu; aber für ein bestimmtes Studienziel konnte er sich nicht entscheiden. Auch ich war darin nicht entschieden; aber mein Staatsexamen wollte ich machen. Hoffentlich gäbe es danach einen anderen Weg als das Lehramt!

Katharina studierte Geographie und Romanistik. In Geomorphologie konnte ich ihr helfen, in Literaturwissenschaft war sie mir weit voraus, beeinflußt vom Geist französischer Intellektueller. Klein, etwas pummelig, Brillenträgerin, kurzes dünnes Blondhaar und spitze Nase. Ironisch überlegen witzelte sie über Denkgewohnheiten, Professoren und Assistenten. Kettenraucherin mit übertrieben langer Zigarettenspitze, gab sie sich den Anschein eines mondänen Vamps. Indem sie die Hilfsbedürftige spielte, erhielt sie jede gewünschte Hilfe. Ihr geistreiches Sprechen faszinierte mich. Nachmittage auf Café-Terrassen, Literatur und Philosophie. In ihrem Zimmer, dessen abscheuliches Durcheinander gnädig im Halbdunkel blieb, hörten wir ihre Platten – Vivaldis Jahreszeiten und die Dreigroschenoper, Orffs Carmina Burana und Mozarts Symphonien. Das waren mir fast unbekannte Welten. Und in meinem Zimmer, wo ich für solche Gelegenheiten Staub und Brotkrumen ausgekehrt und etwas Ordnung gemacht hatte, übersetzten wir die vorgeschriebenen Übungen ins Französische. Glühwein, natürlich – aber nie auch nur die geringste körperliche Annäherung, bei Katharinas Distanziertheit verbot sich das von selbst. Ich hätte sie gern als Freundin betrachtet. Aber auf der Straße sagte sie plötzlich zu mir: „Geh' jetzt bitte einen anderen Weg; dort kommt ein Bekannter von mir, ich möchte mit ihm weitergehen". Ich fühlte mich tief verletzt, aber wenige Tage später arbeiteten wir wieder zusammen. Zu den Weihnachtsferien fuhren wir nach Norddeutschland, ihr Vater war Ingenieur in Emden. Während der Nacht, im überfüllten Eisenbahnabteil, schlief sie an meiner Seite, den Kopf an meine Schulter gelehnt. In Hannover stieg meine Schwester zu uns in den Zug, doch gleichzeitig auch ein Bekannter Katharinas. Bis Bremen, wo wir umsteigen mußten, sprach sie unausgesetzt mit ihrem Bekannten, meine Schwester und ich waren für sie Luft. Das bedeutete das Ende einer Freundschaft – spätere Wiederannäherungsversuche von ihr wies ich schroff zurück.

Einem vierzehnjährigen Jungen gab ich Nachhilfeunterricht. Der Vater, promovierter Chemiker, hatte ein schönes Haus mit herrlicher Aussicht auf dem Loretto-Berg. Sein Beruf ließ ihm kaum Zeit, sich um seine Familie zu kümmern. Die Leute luden mich zu einem Abend auf ihrer Terrasse ein. Im Gespräch wurde deutlich, wie sehr der Mann gefangen war in einem allzu engen Horizont seines Faches.

Aber was ist eigentlich „Bildung"? Kann der Rundfunk „Bildung" vermitteln? Wem „gehört" der Rundfunk? Wie arbeitet man dort, an welchen Themen, nach welchen Gesichtspunkten? Mit solchen Fragen befaßte sich damals ein Arbeitskreis, hervorgegangen aus der katholischen Studentengemeinde. Der Leiter, Dr. Karl Becker, Mitglied des Rundfunkrats, wollte Studenten an das sich in der Publizistik spiegelnde geistige Leben der Gegenwart heranführen. (Eine Aufgabe, die von der allzu vergangenheitsorientierten Universität kaum wahrgenommen wurde – rühmliche Ausnahme: Arnold Bergsträsser). Die Teilnehmer des Arbeitskreises konnten mit eingeladenen Intendanten und Redakteuren diskutieren, und es gab Exkursionen zum Südwestfunk, zum Bayerischen Rundfunk und zur BBC-London. Viele Germanisten, Historiker und Soziologen, die Journalisten werden wollten, meist fortgeschrittene Semester. Anregung zu Lektüren wie Günther Anders' „Antiquiertheit des Menschen", Huizingas „Homo Ludens" und Szczesnys „Zukunft des Unglaubens". Dies Buch befreite; es machte klar, wieviel quälende Glaubenszweifel durch die öffentlichen Meinungsmacher verursacht waren. Lektüre von Sartre und Camus; ich fand endgültig meinen Standpunkt außerhalb der christlichen Lehren. 1961 trat ich aus der Kirche aus. Meine Mutter fühlte sich dadurch zutiefst verletzt.

Weiter Vorlesungen und Seminare bei Hugo Friedrich, seine Gedanken über Montaigne, Gracian, die französischen Moralisten, die amoralische Lebensklugheit in der romanischen Komödie, die moderne Lyrik. Auf Empfehlung von Bergsträsser Tocquevilles „Démocratie en Amérique" und deutsche Vergangenheitsbewältigung. Die Anschauungen, in denen ich erzogen war, wurden hinweggeschwemmt. Und auch die Möglichkeit einer Rückkehr zur Geologie, die man mir andeutete, lehnte ich dankend ab – zu stark war mein Interesse an den neuen Horizonten, die sich mir aufgetan hatten.

Mit anderen Studenten saß ich in Lehrveranstaltungen – aber bei den Geographen waren die meisten viel jünger als ich, und meine geologischen Erfahrungen sonderten mich ab; und bei den Romanisten fühlte ich, dass sie mir nicht nur im Wissen, sondern auch in gesellschaftlicher Gewandtheit voraus waren. In einem Tanzkurs versuchte ich, andere Menschen kennenzulernen. Ich tanzte wiederholt mit einem äußerlich unscheinbaren Mädchen. Unauffällig war sie gekleidet; schmal das Gesicht mit dunklen, streng zurückgekämmten Haaren. Wenn ich versuchte, mit ihr über meine Studien zu sprechen, hielt sie sich zurück – sie sagte, sie interessiere sich für „das Menschliche". Da nun freilich erfaßte sie Wesentliches, intuitiv, nicht durch verstandesmäßige Analyse. Mir war das fremd, es irritierte mich, zog mich an und ließ mich gleichzeitig auch fühlen, wie anders ich war. Sie wollte Lehrerin werden für Handarbeit, Hauswerk und Turnen – Fächer, die auch meine Mutter unterrichtete und denen die Mutter meines Vaters nahegestanden hatte. Wenn wir nach dem Tanzkurs mit anderen ausgingen, schien mir ihr Schweigen mehr zu sagen als viele Worte. Gern ließ sie sich ins Theater einladen. Ihren ersten Besuch in meiner Bude hatte ich als harmloses Gespräch gedacht – sie schwieg. Sie ließ ahnen, was sie fühlte, und doch verbot die Strenge ihrer Sitten alles, was die damalige rigorose Moral verletzt hätte.

Eines Abends stellte sie mich am Bahnhof ihren durchreisenden Eltern vor. Ihr Vater war Oberstudienrat für Mathe und Physik in Neustadt. Er erschien mir streng, verkniffen, unnahbar – ihre Mutter dagegen warmherzig, teilnehmend, an Fremdem interessiert. Aber gerade von dieser Mutter erhielt sie wenig später einen Brief, der sie zu strenger Moral ermahnte – sie zeigte ihn mir, aufs äußerste empört und verletzt. Als ich sie Pfingsten – da kannten wir uns ein halbes Jahr – in Neustadt besuchte, wurde ich in einer nahegelegenen kleinen Pension einquartiert. Man nahm mich freundlich auf in der Familie – und doch erschien mir die Atmosphäre geprägt von höflicher Distanz – ein Preuß bei Badenern! Wir gingen tanzen im Kurhaus Friedenweiler, und dann brachte sie mich zum Bahnhof. Verliebt hielten wir einander an den Händen – ihre Eltern, die uns vom Fenster aus beobachteten, predigten ihr danach strenge Regeln der Moral. Wir quälten einander, indem wir versuchten, die zu befolgen. Waldensisch die Familientradition ihres Vaters, aus protestantischer Straßburger Handwerkerfamilie ihre Mutter. Wie oft sollten ihr Vater und ich später noch unvereinbare religionsphilosophische Standpunkte diskutieren! Sie selber ließ sich von meinen nichtchristlichen Ansichten überzeugen – doch aus der Kirche austreten wollte sie nicht. Diese Unentschiedenheit schmerzte mich, doch ich mußte sie hinnehmen.

Für einen Sommerabend hatten wir uns in Freiburg verabredet. Ein Gast im geographischen Institut brauchte mich als Führer im Elsaß, ich konnte sie nicht benachrichtigen und verspätete mich um drei Stunden. Vergebens pfiff ich unter ihrem Fenster. Auf dem Weg zurück zu meiner Bude traf ich sie auf der Straße, völlig aufgelöst. Es zeigte mir, wie sehr Gudrun mich liebte.

In den Sommerferien besuchten wir gemeinsam meine Mutter in Bremervörde. Gudruns praktische Lebensklugheit und ihr Geschick im Umgang mit Menschen eroberten das Herz meiner Mutter im Sturm. Nach einem Jahr verlobten wir uns – wir zeigten die Ringe ihren Eltern. Die waren verärgert über die Formlosigkeit. Ihr Vater fragte nach meiner Familie. Die Auskunft gab ich ihm gern, und dann war ich akzeptiert. Ich durfte wieder Vater sagen, und ich lernte den Mann schätzen, trotz seiner allzu starren Korrektheit. Als Sohn eines Eisenbahners hatte er in Karlsruhe studiert und sich hochgearbeitet. Er hatte viel Sinn für Kunst und Philosophie. Mitunter brach das Temperament seiner südfranzösischen Vorfahren in ihm durch – dann konnte er sich fanatisch ereifern – gegen den Fanatismus.

Den Sommer darauf brütete ich über meiner Examensarbeit; Gudrun fuhr mit meiner Mutter und meiner Schwester ins Berner Oberland. Sie lernten sich kennen und lieben. Dann wurde sie in Villingen Junglehrerin. Als ich den Ortsnamen hörte, mußte ich im Atlas danach suchen. In den Herbstferien heirateten wir – in kleinstem und bescheidenstem Rahmen. Nicht ganz befriedigend der Termin, mit Rücksicht auf ein Examen meiner Schwester. Nur vier Tage gönnten wir uns für eine Hochzeitsreise ins Elsaß. Nur an den Wochenenden konnten wir zusammen sein – manchmal fuhr ich zu ihr nach Villingen, manchmal kam sie nach Freiburg, manchmal trafen wir uns in Neustadt. Ich war 27 Jahre alt und hatte fünfzehn Semester lang zwei Fakultäten studiert. Immer noch lebte ich vom Geld meiner Mutter – wieviele Altersgenossen hatten längst mehr als ihr Brot! Obwohl meine Kenntnisse äußerst lückenhaft waren (wie hätten sie nach nur sieben Philologie-Semestern anders sein können?) meldete ich mich zum Examen. Es war töricht: damit beendete ich mein Studium, als es am fruchtbarsten war, und die unvermeidlich schwachen Noten mußten mir den Start ins Berufsleben furchtbar erschweren. Aber ich wollte endlich etwas vorweisen können. Auch die Wünsche meiner Mutter und meiner Schwiegereltern ließen mich das Unmögliche versuchen. Und es gelang: mit schwachen Noten und nach Abhacken eines „Schwanzes" bestand ich mein Examen. Sieben Wochen später wurde unsere Tochter Friederike geboren. In den letzten Tagen vor der Entbindung hatten wir zu zweit in meiner winzigen Dachkammer gelebt. Das Kind gaben wir zu den Großeltern. Nach nur zwei Monaten mußte Gudrun wieder in den Schuldienst.

Referendar

Freude an gut formulierten Gedanken war mir erst nach einem zeitraubenden Umweg aufgegangen. Gern hätte ich sie zu meinem Lebensinhalt gemacht, als Publizist, Redakteur oder Lektor. Dafür hätte ich Arbeitsproben liefern müssen – und die anzufertigen hatte ich nie die Zeit oder Ruhe gefunden. Auch wußte ich nicht genug in Geschichte. Mit nur befriedigenden Noten in Geographie, Französisch und Englisch hatte ich wenig Chancen. Ich mußte eine Familie ernähren. Die ganze Verwandtschaft drängte: „Mach deine Referendarzeit, dann bist du wirtschaftlich gesichert!" Schließlich gab ich nach, schweren Herzens.

Aber allzu gut erinnerte ich mich daran, wie wenig Orientierung für mein späteres Leben ich in meiner eigenen Schulzeit erhalten hatte. Wenn ich selber schon Lehrer werden sollte – dann wollte ich wenigstens versuchen, meinen Schülern etwas von dem zu vermitteln, was meiner bohrenden Kritik an meiner eigenen Studienzeit als wertbeständig erschienen war. Das würde wohl anderes sein als die meist unkritischen Einstellungen meiner eigenen früheren Lehrer!

Zunächst mußte ich an einer Realschule und einem Gymnasium hospitieren, ohne Bezahlung. Nach einigen Monaten stellte man mich dann als Referendar ein, für 350 Mark im Monat (jeder Hilfsarbeiter verdiente ein Vielfaches). Dafür durfte ich dann von April bis Juli „German assistant" sein an einer Schule in Wales. Gelegenheit zum Lernen, wenig Arbeit, Trennung von meiner Familie. In der kleinen Universitätsstadt Bangor lebten außer mir fünf Studenten im Haus einer Facharbeiterfamilie. Wir diskutierten zum Scherz: „Should all dogs be abolished?" – „The quality of British railways." – „What do you understand by success in life?" – „Can you see on a girl's face if she is a virgin or not?" Fremdartig für mich der heitere und witzige Ton.

Die Wohnverhältnisse waren karg – dagegen war meine Freiburger Mansarde ein Luxus-Apartment gewesen. Im Lehrerzimmer einer traditionsbewußten Schule zerbrochene Möbel, keins paßte zum anderen, Dart-Spiel, zum small talk Tee und Milch, deren Reste noch Stunden nach der Teepause auf den Fenstersimsen standen. In den „gowns" der Lehrer und Dozenten oft lange Risse – war das Wertschätzung ehrwürdigen Alters oder Nachlässigkeit?

Ich las D. H. Lawrence, Aldous Huxley und Bertrand Russel. Die englischen Lehrer wiegten die Köpfe: „Very good authors, but rather unorthodox views!" Im Städtchen herrschte puritanische Strenge: umgitterte Kinderspielplätze blieben an Sonntagen geschlossen. Was konnte ich britischem Traditionsbewußtsein entgegensetzen? Wie beeindruckend der Stolz und das Bewußtsein einer reichen Geschichte – und was hatten wir? Welche deutschen Autoren konnten bestehen vor britischer Nüchternheit? Allzu dürftig meine Kenntnisse! – Und wie viele herrliche Bilder schenkten auch die walisischen Berge und die Küste beim Snowdon-Gebiet, die Städtchen und Burgen, auch im West-Englischen Grenzland!

In Villingen mietete meine Frau eine kleine Dachwohnung. Von ihren Ersparnissen kauften wir die nötigsten Möbel, Verwandte schenkten uns ein altes Schlafzimmer. Eine Junglehrerin verdiente 900 Mark. Als ich von meinem „Gehalt" einen Bausparvertrag abschloß, protestierte meine Frau: konnten wir dafür hundert Mark im Monat erübrigen?

Referendar am Villinger Gymnasium – wegen Lehrermangels mußte ich gleich selbständig eine Mittelstufenklasse in Englisch und Deutsch (fachfremd) unterrichten. Ich verstand mich gut mit den Schülern, und der Unterricht machte mir Freude. Eine Erzählung ließ ich in ein Hörspiel umwandeln – der Direktor schüttelte den Kopf: was sollte dieser Umgang mit Sprache? Ich experimentierte mit Gruppenarbeit: „Wo bleibt denn da die nötige Disziplin, junger Herr Kollege?" Man forderte autoritären Führungsstil; wenn ich versuchte, mit Schülern freundlich umzugehen und, auf Verständnis hoffend, eigene Unvollkommenheit eingestand, mißdeuteten manche an Härte gewöhnte Klassen das als Schwäche und spielten die wilde Affenhorde.

Kaum hatte ich mich eingewöhnt, wurde ich nach Freiburg versetzt

– erfahrene Lehrer einer „Elite-Schule" sollten die jungen Kollegen ausbilden. Wer abweichend von der ausgefeilten Methode im Fremdsprachenunterricht etwas auf Deutsch erklärte, bekam einen Rüffel und eine schlechte Beurteilung. Unangekündigte Besuche vom Oberschulamt, beim Pechvogel in der letzten Stunde vor den Ferien, wenn kein Schüler mehr arbeiten möchte. Von solchen „Vorführ-Stunden" kann das Schicksal abhängen.

Einmal bat ich einen Schüler, etwas an die Tafel zu schreiben. Nach der Stunde korrigierte der „Einführende": „Sie brauchen den nicht zu bitten, der muß das auch so tun!" Ich hospitierte in einer sauberen ordentlichen Strickjacke – nach der Stunde bekam ich einen Verweis: „Es gehört sich, ein richtiges Jackett und Krawatte zu tragen, die prägende Kraft der Formen kann nicht hoch genug veranschlagt werden!" Das war 1961. Nichts gegen Formen, die Rücksichtnahme ausdrücken – aber hier wurde ein höherer Rang beansprucht, und wahrer Rang zeigt sich für einen kritischen Menschen, wenn jemand Wesentliches von Unwesentlichem zu unterscheiden vermag. Freilich, was ist wem wesentlich? Ich lehnte mich auf gegen Erstarrtes und Sinnentleertes. Man merkte mir meinen Unmut an.

Die meisten Referendar-Kollegen interessierten sich nicht für Pädagogik und Psychologie. Manche Gymnasial-Lehrer verstanden sich als gut bezahlte Verkäufer von Kenntnissen. Ich wollte durch Auswahl geeigneter Texte Denkanstöße geben, um über den Vergleich mit England und Frankreich die deutsche Gegenwart besser verstehen zu lehren. Ich forderte auf zu kritischer Auseinandersetzung mit deutscher Tradition und Vorurteilen. Wenn ich im Oberstufenunterricht unorthodoxe Gedanken brachte, hieß es sofort: „Sie wollen den Schülern Atheismus predigen? Unerhört!" Konfessionslose Menschen wurden in Deutschland damals als eine Art Asoziale betrachtet.

Als neues Fach wurde Gemeinschaftskunde eingeführt – 1962. Die unangenehme Aufgabe wurde meist jungen Kollegen und Referendaren zugewiesen. Wir wurden geschult – recht oberflächlich, Institutionenlehre. Damals kandidierte Adenauer kurz für die Bundespräsidentschaft, was er bald wieder zurückzog. Man spürte die zynische Verachtung der Intellektuellen durch die CDU, Ludwig Erhard sprach von den „Pinschern". Spiegelaffäre.

Mit Schaudern dachte ich daran, dass ich noch 1957 die CDU im Wahlkampf unterstützt hatte. Der mehrheitlich konservative Geist der Gymnasien schien mir unerträglich, ich wollte es besser machen – aber ein Referendar war zunächst einmal auf das Wohlwollen der Obrigkeit angewiesen. Wie man damals sagte: „Er muß ein so dickes Fell haben, dass er auch ohne Rückgrat noch für alles gerade stehen kann." Das Jahr 1968 war noch nicht gekommen. Ich eckte an.

Und meine Kenntnisse französischer Grammatik waren auch wirklich lückenhaft. Das Studienseminar feierte Weihnachten in einem Freiburger Gymnasium. In der Kirche nebenan sang der Bach-Chor: „Jauchzet, frohlocket!" Zu diesen Klängen eröffnete mir der Seminarleiter, man habe sich leider genötigt gesehen, meine Referendar-Zeit zu verlängern. Unsere zweite Tochter war damals drei Monate alt. Wie sollte eine vierköpfige Familie von dem Unterhaltszuschuß (damals 500 Mark) leben? Ja, man sähe die Härte, und ich dürfte das zusätzliche Jahr in Villingen oder Offenburg absolvieren. Der Seminarleiter und ich standen am Fenster und schauten ins Dunkel des Dezember-Abends. Aus der Kirche schallte es immer noch: „Jauchzet, frohlocket!" Mir war nicht danach. In wenigen Tagen würde ich 30 Jahre alt werden. Meine Frau mußte weiterhin unterrichten, dreißig Stunden in der Woche. Ich half im Haushalt, aber natürlich mußte ich mehr für die Schule tun, keine Schreibversuche nebenher. Für die zweijährige Friederike fanden wir einen Platz im Kindergarten, es nötigte sie zu allzu früher Selbständigkeit. Die Kleinere blieb mitunter stundenlang allein in der Wohnung, sie litt am Hüft-Luxation und lag im Spreizhöschen. Nachbarn telefonierten in die Schule: die Frau sollte das schreiende Kind versorgen. Haushaltspraktikantinnen bildeten eine Notlösung. Im Herbst wies man mich dem Offenburger Schiller-Gymnasium zu.

Dort herrschte ein menschlicher Umgangston, und im protestantischen Offenburg auch eher Verständnis für modernes Denken als im mehrheitlich katholischen Villingen oder in Freiburg. Im Dezember 1963 bestand ich mein Assessor-Examen.

1963. Aus dem Schwarzwald kommend, verbrachten wir die Ferien im winzigen Reihenhaus meiner Mutter in der Heide. Sie freute sich an unseren zwei kleinen Mädchen, und die liebten sie. Wir waren dankbar und froh, die Kinder für ein paar Tage bei der Großmutter lassen zu können.

In glühender Hitze nahmen wir den Zug, fuhren anschließend noch ein Stück mit dem Bus zu einem kleinen, abgelegenen Ferienort an der Ostsee. Endlich aufatmen nach der drückend heißen Fahrt! Im Dorfgasthaus ein bescheidenes Zimmer. Auf der Straße davor ein Verkaufsstand – in der Luft durchdringender Rauch von Holzfeuer, Geruch frisch geräucherter Aale schwebte träge durch den heißen Spätnachmittag. Schnell das Abendessen ins Zimmer – nur ins Wasser!

Über der bleiernen See drückende Schwüle. Verlassene Strandkörbe – wir hatten Strand und Meer für uns allein. Am Horizont eine ungeheure schwarze Wolkenwand, aus der die Blitze zuckten. Kam sie schnell näher oder nur langsam?

Hemd und Hose flogen in einen Strandkorb, wir rannten in das aufspritzende Wasser. Hellgrün war es und warm, spiegelglatt die Oberfläche. Eintauchen, schwimmen, erfrischen!

Immer schwärzer der Himmel. Dann unzählige kleine Springbrunnen auf der glatten Oberfläche. Schwere Tropfen stürzten herab, klatschten aufs Meer, ließen Wasserkränze hochspringen. Windböen trieben graue Regenschleier heran. Alles prasselte und rauschte. Wir hörten kaum das Krachen des Donners in den Wolken.

Blitz um Blitz kam näher, immer rascher gefolgt vom Donner. Nichts wie raus! An Land schlugen die Tropfen wie tausend Nadeln auf unsere Haut. Ein Strandkorb bot Schutz. Jetzt goß es in Strömen, und die Blitze zuckten bald ferner, bald näher.

Hosen und Hemden waren im Strandkorb trocken geblieben, wir klemmten sie unter die Arme und rannten los, zehn Meter weit zum nächsten Strandkorb, zwanzig Meter zum übernächsten, immer wieder Schutz suchend, immer wieder durch den strömenden Regen, ein paar Minuten Pause hier, ein paar Minuten da. Als wir schließlich unser Gasthaus erreichten, waren unsere Kleider genau so nass wie das Badezeug, das wir am Leib trugen. Wir sprangen durch die Wirtsstube, unter dem Gelächter der Gäste, zur Treppe, hinauf in unser Zimmer.

Stickiges Halbdunkel unter schrägen Wänden. Wir rissen das Fenster auf, hingen die Sachen zum trocknen über Schranktüren und ans Waschbecken. Splitterfasernackt überlegten wir – sollten wir aus dem Rucksack Reservezeug holen? Im Zimmer brütete die Hitze. Unser Abendessen roch würzig durch das Papier – der Räucheraal! Wir würden ihn mit dem Taschenmesser und den Fingern essen. Goldbraun glänzte die Haut. Milch aus dem Zahnglas, Äpfel als Nachtisch. Wie Adam und Eva hockten wir am rohen Holztisch, lösten mit den Zähnen das fette weiße Fleisch von der biegsamen Mittelgräte, schleckten uns die Finger.

Wir waren jung, und wir liebten uns. Neun Monate später wurde unser Sohn geboren.

Herausforderung

(Wenige Monate unterrichtete ich in Freiburg. Dort war es damals fast un-
möglich, eine Wohnung zu finden. Ich wollte mit meiner Familie leben und
bat um meine Versetzung in den Raum Villingen-Donaueschingen. Ostern
1965 erhielt ich eine Stelle am Villinger Wirtschaftsgymnasium)

Der kalte Krieg war noch in vollem Gange. Die Ideologie zur Rettung
des christlichen Abendlands beherrschte die Köpfe vieler Menschen. In
Villingen hatte es bisher niemand gewagt, das übliche Denken in Frage zu stellen.

Als junger Studienassessor sollte ich Englisch- und Französischun-
terricht erteilen. An der Universität hatte ich zeitgenössische Philosophie und Literatur studiert. Fremd war mir die Stadt, fremd die Denkweise ihrer Bewohner. Während des Unterrichts tönte plötzlich aus
dem Lautsprecher die Stimme des Direktors: „Liebe Jungen und Mädchen, zu Beginn des Schuljahrs will ich eindringlich zu Ruhe und Disziplin ermahnen. Seid brav und ordentlich; und an den Sonntagen ver-
säumt es ja nicht, in die Kirche zu gehen – das ist dringend nötig, zumal
wir heute im Abwehrkampf stehen gegen Bolschewismus, Atheismus
und ähnliches Untermenschentum." Ich fühlte mich als Atheist – sollte
ich mich jetzt auch als Untermensch fühlen?

Einige Tage später, zu Beginn einer für mich unterrichtsfreien Stunde,
begegnete mir auf dem Weg zum Sekretariat der Direktor. Der sprach
mich an: „Ach, Herr Kollege, Sie sind gerade frei? Das trifft sich gut,
der Pfarrer X muß dringend etwas in der Stadt erledigen, machen Sie in
seiner Klasse gerade Vertretung!" Ich erwiderte, Religion sei nicht mein
Fach, ich hätte auf diesem Gebiet nichts zu melden. Unterricht bedür-
fe der Vorbereitung, und für die Berufsschule sei ich nicht ausgebildet.
Keine Entschuldigung galt. Ohne Vorbereitung hinein in die fremde
Klasse, 17-20 jährige Industriekaufleute. Frage an die Schüler: „Worüber sprechen Sie in den Religions-Stunden? Gewiß vertreten Sie als erwachsene Menschen auch andere, eigene Standpunkte?"

Plötzlich fragte mich einer: „Sind Sie überhaupt katholisch?"

„Nein, ich bin aus der Kirche ausgetreten, ich bin Atheist." Alle reden auf einmal aufgeregt durcheinander, einer ruft: „Jetzt geht's los!" Ein anderer erklärt: „Dann haben Sie uns überhaupt nichts zu sagen." Manche setzen sich breitbeinig zurecht, als wollten sie gleich einem spannenden Kampf zuschauen.

„Vielleicht wär's ja für Sie interessant, mal einen anderen Standpunkt kennenzulernen. Falls Sie wissen möchten, warum ich auf meine Art denke, fragen Sie, und ich antworte." Ein untersetzter junger Mann mit breitem Gesicht fragt, ob ich Kommunist sei. Nachdem ich das verneint habe, will ein anderer wissen, wie ich mir die Entstehung der Welt vorstelle. Dann fragt ein Mädchen, ob mir die zehn Gebote denn nichts bedeuten. Ein großer, schlanker Junge fragt, ob ich denn nichts von der christlichen Nächstenliebe halte. Ruhig beantworte ich die Fragen. Die jungen Leuten beginnen, in kleineren Gruppen zu diskutieren, manche sind sichtlich beeindruckt, andere wehren sich dagegen, in eine schwierige Auseinandersetzung hineingezogen zu werden. Die jungen Industriekaufleute wollen immer mehr wissen, ich kann gar nicht alle Wortmeldungen berücksichtigen. Die Zeit verfliegt, der Pausengong bricht die Stunde ab. Noch lange hätte das Gespräch andauern können.

Als ich die Treppe hinuntergehe, kommt mir dort der Religionslehrer entgegen, gerade zurück aus der Stadt. Noch ganz im Schwung der eben geführten Diskussion, im Gefühl, den jungen Leuten eine anregende Stunde gegeben zu haben, sage ich zum Pfarrer: „Ich habe Sie eben vertreten und den Schülern etwas über Atheismus erzählt, ich glaube, das hat die interessiert."

Um den schmalen Mund des Pfarrers zeichnen sich tiefe zitronensaure Linien. Er beschwert sich beim Direktor und bei der Schulaufsicht. Ich muß schriftlich berichten. Ich erhalte einen Rüffel, ich hätte unklug gehandelt, und einen Eintrag in meine Personalakte. Aber zu weiteren Vertretungsstunden im Fach Religion werde ich nicht herangezogen.

Abseits

1947: abseits der Trümmerstädte mit all ihren wirtschaftlichen und sozialen Schwierigkeiten ein entlegenes Dorf in der Heide. Einzeln oder in kleinen Gruppen die alten Niedersachsen-Häuser; hinter dem Wald, im weiten flachen Urstromtal, das durch Moränenhügel begrenzt wird, zwischen feuchten Wiesen das Flüßchen. Es ist eingedeicht, denn Ebbe und Flut lassen den Wasserstand schwanken. Dichte Schilfgürtel auf dem Schlick zwischen Deich und offenem Wasser. Die Wiesen, von schmalen Gräben entwässert, liegen einsam fast während des ganzen Jahres. Schwarz-weiß flattern zick-zack die Kiebitze darüber hin, hoch droben singen beim Sturzflug die Flügelspitzen der Bekassinen.

Ungeheuer weit ist der Himmel, über den die großen Wolken segeln. Im Juni und im September machen die Bauern hier Heu, Pferde ziehen die altmodischen Mäh- und Wendemaschinen, mit Heugabeln beladen die Männer die Wagen, auf denen Frauen die duftenden Büschel zurechtdrücken. Die Wiesen erstrecken sich bis zum sandigen niederen Hang, oberhalb dessen Kiefernwald die Geest bedeckt. Am Rand ein paar breitästige Buchen, in denen wir Kinder herumklettern, oder wir baden im Flüßchen, dort, wo an der Mündung des Moorkanals kein Schilf den Zugang verwehrt. Bis auf dem Heuwagen ein langer schlanker Stamm festgezurrt ist, um die Ladung zu halten. Dann dürfen wir mit hinauf, auf löcherigen Sandwegen schwankt die fröhliche Fuhre zum Hof.

1997: Neue Straßen haben das Städtchen leicht erreichbar gemacht. Jemand hat mir erzählt, im Wald sei eine Kolonie von Ferienhäusern entstanden. Womöglich haben Bars, Gaststätten, Freizeitanlagen und ein Schwimmbad mit einem Sprungturm aus Beton die Idylle verschlungen? Ich parke meinen Wagen im weiten Hof, trete ein in die Diele. Rechts standen früher fünf Kühe; links, wo die Schweinekoben waren, stecken jetzt Pferde die Köpfe in den schmäler gewordenen Raum. Der Bauer kommt – leicht gebeugt, abgearbeitet, hellblaue Augen unter weiß gewordenem Haar prüfen mich. „Ist das Joachim Spreckels?" „Dat is hei woll. Kennen wir uns?" „Wir haben schon mal' ne Fuhre Mist zusammen geladen." Ein fragender Blick. Ich nenne meinen Namen. Jetzt erkennt er mich, drückt mir herzlich die Hand, nennt meinen Namen immer wieder, ruft seine Frau: „So viel hab' ich dir schon von dem erzählt!" Spät hat er geheiratet, seine viel jüngere Frau kennt die Nachkriegszeit nur vom Hörensagen. Überaus lebhaft ist sie, nicht aus der Gegend, will genau wissen, wie Haus und Garten damals aussahen, wo der große Kirschbaum, der gemauerte Backofen und die Scheune aus Fachwerk standen – ihr Mann, damals acht Jahre alt, erinnert sich daran nur undeutlich, ich bin älter und kann ihm helfen. Heute, im modernen großen Stall, züchtet er Pferde, auf der Koppel hinter dem Hof drei sehr junge Fohlen; wie liebenswert sind ihre ungelenken und verspielten Sprünge! Kaum zu bewältigen für eine Familie mit einem Auszubildenden die Arbeit für fünfundzwanzig Tiere. Seine Tochter liebt wie er die Pferde, sie reitet sie zu auf dem neuen Reitplatz. Aber sie will Apothekenhelferin werden und Pharmazie studieren – ob ihr Zeit bleiben wird für die Liebhaberei? Der Sohn, Gymnasiast, hat nur Luft- und Raumfahrt im Kopf – verständnisvoll grinst er, als ich erzähle, wie ich damals gescholten wurde, wenn ich im Gras lag und las statt mitzuarbeiten auf dem Hof. Wer Pferde züchtet, darf an Ferien nicht denken – und ein furchtbarer Schlag ist es, wenn eine Stute beim Fohlen stirbt. Wie kann der Bauer für seine Pferde angemessene Preise erzielen, seit Osteuropäer alles viel billiger anbieten? Und welche Kosten verursachte die Umstellung auf die zentrale Abwasserentsorgung! Wir kramen in Erinnerungen und alten Fotos. Damals baute sein Vater Kartoffeln und Roggen an – wir Flüchtlinge lasen auf den abgeernteten Feldern die Ähren, drückten auf Kuchenblechen mit Löffeln das Korn aus, tauschten es in der Mühle gegen Mehl. Ecken und Winkel im oft umgebauten Haus erzählen vom Zimmer des Großvaters – was für eine gute Seele war der doch, manchmal rollte er uns ein Weckglas mit fettem Fleisch ins Zimmer, heimlich, so dass seine sparsame Schwiegertochter es nicht sah! Und da die Kammer des polnischen Fremdarbeiters – der hatte damals den Engländern gesagt, wo das Auto stand, und wenn auch die Räder abmontiert und versteckt waren, die Engländer holten andere Räder und nahmen das Auto mit. Hier war die Stube der Flüchtlingsfamilie – und hier war die Waschküche, in der bei verhängten Fenstern heimlich der Rübenschnaps gebrannt wurde! Noch heute liegt hinter der Hecke eine halb vermorschte alte Schubkarre, im Torfstich schob ich sie damals über schmale Bretter, der feuchte Moorboden quoll mir durch zwischen den nackten Zehen.

Trotz vieler Veränderungen – es ist noch erkennbar, wie der Hof früher aussah. Und auch die Wege durch den Wald laufen noch wie einst, die Ferienhäuser sind zwischen den Kiefern versteckt. Am Rand der Wiesen lassen wir den Wagen stehen, gehen am Moorkanal entlang zum Flüßchen. Statt der alten hölzernen Schleuse ein modernes Siel aus Beton, höher der Deich, schmäler der Schilfgürtel, hinter dem Deich ein asphaltierter Weg. Aber unversehrt sind Wiesen und Waldrand, ich freue mich, dass nicht der Fortschritt mit modernen Bauten hier eindrang. Noch immer grüßt von der anderen Talseite der Moränenhügel, Heidekraut, Naturschutzgebiet, die Wacholderbüsche und Birken sind größer geworden. Noch immer ziehen am hohen Himmel die Wolken. Kiebitze sehe ich nicht, aber dort drüben, jener Vogel – täusche ich mich, oder höre ich wirklich die singenden Flügel der Bekassine?

Ein Besuch

Nach Jahren kam Hans Katt für ein Wochenende in Villingen zu Besuch – wie lebte ich in der Mittelstadt hinter dem Schwarzen Wald, die damals, vor dem Bau neuer Straßen, nur nach langer und mühsamer Fahrt zu erreichen war? Ich holte ihn am Bahnhof ab.

Wir querten das idyllisch zwischen hohen Bäumen dahinziehende Flüßchen, gingen in den Grünanlagen an der Stadtmauer entlang, durch das wuchtige mittelalterliche Tor, am Kloster vorbei. Steinerne Brunnen mit holzgeschnitzten Figuren – eine Frau in Tracht, der Narro mit Säbel, ein Radmacher im Gewand des 16. Jahrhunderts. Rathaus mit barocken Wasserspeiern. Noch ein Kloster, wenn auch als Altersheim genutzt. Zum anderen Tor hinaus. Von den Anlagen auf dem Hügel blickten wir zurück: zwei ungleiche spätgotische Münstertürme, der barocke Benediktiner-Turm, weitere Türme und Tore der alten Stadtbefestigung. Tradition im Stadtbild, Tradition in den Köpfen: neuere Filme, wie die des Regisseurs Ingmar Bergmann oder Szenen mit nackter Sexualität, wollten die Bürger nicht sehen, sie wehrten sich mit einer „Aktion saubere Leinwand", sammelten Unterschriften gegen das Zeigen von allem, was die herkömmliche Moral in Frage stellte. Als eine Lehrerin von einem verheirateten Kollegen ein Kind bekam, wurde der Mann in ein entferntes Dorf strafversetzt.

Hans ließ sich erzählen und fragte, warum ich gerade hierher gegangen war. Wie konnte ich leben mit Menschen, die so ganz anders dachten als ich?

Ich erklärte, wie meine Frau hier eine günstige Wohnung gefunden hatte, in Freiburg wäre das schwierig gewesen; und die Menschen hier – nun ja, neben den Alten, von denen viele festgefahren waren, gab es auch Junge; an die versuchte ich, neue Gedanken heranzutragen. Meinen Unterricht hielt ich nach meinem Geschmack. Manchen älteren Kollegen ging es gegen den Strich. Zum Beispiel Fremdsprachen für Handelsschüler – da hatten sie hier Bücher, da sollten die Fünfzehnjährigen Wendungen aus dem kaufmännischen Briefwechsel auswendig lernen. Es war eine Papageiendressur, zumal die meisten dieser Schüler nur dürftige Anfängerkenntnisse hatten. Ich hielt das für Blödsinn und arbeitete mit Büchern für Volkshochschulen, die Schüler waren es zufrieden, gute Prüfungsresultate gaben mir Recht, und ein Kollege stand Kopf.

„Und was sagt der Chef?"

„Der ist Betriebswirt, von meinen Fächern versteht er nichts, also läßt er mich machen."

Hans hatte von anderen Direktoren gehört, die stärkten oft den älteren Kollegen den Rücken. Meiner lebte seine Widersprüche: Leistung und Ordnung gingen ihm über alles. Wenn er in die Klasse kam, mußten die Schüler aufspringen und in Reih' und Glied stehen, wie zu Adolfs Zeiten. Wehe dem, der nicht genau hinter dem Vordermann stand, oder dem Jungen, der zu lange Haare hatte! Und wenn die Tafel schmierig war von Kreide, zeigte der Direktor, wie sie zu putzen war: sorgfältig von oben nach unten, nicht etwa unregelmäßig von links nach rechts! Eigentlich war es zum Lachen, aber alle gehorchten, Disziplinprobleme gab es bei uns nicht. Und auf seine Art hatte der Chef sogar Humor und konnte leutselig schwätzen, wenn's auch manchmal arg seltsam war. Zum Beispiel stand ich einmal nach der Schule beim Eingang, er kam auch gerade raus, die Schüler strömten ins Freie. Er sah ein Mädchen an und sagte leise zu mir: „Groß, blond, blauäugig – rassisch wertvoll!" Natürlich gibt's auch gescheite Blondinen. Aber diese kannte ich und wußte, dass sie strohdumm war. Und dann rassisch wertvoll!

Vermutlich war mein Chef ein alter Nazi. Man sagte, er sei früher bei den Braunen in der ersten Reihe marschiert, jetzt tat er's in der Fronleichnams-Prozession. Bei Konferenzen verzapfte er endlos seine Ansichten darüber, was die „Blechtrommel" doch für Schmutz und Schund sei, und das Theater verließ er demonstrativ, als in Wedekinds „Lulu" Charles Regnier auf Sonja Ziemann lag und sie sagte „Gib mir warm!" Für ihn war alles Moderne immer noch entartete Kunst.

Hans meinte, ich sollte dann mal schön kuschen bei so einem Oberstudiendirektor. Blieb mir anderes übrig? Vermutlich hatte er ein CDU-Parteibuch. Er war über sechzig, man ließ ihn gewähren. Und trotz all seiner Schrullen – er tat viel für die Schule und die Kollegen. Dank seinen Beziehungen hatten wir seit einigen Jahren ein modernes Gebäude. Ein großes Lehrerzimmer wurde (und wird noch heute) nur bei Konferenzen benutzt; je vier bis sechs Lehrer sitzen in kleinen Zimmern, jeder freut sich an seinem Schreibtisch, und die anderen sieht man nur kurz auf dem Pausengang – divide et impera! Mich als gefährlichen Neuerer hatte man in ein kleines Einzelzimmer verbannt. Mit den Kollegen sprach ich nur wenig. Aber ich fühlte mich ganz wohl so allein; die meisten anderen waren Betriebswirte, das Fach interessierte mich nicht. Natürlich, es gibt auch umgängliche Leute dabei – aber wir lagen auf verschiedenen Wellenlängen, ein bißchen small talk – und das war's dann.

Wir gingen vorbei am neu erbauten großen Krankenhaus, zu einem Neubauviertel. Feinmechanische und elektronische Industrie sorgten für Arbeit in der Stadt – Leute aus dem Ruhrgebiet und aus Südeuropa wanderten zu. Das rasche Wachstum würde Villingen bald zur zweitgrößten Stadt Südbadens machen; die kulturelle Entwicklung würde hoffentlich folgen. Freiburg und Stuttgart, Konstanz und Straßburg rückten dank neuer Verbindungen in leicht erreichbare Nähe. Moderneres Denken würde auch hier einziehen – vielleicht konnte ein junger Lehrer dazu beitragen. Hans fragte skeptisch: „Du unterrichtest Englisch und Französisch – wie kannst du da Gedanken verbreiten?"

Beim herrschenden Lehrermangel mußte ich fachfremd auch Deutsch unterrichten. Und da wählte ich die Lektüre aus. Auf dem Lehrplan stand C. F. Meyers „Amulett" – wie war es zur Bartholomäusnacht gekommen, welche Gedanken wirkten da? Als ich die Schüler das diskutieren ließ, erkannten einige, dass es Dominikaner-Predigten auch in der jüngeren deutschen Geschichte gab, Aufrufe zu religiöser und rassischer Intoleranz. Ich machte sie zweifeln an ihren geistlichen Führern und ihren Vorurteilen gegen Gastarbeiter und Intellektuelle. Sie fühlten sich irritiert, beschwerten sich beim Direktor, der zitierte mich, ich mußte einen Bericht für's Oberschulamt schreiben, bekam einen Rüffel – und dann verlief die Angelegenheit im Sande.

Und bei anderen Gelegenheiten ließ ich andere klassische Werke diskutieren – z.B. Ibsens „Volksfeind". Darf ein Arzt schweigen, wenn er Bakterien findet im Wasser seiner Stadt? Wenn er's laut sagt, kriegt er Ärger. Muß er den nicht riskieren? Und wer Deutsch unterrichtet, kann auch Ärger kriegen – wenn er Texte aussucht, die geistige Krankheiten seiner Zeit beim Namen nennen.

Hans wehrte ab. Nein, er wollte sich nicht mit überlebten Vorurteilen der Leute in einer Kleinstadt herumschlagen: Er hatte Spinozas Ethik studiert, jetzt arbeitete er über Kant – jeden Morgen mit frischem Kopf daran, Auszüge, er wollte die wesentlichen Gedanken erfassen und dazu Stellung nehmen.

„Du gibst es als Seminararbeit ab?"

„Nein, so weit bin ich noch nicht. Ich mache es für mich, ich will meinen eigenen Standpunkt klären – erst danach will ich einem Professor ein Thema für meine Doktor-Arbeit vorschlagen."

„Bist du sicher, dass dein Vorschlag den Professor interessieren wird?"

„Das kümmert mich nicht. Ich mache meine Studien um ihrer selbst willen. Wenn ich eine gute Arbeit vorlege, wird die auch Anerkennung finden."

„Na hoffentlich!" Mir schien der Optimismus meines Freundes allzu naiv, und ich hielt es für unverantwortlich, so ziellos ins Blaue hinein zu studieren. Aber der andere war so selbstsicher in seiner stolzen Entschlossenheit – der würde sich durch nichts umstimmen lassen.

Wir traten ein in die geräumige Viereinhalb-Zimmer-Wohnung, begrüßten meine Frau und die Kinder. Es duftete nach leckerer Käse-Quiche. Bei Tisch erkundigte sich meine Frau, ob Hans in der letzten Zeit mal wieder bei seinen Eltern gewesen war. Ja, antwortete er mit seinem leicht knarrenden norddeutschen Tonfall, in dem einzelne süddeutsche Wörter wie seltsame Fremdkörper glitzerten, sein Vater war letztes Jahr gestorben, aber seine Mutter hatte auf dem Hof seines Bruders zwei kleine Zimmer; vor zwei Monaten hatte er sie besucht.

„Ihr Bruder kann leben von der Landwirtschaft?"

„Er ist einer von vier Voll-Erwerbs-Landwirten, die es in unserem Dorf noch gibt. Die meisten Leute dort fahren zur Arbeit nach Stade oder gar bis nach Hamburg."

„Haben Sie gar keine Sehnsucht nach Ihrer Heimat?"

„Ich bin da fremd geworden. Mein Bruder und seine Familie haben mir nichts zu sagen, die interessieren sich nicht für Philosophie, und ich interessiere mich auch nicht für ihren Tüdelkram."

„Aber Ihre Studien müssen doch eines Tages zu einem Beruf führen?"

Bis jetzt hatte er leben können von dem, was seine Eltern ihm gaben und was er dazuverdiente. Er war sparsam. An den Vormittagen arbeitete er für sich, und ein paar Büroarbeiten an den Nachmittagen hielten ihn über Wasser. An Beruf oder Familie dachte er nicht – wer für den Geist lebt, darf das nicht.

Das weitere Gespräch wurde schwierig. Auf persönliche Fragen antwortete Hans nur einsilbig oder ausweichend, er wollte über die abstrakten Ideen großer Philosophen dozieren. Ich zeigte ihm mein Arbeitszimmer: selbst geschreinerte Möbel, einfach und zweckmäßig, Bücher zu Literatur und Geschichte – ein weiteres Fach, in das ich mich einarbeitete und das ich bald würde unterrichten müssen. Lehrend lernte ich für mich selbst. Abends bei einem Glas Wein erzählte Hans von einer längeren Wanderung durch den Schweizer Jura; dort hatte er mit Holzfällern und Sennen gesprochen, war begeistert von der herben Schönheit der Landschaft, kannte von allen wichtigeren Kirchen die genaue Höhe, Länge und Breite.

Ich hatte meine Ferien der Familie gewidmet: vom Wohnort meiner Mutter aus Badetouren mit den Kindern zu Seen und ans Meer, mit geliehenem Auto – alles Geld, das wir erübrigen konnten, steckten wir in unseren Bausparvertrag. Wir sprachen über Politik – wie nötig war ein Wandel! Ich war SPD-Mitglied geworden – nicht, um vielleicht Karriere zu machen, dafür wäre die CDU geeigneter gewesen. Nein, wenn ich Gemeinschaftskunde unterrichtete, wollte ich überzeugen durch aktives Mitwirken in einer Partei, deren Ziele ich bejahte. Wenigstens größtenteils – was es an klassenkämpferischen Tönen noch gab, mochte ich nicht. Und die Studentenunruhen jenes Jahres 68 erschienen mir als wilde Verirrungen junger Leute, die nicht wußten, was sie wollten. Weit weg an Universitäten spielte sich das ab – das Leben in Villingen berührte es vorerst nicht. Hier stritten die Bürger, ob man an neuen bronzenen Münstertüren eine gebärende Maria mit entblößten Brüsten darstellen durfte. Hans sah, dass sich ein gesellschaftlicher Umbruch vollzog, aber er nahm kaum Teil an den Diskussionen in der Uni; immerhin war er schon Mitte Dreißig, denen wollten die Studenten ja ohnehin nicht trauen. Und er lebte für den reinen Geist, in die Niederungen der Gesellschaft ließ er sich nicht hinab.

Am nächsten Morgen erklang im Radio Beethovens 6. Symphonie – die „Fröhlichen Gefühle bei der Ankunft auf dem Lande" entsprachen voll Hans Stimmung. Er hatte schon seit dem frühesten Morgengrauen in sein Tagebuch geschrieben, bei Vogelgezwitscher – wie köstlich fand er jetzt das Frühstück! Danach gingen wir spazieren – vorbei an der großen Gärtnerei, blühende Bäume – hier auf der rauen Höhe immer viel später als in der milden Rhein-Ebene – Streuobstwiesen, Felder und Gartengrundstücke den sanften Hang hinauf bis zum Waldrand, ein Paradies für spielende Kinder. Meine zwei kleinen Mädchen strolchten oft mit einem ganzen Trupp anderer Kinder durch das weitläufige Gelände. Manchmal brachten sie seltsame Sprüche heim: „Mama, die Peter-Kinder sagen, wir kommen mal ins Fegefeuer, weil wir nicht getauft sind – stimmt das?"

Wir wanderten durch ein Waldstück. Vielerlei Vogelstimmen – Hans kannte fast alle, scharf beobachtete er eine Fülle von Besonderheiten.

Und daneben referierte er, was er bei Kant in der Kritik der Urteilskraft gelesen hatte.

Ich erzählte, wie meine Frau darunter litt, kaum Leute zu finden, mit denen sie sich nett unterhalten konnte. Doch, ein Nachbar war Journalist, dessen Frau Krankenschwester – bei denen durften wir manchmal fernsehen. Selber hatten wir noch keinen Apparat, wir hörten Radio und lasen Zeitung, sparten so Zeit und Geld. Gelegentlich gab es Theater-Aufführungen in einem halbwegs dafür geeigneten Kino-Saal. In den Pausen standen die Leute im winzigen Foyer zusammengedrängt wie Sardinen in der Dose.

Wir erinnerten uns an unsere eigene Schulzeit in der Nachkriegszeit: Da hatte es kaum Theater gegeben, auch keine neuere Literatur; als Fahrschüler waren wir damals weitgehend eingeengt auf Dorf und Kleinstadt, die Filme im Kino waren entsprechend gewesen; unsere Lehrer hatten damals erst selbst eine Neuorientierung suchen müssen.

Unvermittelt fragte ich: „Sag mal, willst du wirklich ewig so weiterstudieren? Ohne konkretes Berufsziel?"

„Letztes Jahr hätte ich eine Stelle beim Schulfunk haben können. Die suchten dringend jemand, sie hätten mich auch ohne Examen genommen und ohne Arbeitsproben, meine Mischung aus philosophischen und naturwissenschaftlichen Kenntnissen gefiel ihnen. Aber ich hatte mich gerade eine Woche davor für eine Büroarbeit verpflichtet, da wollte ich mein Wort nicht brechen."

„Aber die Büroarbeit ist doch nur ein vorübergehender Job, das andere wäre eine Laufbahn gewesen!"

„Ich weiß. Im Büro hätten sie auch Verständnis dafür gehabt und mich laufen gelassen. Aber für mich ist das ein Prinzip: wenn ich mich mit meinem Wort verpflichtet habe, dann halte ich's auch. Wie und ob überhaupt ich meine Kenntnisse verwerte – das steht in den Sternen. Als kleiner Korrektor bei der Bäcker-Zeitung kann ich auch leben."

Ich schüttelte den Kopf. Ich wußte, gegen die Prinzipien von Hans konnte ich nichts ausrichten. Wir kannten einander seit zwanzig Jahren

– wie sehr hatte die Genauigkeit seiner Kenntnisse und seiner Argumentation andere Leute stets fasziniert! Aber wenn Hans sich in seine Prinzipien verrannte, war er nicht davon abzubringen. Vielleicht würde er eines Tages als großer Geist berühmt werden – wahrscheinlicher war, dass er sich als ewiger Student verbiesterte, mit niedersten Büroarbeiten seine Zeit vergeudete, eine gescheiterte Existenz.

Wir kamen heim, meine Frau trug ein gutes Essen auf. Die Kinder fragten und erzählten. Und Hans erzählte auch, etwas abgehoben – warum sollten nicht auch Kinder schon von erhabenen Prinzipien hören? Überzeugend sprach er, mit unwiderlegbarer Logik, selbstsicher lehnte er sich in seinem Stuhl zurück. Der zierliche Stuhl war so massivem Druck nicht gewachsen. Er knackte, krachte und brach – der Philosoph saß plötzlich auf dem Boden. Die Kinder konnten sich nicht halten vor unbändigem Gelächter, meine Frau und ich versuchten vergeblich, es zu unterdrücken.

Etwas verdattert entschuldigte sich Hans, es war ihm peinlich, er versuchte seine Würde zu wahren. Natürlich spielten wir die Sache herunter, es gab noch mehr Stühle, und den Kaffee wollten wir ohnehin am Couch-Tisch im Wohnzimmer nebenan trinken.

Aber nach dem Kaffee war es Hans wichtig, zum Bahnhof zu kommen – er wollte in Freiburg noch einiges lesen. Ich bedauerte, wie fremd wir einander geworden waren – ändern ließ es sich nicht.

Erinnern

Wir fühlten uns lange fremd und einsam unter Nachbarn und Kollegen. Lag es vielleicht an uns selbst? Vielleicht mußten wir uns selber erforschen, versuchen, uns selbst zu verstehen, um uns anderen verständlich machen zu können. Ein Kindheitserlebnis stieg in mir auf. Vor unserem Haus in Königsberg lag ein Rasenplatz; als Sechsjähriger spielte ich dort, friedlich allein. Plötzlich stürmte mit Gebrüll eine Horde größerer Jungen zwischen Büschen hervor, warfen mir ohne jede Warnung eine dunkle Decke über den Kopf, wickelten mich fest darin ein, schleppten den Strampelnden und Schreienden fort, wie mir schien eine Ewigkeit weit. In einem halbdunklen Kellerraum rollten sie mich heraus, schlugen, stießen und bedrohten mich, ließen mich schließlich heulend und verängstigt ziehen, mir höhnisch Schimpfworte nachrufend. Hatte dies Erlebnis mich für immer ängstlich und mißtrauisch gegen meine Umwelt gemacht? Ich grub in dunklen Erinnerungen. Noch früher, auf jenem sonnenheißen Marktplatz des ostpreußischen Landstädtchens, hatte ich mir sehnlichst ein Eis gewünscht. Ich wußte, mein Vater hatte ein Konto bei der Sparkasse – konnte ich davon nicht etwas abheben? Lachend gab der Kassierer dem Fünfjährigen ein paar Schokoladentaler. Stolz zog ich los, um damit Eis zu kaufen – und rasch schmolzen die Taler in der heißen Kinderfaust zu einem klebrigen braunen Matsch. Nichts gab es dafür, nur Spott und Gelächter. Ich weinte über die Schlechtigkeit der Welt, schlich bedrückt heim zu meiner Mutter, und auch bei ihr erntete ich statt Trost nur Gelächter.

Wir bestaunten das große Auto des Apotheken-Besitzers, das vom Chauffeur geputzt wurde, und mir schien es, als müßten wir uns neben solchem Reichtum ganz klein und häßlich fühlen. Hinter der Apotheke ein großer Garten, am Ende ein hoher Bretterzaun – was mochte dahinter liegen? Auf dem Sandplatz vor dem Zaun behütete meine Mutter meine Schwester und mich weitgehend vor Kontakt mit der Welt.

An den Abenden lag meine Mutter auf der Couch in unserem schönen Wohnzimmer, und mein Vater las ihr vor – einen Reisebericht, dunkle Abende im schwülen Dschungel von Burma, Zelte mit Moskitonetzen, blutsaugende fliegende Hunde, riesige Insekten. Wie aufregend mußte es sein, eine solche geheimnisvolle Welt zu erkunden! Es lockte meine Phantasie in die Ferne.

Damals kamen im Radio Meldungen über den Bürgerkrieg in Spanien. Natürlich verstand ich sie nicht, aber ich spürte die Angst, die meine Eltern bedrückte: könnten so schreckliche Dinge auch bei uns geschehen?

Später dann, in Königsberg, hatte die Familie uns eingebunden. Die Schwestern meiner Großmutter väterlicherseits umsorgten uns mit beherrschender Liebe – drei unverheiratete Lehrerinnen, eifersüchtig eine gegen zwei darauf achtend, dass keine Seite mehr Einladungen und Einfluß erhielt. Jedesmal waren Abschiedsküsse obligatorisch – einmal pustete ich nur; wie war Tante Gertrud beleidigt! Bei den Tanten Hilde und Anna durfte ich den alten Walzenphonograph bewundern, der spielte Melodien aus der Zauberflöte.

Ja, die Zauberflöte – sie weckte Erinnerungen an die Freimaurer, bei denen der Vater der vier Schwestern Meister vom Stuhl gewesen war – auch mein Vater liebte ihre Gedanken, aber ein Onkel warnte ihn: in der Nazizeit durfte man sich dazu nicht bekennen.

Wahrscheinlich war mein Vater geprägt von seiner bedrückten Kindheit: seine älteste Schwester war als zweijähriges Mädchen an Hirnhautentzündung erkrankt und behindert geblieben; seine andere Schwester und er hatten sie nach dem frühen Tod des Vaters hüten müssen und waren dadurch ausgeschlossen von der Gesellschaft anderer Kinder. Mit selbst gebasteltem Puppen- und Schattentheater hatten sie eigene, abgesonderte Welten aufgebaut und sich darin glücklich gefühlt.

Er wäre wohl gerne Arzt oder Förster geworden, doch das war für ihn unbezahlbar. Sein Großvater riet ihm zur Pharmazie, da konnte er in den Semesterferien verdienen. In Königsberg, Berlin und Freiburg hatte er studiert. Aber er liebte seinen Beruf nicht. Vielleicht erklärt das, weshalb er oft schlecht gelaunt und für mich schwer ansprechbar war. 1943 schenkte er meiner Mutter ein Grammophon und einige Platten, seine Lieblinge waren: „Lache Bajazzo!" und die Arie des Max aus dem Freischütz. Identifizierte er sich mit den tragischen Helden? Und doch, wieviel hatte er mir erzählt, an freien Tagen mit mir gespielt und gebastelt!

Aber wenn ich mich selbst verstehen wollte, konnte ich nicht übersehen, wie sehr meine Mutter mich geprägt hatte – mit ihrer unbestreitbaren Lebenstüchtigkeit ebenso wie mit ihrem seltsamen Desinteresse an Kunst und anspruchsvollerer Literatur. Wann immer ich versucht hatte, mit ihr über schwierigere Fragen zu sprechen, hatte sie das verweigert.

Sie lebte in den Traditionen, die in ihrer Familie seit je gelebt worden waren. Noch lange nach dem Krieg erzählte sie mit naiver Bewunderung, wie gut ihr Großvater, Kreisarzt in Pillau, seinen Hund erzogen hatte: Legte man dem eine Scheibe Wurst auf die Schnauze und sagte: „Ist vom bösen Jud!", dann rührte er die Wurst nicht an; erst auf die Worte „Ist vom braven Christ!" schnappte er zu. Was „man" in den evangelischen Pfarrhäusern ihrer Verwandtschaft tat, wie „man" dem jeweils herrschenden Zeitgeist folgte, das hinterfragte sie nicht. Für sie hatte die Welt immer schön harmonisch zu sein.

Ahnenforschung gab und gibt vielen Familien ein Bewußtsein gesteigerten eigenen Wertes. Die Familie meiner Mutter ist stolz darauf, ein Wappen zu führen und ihre Wurzeln bis in den dreißigjährigen Krieg zurückzuverfolgen – damals war ein Ahnherr Silberwärter am Hof der Herzogin von Pommern. Viele tüchtige Leute, oft Pfarrer, Lehrer und Verwaltungsleute, waren aus der Familie hervorgegangen. Ein Familienverband trifft sich alle zwei Jahre und gibt Rundbriefe heraus. Einem solchen Rundbrief hatte ein Landesforstmeister a. D. ein Gedicht vorangestellt; darin pries in den Jahren um 1930 eine Frau die Liebe zu den Ahnen, ihre Tapferkeit, wie sie den braunen Boden bebauten, wie ihr Blut noch heute in unseren Adern rinnt, Deutsche mit ganzem Sinn, es gälte ihr Erbe zu bewahren, der Herrgott möge alles gut machen.

Für mich war das penetrante Blut- und Bodenromantik. Ich schrieb dem Onkel, dass man so etwas im Jahre 1983 nicht abdrucken müßte, es könnte die Familie in ein schiefes Licht rücken. Der Onkel teilte meiner Mutter mit, er werde mich keiner Antwort würdigen. Und auch meine Mutter war empört – wie hatte ich nur den alten Herrn so beleidigen können! Sie müßte sich für mich schämen.

Mein Schwager, der Studiendirektor, hatte sich nicht an dem Vorspruch gestört – auch er wollte verehrend zu den Ahnen aufschauen und den Boden seiner Vorfahren heilig halten. Ich hatte von einer Geistesverwirrung der Zeit um 1930 gesprochen – den Ahnen zu unterstellen, sie hätten dabei mitgetan, sei ja wohl aggressiv und beleidigend. Formale Mängel des Gedichts? Germanisten litten da wohl an einer fachlich verzerrten Perspektive; das gesunde Voksempfinden von Naturwissenschaftlern sähe so etwas viel richtiger. Ich schickte den Vorspruch und meine Kritik einem anderen Onkel, der lange die Kulturredaktion von Radio Bremen geleitet hatte. Der antwortete, das Gedicht sei zwar stilistisch mißglückt, aber Blut- und Bodenliteratur, wenn auch von den Nazis mißbraucht, sei ja viel älter – man könne sie darum nicht verurteilen.

Mich befriedigte das nicht. Mir schien Deutschtümelei überspannt, ich distanzierte mich davon – und daraus folgte, dass etliche Leute aus meiner Familie, die daran festhalten wollten, mich als eine Art Nestbeschmutzer betrachteten. Nun ja, dann mußte ich den Riß zwischen mir und diesen Leuten eben hinnehmen – halb mit Bedauern, halb mit schmerzlicher Belustigung.

Stolz auf eine „gute Familie" und tüchtige Vorfahren lassen einen Menschen leicht arrogant erscheinen, umso mehr, wenn diese Familie in einer untergegangenen fernen Provinz wirkte, über die man in Südwestdeutschland wenig weiß. Und die für Badener und Württemberger selbstverständliche Liebe zu Volk und Heimat konnte bei einem Ostpreußen allzu leicht mißdeutet werden als unrealistischer Anspruch auf Verlorenes. Ich mußte mich distanzieren von etwas, das mir eingepflanzt worden war von meinem Vater und später von der Witwe des jüngsten Bruders meiner Mutter, der 1943 in Rußland gefallen war. Sie lebte als Lehrerin und Konrektorin in Hannover und hatte uns in Bremervörde jedes Jahr zwei oder drei mal besucht. Ihr Vater und ihre Geschwister waren engagiert in einer evangelischen Freikirche, wirkten missionarisch, diakonisch und kaufmännisch mit in Ostasien, Australien und Afrika. Wie sachkundig und eindringlich konnte sie berichten aus der weiten Welt! Mit viel geschichtlichem Wissen argumentierte sie für ostdeutsches Heimatrecht. Und überzeugt von deutscher kultureller Überlegenheit hatte sie mich gewarnt: „Wenn du dir mal eine Frau suchst, nimm dir ja keine Welsche!" – Nun, ich hatte mich befreit von ihren Gedanken, hatte Romanistik und Anglistik studiert und eine Frau geheiratet, für deren waldensisch und straßburgisch orientierte Familie Frankreich das leuchtende Vorbild der Zivilisation war. Damit hatte ich mich meiner Herkunft entfremdet.

Aber auch meine Frau hatte keine inneren Beziehungen zu Villingen, wo man sich gern einer habsburgischen Vergangenheit erinnert. Ihre Großeltern hatten in Baden-Baden, Karlsruhe und Straßburg gelebt, ihr Vater war von den Nazis wegen regimekritischer Haltung nach Neustadt im Schwarzwald versetzt worden – dort hatte die protestantische Familie sich in der katholischen Umgebung fremd gefühlt. Wir waren Fremde überall – und nur ganz allmählich wuchsen Bekanntschaften zu Menschen, die wie wir aus anderen Gegenden nach Villingen zugezogen waren.

Aufstieg

Wer zeitlebens als mickeriger kleiner Habenichts angesehen wurde, tut sich schwer, ein Haus zu kaufen. Natürlich rechnen die Berater der Bausparkasse ihm viele Male vor, wie er es schaffen wird – aber es bleibt ein Rest von Angst: wird es wirklich gutgehen? Wird nach Abzug der Kosten für das Haus noch genug übrig bleiben zum Leben? Wie sehr wird man sparen, worauf alles wird man verzichten müssen?

Ich meinte, mein Gehalt müßte reichen, um das Wagnis einzugehen. Meine Frau fürchtete das Schlimmste. Mein Schwiegervater, mit bescheidenem Gehalt im Schuldienst ergraut und arm geblieben, hielt die Verschuldung durch einen Hauskauf für unverantwortlich. Aber die Rechnungen der Berater konnten einfach nicht falsch sein, und Förderung aus öffentlichen Mitteln gab es auch.

Ausgeschlossen, hinauszuziehen in ein Dorf vor der Stadt: ein Auto würden wir uns noch lange nicht leisten können; und wieviel Zeit würden wir und die Kinder brauchen, wenn wir am städtischen Leben teilnehmen wollten! Ein freistehendes Haus in der Stadt konnten wir nicht bezahlen. Eine Eigentumswohnung wollten wir nicht. Gewiß wäre es angenehmer, auf einer Ebene zu wohnen – aber da müßten wir wieder unsere Kinder einengen mit vielen Rücksichten auf die Mitbewohner, und wer weiß, mit wie vielen kleinen Belästigungen uns die Nachbarn vielleicht auf die Nerven gehen würden! Gerade dem Druck von Hausgenossen wollten wir entkommen.

Man bot uns ein größeres Reihenhaus an, geräumig, in günstiger Lage am Stadtrand, nah meiner Schule und den Schulen für die Kinder. Wir stellten uns vor, wie wir darin leben würden: wäre es nicht lästig, immer wieder treppauf und treppab zu eilen? Sollten wir nicht lieber warten, bis die Stadt neues Bauland erschließen würde? Aber das lag in ungewisser Zukunft. Besser ein bescheidenes Reihenhaus als ein Traumbungalow weit draußen!

Wir kauften das Haus. Der Notar fragte, wie wir es bezahlen wollten – unser Bausparvertrag war zuteilungsreif. Meine Frau hatte Angst, wir würden uns das Telefon nicht leisten können. Im Spätherbst zogen wir ein. Unsere jüngste Tochter, damals drei Jahre alt, kam beim Umzug abhanden – über die Polizei fanden wir sie wieder. Man hatte sie in einem Kinderhort abgegeben, fröhlich spielend und lachend begrüßte sie ihre Mutter. Im Garten legte ich mich ins Gras, breitete die Arme weit aus: endlich frei, unabhängig von Vermietern! Und wo nur Besitz einem Menschen Achtung verschafft, brauchte ich mich endlich nicht mehr zu verstecken! Es war ein Sprung in eine neue Form der Existenz. Bald darauf wurde ich beruflich befördert, mein Gehalt stieg (wie damals alle Gehälter), die Lasten drückten nur noch wenig. Als ich vierzig Jahre alt wurde, konnten wir leben, wie es in unserer Zeit für Menschen mit mittlerem Einkommen üblich war.

Dichte Hecke

Ein Mann ging eine Straße entlang und pfiff eine kleine Melodie vor sich hin. Er liebte es, das zu seinem Vergnügen zu tun – er pfiff sie einmal, ein zweites mal, wandelte sie ab in Dur und Moll, verlangsamte sie und erfand weitere Variationen. Plötzlich ging ihm ein Schuhbändel auf, und während er sich bückte, es wieder zu binden, unterbrach er sein Pfeifen. Da hörte er, wie in einem Garten auf der anderen Seite der Straße seine Melodie nachgepfiffen wurde.

Durch die dichte Hecke hindurch konnte er niemand erkennen. Er ging zu der Stelle, wo ein Weg zum Eingang des Hauses führte, verrenkte sich dort fast den Hals – doch der Pfeifer (oder war es eine Pfeiferin?) war nicht zu sehen, mußte hinter der Hausecke verborgen sein. Zu gerne wäre der Mann eingetreten – aber was hätte er sagen sollen? „Sie pfeifen meine Melodie nach?" Aber war es denn seine Melodie, nur weil er sie zuerst gepfiffen hatte? Vielleicht hatte er irgendwann einmal eine ähnliche Folge von Tönen gehört, nun waren sie ihm wieder in Erinnerung gekommen, er hatte sie abgewandelt, ja – aber durfte er deshalb von seiner Melodie sprechen? Und jener Unbekannte, der die Töne nachgepfiffen hatte – konnte er (oder sie) nicht sagen, der Wind habe ihm etwas zugetragen, er habe es nur aufgenommen? Nein, er hatte eigentlich kein Anrecht auf die Melodie, er so wenig wie der oder die andere. Aber vielleicht zeugte ihrer beider Freude daran von ähnlicher Gestimmtheit, von Empfänglichkeit für gleiche Schwingungen. Konnte er nicht einfach hingehen und fragen: „Entschuldigen Sie, ich hörte Sie pfeifen, das sprach mich an, was für ein Mensch sind Sie?" Würde dann nicht der oder die andere ihn groß anschauen und ihn für übergeschnappt, zumindest für sehr zudringlich halten? Und selbst wenn er es nicht täte, wer würde schon einem völlig Fremden sagen: „Ich bin einer, der dieses oder jenes mag oder nicht mag, dieses oder jenes gern tut oder nicht, mit diesem oder jenem Menschen sein Denken und Fühlen zu teilen bereit ist oder nicht." Nein, so mit der Tür ins Haus fallen konnte man nicht – aber gab es einen Vorwand, die Bekanntschaft des anderen zu suchen? Wie, wenn er läutete und nach einem erfundenen Namen um Auskunft fragte? Er würde wenigstens die Gestalt des anderen sehen, seine Stimme hören, seine Sprechweise. Und dann? „Bedaure, aber den Herrn Müller, nach dem Sie fragen, kenne ich nicht, vielleicht erkundigen Sie sich im Laden unten an der Ecke." Dann stünde er da und wüßte nicht weiter. Nein, er müßte es anders machen. Was für ein Name stand auf dem Türschild? Braun. „Guten Tag, Herr Braun, ich las in der Zeitung, Sie wollen ein Zimmer vermieten, darf ich das anschauen? Ein Irrtum? Wie schade! Aber vielleicht wäre es doch möglich?… Ihr Haus sieht so freundlich aus, die Blumen in den Fenstern, und ich hörte Sie pfeifen…"

Und dann würde sich zeigen, ob den anderen das Pfeifen frei und leicht gemacht hatte wie ihn selbst, so dass er bereit war, im Sprechen sich zu öffnen für eine neue Bekanntschaft. Aber war er selbst denn wirklich dazu bereit? Würde er dem anderen sagen können: „Ich pfiff die Melodie zuerst, weil … ja, weil ich mich an den Tönen freute, weil sie Fröhlichkeit und Melancholie ausdrücken, weil mir gerade so zumute war, und ich wollte sehen, ob auch Sie so empfanden." Und dann? Vielleicht würde der andere freundlich nicken, ihm eine Blüte oder ein Blatt reichen, sagen: „Wir verstehen einander" – und damit wäre es gut und die Welt wäre ein bißchen reicher. Oder er würde sagen: „Ich pfiff das nur so, es hatte keine Bedeutung, ich wünsche Ihnen einen guten Tag!" Oder vielleicht wäre er am Ende gar ärgerlich über die Störung.

Immer noch stand er sinnend am Gartentor. Sollte er nun läuten, oder sollte er nicht? Gerade an diesem Samstagvormittag drängten ihn keine Geschäfte, ihn hinderte kein Mangel an Zeit – und doch, wieviel Überwindung war nötig, um mit einem so billigen Vorwand ein Gespräch zu beginnen. Sollte er gegen alle herkömmlichen Sitten verstoßen, sich möglicherweise lächerlich machen? Zögernd näherte er seine Hand der Klingel und senkte sie wieder. Er konnte sich nicht entscheiden…

„Hallo? Sie wissen ja, unsere Kinder gehen zusammen ins Gymnasium, und wir sehen Sie ab und zu in Konzerten… da Sie an Musik interessiert sind, vielleicht würden Sie gern mitsingen in unserem kleinen Chor? Wir treffen uns reihum in den verschiedenen Wohnungen. Was das für Leute sind? Zwei, drei Lehrerehepaare, ein Amtmann und seine Frau, eine Musikerin und ihr Mann, der Anwalt… mein Mann und ich, noch eine Klavierlehrerin… Sie kommen? Das freut mich. Also, am Mittwoch Abend bei Müllers."

Wir gingen hin, man stellte sich vor, man sang – Palestrina, Madrigale, Orlando di Lasso, polyphone Chorsätze aus dem 16. Jahrhundert, manchmal auch sehr Modernes. Und danach saß man noch bei einem Glas Wein zusammen; diese Woche hatte Frau E. ein paar Hawai-Toasts gemacht, letzte Woche Frau S. leckere Käse-Hörnchen.

„Haben Sie neulich den großen Artikel in der ZEIT über die amerikanischen Universitäten gelesen?" „Leider nein, ich muß ihn versehentlich überblättert haben. Aber was im Spiegel über einige Hintergründe der Ostpolitik stand war auch sehr interessant."

Man erörterte das Für und Wider verschiedener Ansichten; immer wieder kontrovers diskutiert die große kommunalpolitische Frage: war es richtig, die traditionsreiche Stadt Villingen mit dem emporgekommenen Industriedorf Schwenningen zu vereinen? Man sprach über den Direktor und die Lehrer des Gymnasiums: war es nicht ein starkes Stück, dass die Mathe-Lehrerin zu unserer zwölfjährigen Tochter gesagt hatte: „Euch T.s kann man nichts recht machen, der Tochter nicht und den Eltern schon gar nicht!" Wie unterschiedlich waren die Klassen dort: in der einen fast nur Kinder, die von ihren Elternhäusern her konservativ geprägt waren, in der anderen Kinder, die offen waren für jede Art neue Gedanken. Und die Menschen in dem kleinen Chor erzählten sich, wo sie letztes Jahr den schönsten Urlaub erlebt hatten: die einen waren an der Atlantik-Küste gewesen, andere schwärmten vom idyllischen Garten des Wirtshauses in Soglio im Bergell, wieder andere hatten in einem dänischen Ferienhaus an der Ostsee herrliche Wochen verbracht. Und man gab sich Tips, wohin ein kleiner Wochenendausflug besonders lohnen würde: wandern im Montafon, baden im Lago Maggiore, Weinproben im Elsaß und vieles mehr.

Ich hatte nach dem plötzlichen Tod eines Kollegen viel Unterricht in der Oberstufe übertragen bekommen – eine Fremdsprache und zusätzlich fachfremd Deutsch und Geschichte. Ich nahm die Arbeit gern auf mich, weil ich in diesen Fächern meine eigenen Wissenslücken schließen wollte. Und indem ich versuchte, Sachfragen gleichzeitig von drei Fächern her anzugehen, hoffte ich, den Schülern Zusammenhänge zu vermitteln, die normalerweise kaum deutlich werden. Literarische, historische und philosophische Texte, freimütig diskutiert, die Meinungen der Schüler sollten gleichberechtigt neben der des Lehrers stehen. Und doch provozierte ich absichtlich mit gewagten Thesen – ich wollte die Schüler anregen, ihre eigenen Gedanken zu klären. Oft gab es heiße Auseinandersetzungen bei der Rückgabe der Aufsätze – wie überzeugend sind die verschiedenen Argumente?

Damals war es Mode, für Oberstufenklassen Fahrten nach Berlin zu organisieren, es wurde finanziell gefördert, aus politischen Gründen. Obligatorisch waren dabei Vorträge von Magistratsbeauftragten über die Nachkriegsgeschichte der Stadt und ihre derzeitige politische und wirtschaftliche Lage. Viele Schüler interessierten sich auch für Museen und Gedenkstätten, Schlösser und Schiffsfahrten auf Spree, Havel und Seen. Lehrer und Schüler erlebten gemeinsam schikanöse Kontrollen an der Sektorengrenze. Ich traf im Ostsektor kommunistisch gesinnte Verwandte, vermittelte ein Gespräch mit meinen Schülern. Es war kurz nach der Niederschlagung des Prager Frühlings; in einer Gaststätte durften wir auf Anordnung der Bedienung nicht zwei Tische zusammenrücken für unsere Diskussionsrunde – fast belustigend und doch beklemmend, wie der kommunistische Gesprächspartner sich wand!

Andere Menschen hatten andere Probleme: durfte ein Lehrer die technischen Einrichtungen seiner Berufsschule nutzen, um nach Feierabend seinen privaten Wagen zu reparieren oder zu verbessern? Heikle Fragen, über die mit einem Anwalt zu sprechen sich lohnte.

Das Telekolleg half Erwachsenen, sich weiterzubilden. Lehrer, die den Begleitunterricht erteilten, erhielten wertvolle Anregungen und verdienten ein gutes Zubrot. Einem Architekt ließ die Arbeit für seine Kunden genügend Freizeit für ein schönes Hobby: er aquarellierte, nach Skizzen, die er im Urlaub bei Verwandten auf Sizilien gezeichnet hatte. Zarte Farbtöne, Ocker und Braun, um Striche, die die genauen Proportionen der Bauten wiedergaben. Er zeigte seine Mappe, jeder bewunderte sie.

Auch ich fand allmählich mehr Zeit, neben fachlicher Lektüre an anderes zu denken. Meine Tochter wollte eine Marionette basteln – könnte ich ihr dafür Kopf und Hände schnitzen? Als Junge hatte ich für meine Schwestern kleine Tierchen geschnitzt; jetzt wollte ich herausfinden, ob ich auch Besseres zustande brächte. Aus Abfallhölzern kleine Zweiergruppen, abstrahierte Linien, Durchbrüche, rhythmisch angeordnete Elemente. Nachbarn hatten ein paar Stücke Olivenholz aus Italien mitgebracht – ließ sich das so gestalten, dass es an eine Metamorphose des Ovid erinnerte? Der eigenwillige Wuchs bestimmte die Skulptur, wie schön die kräftige Maserung, wenn sie durch Polieren betont wird! Und mit wiedererwachter Freude an der Arbeit der Hände fand ich einen neuen Blick für die Werke der Meister: wie hatten Barlach, Henry Moore, Maillol, romanische und gotische, afrikanische und chinesische Bildhauer ihre Skulpturen geschaffen? Völkerkunde-Museen lieferten Anregungen, ich versuchte, sie in Eigenes umzusetzen. Wir machten Ferienreisen nach Frankreich, England, Italien – endlich das sehen, was eigentlich jeder Lehrer kennen müßte! Unsere Kinder nahmen wir mit, wir übernachteten in billigen Quartieren in Jugendherbergen und auf Zeltplätzen; frei durften die Kinder entscheiden, ob sie lieber mit neuen Freunden spielen oder mit den Eltern Sehenswürdigkeiten anschauen wollten.

Jahre vergingen. Gemeinsam wanderte der kleine Chor in den Mai oder feierte Geburtstage. Allzu eigenwillig entwickelte sich unsere älteste Tochter: mußten Eltern es dulden, wenn ein sechzehnjähriges Mädchen sich Freunde suchte, die ihnen mißfielen? Ich versuchte, den Unterschied zwischen verantwortlicher Freiheit und Willkür deutlich zu machen – aber welches verliebte Mädchen mag vernünftige Gründe hören! Sie war die einzige nicht, die ihre Eltern an den Rand von Nervenzusammenbrüchen brachte. Man hörte vom Herzinfarkt eines Kollegen – dessen Tochter sollte daran nicht schuldlos sein. Vielen anarchistisch gesinnten Jugendlichen galten die RAF-Terroristen als verehrungswürdige Helden. Ich fühlte mich eher an Dostojewskis Dämonen erinnert.

In jenen Jahren zerfielen Familienordnungen früherer Zeiten – wie viele Leute ließen sich scheiden! Auch in dem kleinen Chor konnte ein Lehrer seine schöne Frau nicht halten. Es bedrückte ihn sehr, er ließ sich in eine weit entfernte Stadt versetzen.

Der Chorleiter, auch ein Lehrer, nahm eine Stelle im Ausland an. Eine Zeit lang führten andere seine Arbeit weiter – dann wurde es ihnen zu viel, sie schlossen den Chor einem Kirchenchor an. Meine Frau und ich wollten uns dafür nicht vereinnahmen lassen, zu weit hatten wir uns von allem Kirchlichen entfernt. Wir sangen nicht mehr mit – aber gute Bekanntschaften blieben. Wir unternahmen viele Wanderungen mit der Musikerin und deren Mann. Anthroposophen beide, es gab anregende Diskussionen. Manches führte hinaus über allzu banales Denken, manches schwebte auch allzu erdenfern in geistigen Höhen, die uns überspannt schienen.

Wir lernten andere Menschen kennen – teils über die Volkshochschule, teils als Eltern von Mitschülern unserer Kinder. Und wir fühlten uns angenommen in unserem Lebenskreis.

Falter

Ein Falter hat in lauer Nacht
sich auf den Weg zum Mond gemacht.
Er schwärmte von den höh'ren Dingen
und hört nicht auf davon zu singen.
Die andren Wesen dachten: „Ach,
was der bloß hat? Uns wird ganz schwach
wenn sich die Luft um uns verdünnt.
Ja, ganz bestimmt, der Falter spinnt!"
Den Falter focht das wenig an,
zum Mond hin zog er seine Bahn.
Ganz trunken von der weiten Reise
beschrieb er wunderliche Kreise,
die zwar zu wenig mochten taugen –
doch waren's eben Pfauenaugen.
Am Ende sank er matt zurück,
da traf ihn ird'sches Mißgeschick:
Ein Vogel pickt ihn achtlos auf;
so endet mancher Lebenslauf.

Ein Falter welcher eben jetzt
sich an der Lampe hat verletzt
sagt taumelnd sich: „Es war doch schön
das höh're Wesen nah zu sehn!"

Kollegen

Ich freute mich, mit meiner Arbeit jungen Menschen Anregungen zu geben, die vielleicht eines Tages aufgehen und Früchte tragen mochten. Natürlich gab es Kritik – vor 1968 aus der konservativen Ecke, danach von ganz links, als ob man mich zum verknöcherten Reaktionär stempeln wollte. In den siebziger Jahren glichen Zustimmung und Kritik sich aus – allen recht machen kann man es nie.

Oberstufenreform – und plötzlich war Allgemeinbildung nicht mehr gefragt. Das Kurssystem ließ keinen koordinierten Unterricht in den geisteswissenschaftlichen Fächern mehr zu. Obligatorisch an Wirtschaftsgymnasien ein Leistungskurs in Betriebswirtschaftslehre – nur diese Lehrer konnten noch Klassenlehrer sein. Ich verlor den mir liebsten Teil meiner Arbeit.

Leistungskurse in Fremdsprachen – in fünf Wochenstunden kann der Lehrer interessierte Schüler mehr als nur fachlich fördern. Das Baden-Württembergische Zentralabitur bietet einen recht objektiven Maßstab für die Ergebnisse der Arbeit. Jahr für Jahr bestätigten sich die Einreichungsnoten meiner Schüler auf hohem Niveau. Viele studierten später an einer PH, wurden Haupt- und Realschullehrer; manche studierten auch Jura oder Medizin, viele gingen ins Bankfach.

Mein Kontakt zu den Kollegen war nur locker; das lag an unterschiedlichen Fachrichtungen und Interessen und an unserer Verteilung auf fünf oder sechs Lehrerzimmer. Von Zeit zu Zeit saß man gesellig beisammen, feierte eine Beförderung oder die Geburt eines Kindes, trank ein paar Glas Bier und grillte seine Würstchen an einer Feuerstelle im Wald. Man sprach über Automodelle, über Reisen nach Tirol, und man erzählte Anekdoten: was für Streiche hatten doch die jetzigen Lehrer als Schüler ihren Lehrern gespielt!

In der Stadt sollte eine Gedenktafel für eine frühere jüdische Andachtsstätte angebracht werden. Der Besitzer des Hauses erlaubte es 1978 nicht, die Tafel kam an eine andere Stelle. Der Direktor, während der dreißiger Jahre Kind in Villingen: „Ja, man hat sich damals bei den Verfolgungen der Juden nichts gedacht. Die galten als minderwertig, denen gegenüber konnte man mal richtig die Sau raus lassen. Was denen alles passierte, davon hatten wir ja keine Ahnung!"

Ich fand die Bemerkung schlimm, aber ich schwieg. Das Schreckliche war geschehen, leider; erinnern, ja – aber vielleicht war es besser, die Vergangenheit ruhen zu lassen.

Neue Gesichter im Kollegenkreis. Ein junger Kollege fiel auf – stets stellte er seinen Diensteifer, seine Tüchtigkeit, seine politischen Beziehungen zur Schau. Bei einer Abschlußfeier schenkten ihm die Schüler ein übergroßes rotes Wollknäuel – damit er den roten Faden seiner Karriere nicht aus den Augen verliere. Schließlich schaffte er den Sprung ins Stuttgarter Staatsministerium.

Eine türkische Gebetsstätte in einer Seitenstraße der katholischen Villinger Innenstadt? Die Nachbarn protestierten: da würde ein solches Gedränge entstehen, dass man im Brandfall nicht für die Sicherheit garantieren könne! Erst Jahre später wurde etwas außerhalb ein islamisches Zentrum errichtet.

Eines Tages fand ich einen Zettel in meinem Fach: der Direktor wollte mich sprechen. Eltern hatten sich beschwert, mein Unterricht würde die Kinder überfordern, meine Noten seien ungerecht, ich würde einseitig politisch beeinflussen. Die Kinder würden nicht wagen, mir zu widersprechen, aus Furcht, mit ironischen Bemerkungen vor der Klasse lächerlich gemacht zu werden. Informanten wollte der Direktor nicht nennen. – Ich war verblüfft. Ich empfand mein Verhältnis zu meinen Schülern als gut. An der Reaktion der Schüler auf meinen Unterricht hatte ich nichts von all diesen Vorwürfen bemerkt. Ich fühlte mich verleumdet. Mit hämmernden Schläfen und Herzklopfen in die nächste Unterrichtsstunde. Nur nichts anmerken lassen! Ich bezwang mich und überlegte: nur durch soziologische Methoden konnte ich mich wehren.

Durch anonyme Fragebogen ermittelte ich: 85% der Schüler betrachteten meinen Unterricht als sachlich konstruktiv, empfanden die Atmosphäre als freundlich, fühlten sich gefördert. Ich zeigte das Umfrage-Ergebnis dem Direktor. Der war empört: wie hatte ich eigenmächtig solche Ermittlungen anstellen können! Vergebens wartete ich auf ein verständnisvolles Einlenken; der Direktors fand kein Wort der Einsicht, keine Entschuldigung.

Erlaß des Ministers Mayer-Vorfelder: Die Jugend ist zu erziehen in der Liebe zu Volk und Heimat, in der Ehrfurcht vor Gott und im Geist christlicher Nächstenliebe. Mir schienen die Begriffe zu ungenau, zu sehr für Mißbrauch geeignet, fragwürdig. Dem Direktor erschienen sie klar, ihr Wert selbstverständlich. Andere Denkrichtungen in französischer und englischer Literatur? Der Direktor drohte, meine Haltung sei verfassungswidrig. Ich erwiderte, das könne gerichtlich geklärt werden, die Humanistische Union werde ihrem langjährigen Mitglied nicht die Unterstützung versagen. Daraufhin erfolgte weiter nichts.

Als Ethik-Unterricht eingeführt werden sollte, meldete ich mich. Philosophisch belesen, konfessionell nicht gebunden. Aber der Direktor hielt mich nicht für geeignet: in meiner Personalakte stand, dass ich vor zwanzig Jahren Ärger hatte wegen meiner nichtchristlichen Weltanschauung. Laut Oberschulamt war es allein Sache des Direktors zu entscheiden, wen er mit dem Ethik-Unterricht betrauen wollte. Er beauftragte einen jüngeren Kollegen, einen auch mir sympathischen Menschen, Fachrichtung Betriebswirtschaft, verheiratet mit einer katholischen Religionslehrerin.

Unsere Ferien in den englischen Midlands waren fast zu Ende. Wir hatten in einem Studentenheim bei Coventry billig gelebt und von dort aus alte Herrensitze und Gärten, Städtchen und die Porzellanfabrik Wedgewood, Landschaften und Kathedralen angeschaut. Unseren alten Ford hatte ich viele Meilen im Linksverkehr gesteuert, Autobahnen und auch kleinere Straßen – man gewöhnt sich schnell an die andere Fahrweise. Karin, eine Freundin meiner Frau, begleitete uns. Und unsere damals achtzehnjährige Tochter Heidrun hatte ihr Fahrrad dabei – sie hatte mit ihm gelegentlich kleine Extratouren gemacht, unabhängig von ihren Eltern; unser breiter Wagen war geräumig genug, neben drei Koffern und zwei Reisetaschen auch das Rad zu transportieren.

Wir fuhren heimwärts durch die lieblichen Cotswolds, über Salisbury zur Südküste. Der Weg auf den Landstraßen zog sich hin. Wir bekamen Hunger, doch weit und breit zeigte sich kein Rastplatz. Bei einem Dörfchen eine kleine alte Kirche, grau und verwittert. Wie eine Hand mit vier hoch gereckten Fingern lockte der Turm. Um sie ein Friedhof. Steinerne Grabplatten, von Moos und Flechten halb überwachsen. Ornamente mit geschwungenen, doch einfachen Linien. Hohe Eiben umstanden dunkel die Gräber, Inschriften erzählten drastisch vom Leben der Verstorbenen:

Jack Hopkins, der machte als Schneider
den Leuten Jacken und Kleider.
wenn die Sachen nicht sitzen
muß er fürchterlich schwitzen;
das tat er des öfteren, leider!

„Ach, Schneiderlein, bereite uns bitte ein warmes Plätzchen!" sagte Karin. Wir legten unsere Sandwiches, Ei, Schinken, Käse und Tomaten auf den Stein. Englischer Cider schmeckt köstlich, auch wenn er aus Plastikbechern getrunken wird. Auf einem anderen Grab entzifferte meine Tochter:

Hier ruht Mary, dem John seine Beste
sie bewirtet die Gäste beim Feste
mit den trockensten Speisen
doch wenn die abreisen
nährt sie wochenlang sich von dem Resten.

„Na, denn Prost, Mary, altes Mädchen! Lebe wenigstens nach deinem Tod etwas feucht-fröhlicher!" rief ich und spritzte ein bisschen Cider über den Stein. Ein Windstoß fuhr in die Eiben, Wasser tropfte zwischen uns. Spöttisch bemerkte Heidrun: „Bei den Beerdigungen wurde wohl nicht genug geweint – jetzt werden die Tränen nachgeliefert, ohne Salz, dafür mit Cider!" Bösartig und dunkel auf einem anderen Stein der Spruch:

„Hier ruhen meine Gebeine – ich wollte, es wären deine!"

Raben krächzten. Dichte Wolken verhüllten den Himmel, doch es blieb im wesentlichen trocken. Unser Essen schmeckte, die Frische des Windes ließ unsere Haut prickeln. Wir glaubten die Toten nicht zu stören.

Am frühen Nachmittag kamen wir in Weymouth an, erfragten die Abfahrtzeit unseres Fährschiffes nach Cherbourg. Noch viel Zeit bis zum nächsten Morgen.

Weggeblasen die Wolken. Sonne glänzte über dem Meer, schaumgekrönte Wellen auf dunklem Grau, weit ausgebreitet die von leuchtenden Kreidefelsen eingerahmte Bucht. Nicht fern von Weymouth steht auf einsamer, grasbewachsener Höhe ein Denkmal für Thomas Hardy, den Schriftsteller, der in vielen Romanen diese Landschaft von Dorset und ihre Menschen schilderte. Gerade bei diesem Wetter mußte man von dort oben eine herrliche Aussicht genießen. Und nah dabei ist auch die Jugendherberge. Wir erfragten den Weg.

Steil wand sich das schmale Sträßchen hinauf. Rechts und links aus Feldsteinen aufgeschichtete Mäuerchen, von Farn und Brombeeren überwachsen, kaum Sicht, bald aufwärts, bald abwärts, alle paar Steinwürfe weit eine scharfe Kurve. Ab und zu zweigten andere schmale Wege ab, wir suchten die Jugendherberge. Klein beschriftete Schilder, nur schwer zu entziffern, angespannt schauten wir hin, ich fuhr ganz langsam – zum Glück: Um die nächste Kurve, abwärts auf uns zu, raste ein großer Ford Combi, gleicher Typ wie meiner, keine Möglichkeit zum Ausweichen, und er konnte nicht halten: seine große Ladefläche war voll mit Backsteinen. Frontal krachten wir zusammen. Unverletzt stieg der Fahrer aus, stammelte immer wieder: „My God! Oh my God!" Aus beiden Kühlern tropfte das Wasser, viel Blech war verbogen, Lampenglas zersplittert. Aber ihm und auch uns vieren war nichts geschehen, alle unverletzt. Sprachlos standen wir herum, meine Frau schnitt einen Ginsterzweig und kehrte damit die Scherben beiseite.

An der einsamen Stelle war nicht mit anderen Passanten zu rechnen. Handys gab es noch nicht. Heidrun fuhr mit ihrem Fahrrad zum nächsten Haus, rief von dort die Polizei. Die brachten uns dann zu einem Hotel in Weymouth. Am anderen Morgen war es zum Hafen ziemlich weit, nicht alles hatte Platz im Taxi. Zwei große Reisetaschen mußten per Fahrrad zum Schiff. Und mit dem Fahrrad brachten wir auch in Cherbourg das Gepäck von der Fähre zum Bahnhof.

Unser Picknick auf jenem Friedhof – hatte es doch die Geister gestört, so daß sie sich rächten?

Klassentreffen

Die milde Septembersonne schien auf Fachwerkgiebel und bunte Marktstände; Käufer und Spaziergänger bummelten gut gelaunt und bereit zu kleinen Gesprächen. Dazwischen auch ich, ein Fremder in dieser Stadt. Vor dem Rathaus standen zwei Männer. Der eine in derber Kleidung, sein Gesicht verriet Landluft, Handfestes und wohl hin und wieder einen kräftigen Kornschnaps. Der andere, in tadellosem Anzug, mit stark gelichtetem Haar und leichtem Bauchansatz, war offensichtlich ein Städter, vielleicht ein Mann der Verwaltung. Aber natürlich: zur Stelle lang vor der Zeit, überkorrekt wie immer – „Da müßt' ich mich aber sehr irren, wenn das nicht der Konrad S.* ist!" sprach ich ihn an. Der andere fuhr herum. „Der bin ich; und wer sind Sie?"

Ich trug einen Bart, auch mein Haar war gelichtet, auch ich war beleibt geworden, Erfahrungen und Gelesenes mochten mein Gesicht verändert haben – aber so sehr? Ich nannte meinen Namen. Nun begrüßte Konrad mich, und auch der andere – aber wer war der? Richtig, Hinrich aus dem hintersten Winkel des Moors – wenn er sprach, knackte knorriges norddeutsches Eichenholz. Ein Landwirt und Dorfbürgermeister war er geworden. Das Klassentreffen nahm er nur so am Rande mit; heute gab es in dieser Stadt eine Pferdeschau, die interessierte ihn. Fast bekam man Lust nachzuschauen, ob nicht auch auf seinen Hinterbacken das Niedersachsenross eingebrannt war.

Konrad zeigte uns die Stadt. Blitzsaubere Straßen, Fachwerk, bunt angestrichen, werbewirksam herausgeputzt. Rechtwinklige Kreuzungen, hannoveranisch nüchtern, eine Juristenstadt, Konrad ein Teil von ihr. Etwas abseits im Park ein Schlößchen.

Ein Dunst verhüllte gnädig allzu scharfe Konturen, im Stadtbild wie in der Erinnerung. Als Studenten waren Konrad und ich in der gleichen Verbindung gewesen. Dann war ich an eine andere Uni gegangen, hatte die Welt anders zu sehen gelernt und in einem Brief kritisiert, dass die Alten Herren in Bonn meiner Ansicht nach einen zu konservativen

Einfluß ausübten. Daraufhin hatten sie mich hinausgesetzt, unter dem Vorsitz von Konrad. „Hast du noch Kontakte zu den ehemaligen Bundesbrüdern?" Nein, auch Konrad hatte die Uni gewechselt und war aus der Verbindung ausgetreten – wegen des zu konservativen Einflusses der Alten Herren. Dann hatte er Examen gemacht und war Richter geworden. Und er lächelte freundlich, als trüge er seine Würde vor sich her wie einen kostbaren Luftballon.

Im Ratskeller begrüßte uns ein sportlich-eleganter Herr, Menjoubärtchen auf der Oberlippe, weltläufig, äußerst lebhaft. Als Exportkaufmann hatte Felix im Persien-Geschäft gut verdient und dann jahrelang in Argentinien gelebt. Sogleich erzählte er Anekdötchen über unsere ehemaligen Lehrer. Hin und her tänzelnd, sich die Hände reibend, aus großen braunen Augen alles rasch beobachtend, glich er einem possierlichen Eichhörnchen – hätte es in dem Raum einen Schrank gegeben, man hätte erwartet, ihn von dessen Oberkante herab mit der Zunge schnalzen zu hören.

Zwei weitere Herren traten auf uns zu. Beim einen fragte man sich, was öliger wirkte, die schöne Rundung seiner Glatze oder der sanfte Fluß seiner Rede. Es war, als schwebe ein Ölkännchen hinter seinem Haupte, allzeit bereit zum Nachfüllen. Roland war Anwalt geworden; jahrelang hatte seine Praxis ihn kaum Atem holen lassen; jetzt, seit er einen Compagnon hatte, blieb ihm mehr Zeit für Familie, Enkel und Haus. Mit seinem neuen Wagen hatte er Richard abgeholt, der lebte nicht weit von ihm und interessierte sich für Autos.

Es kamen noch mehr. Manchmal erkannte man sich nur zögernd. Man setzte sich zu Tisch und bestellte – über das prachtvolle Blumengesteck verlor keiner ein Wort. Felix schlug vor, jeder solle kurz über sein Leben berichten. Er selbst machte den Anfang. Dann folgten Hinrich und Konrad, dann ein Zahnarzt und ein Mann der kirchlichen Verwaltung. Alle waren im dunklen oder grauen Anzug erschienen, jeder mit dezenter Krawatte. Als einziger trug ich eine braune Lederjacke über offenem Hemd – bald fröstelte ich, bald war mir zu warm, ich zog die Jacke abwechselnd an und aus.

Reiner hatte während seines Jurastudiums in einer Wohngemeinschaft gelebt – 1953 noch etwas ganz Ungewöhnliches. In einer Verbindung hatte er lustige Abende bei Bier und Gesang verbracht. Dann hatte er in seiner Heimatstadt Renate kennengelernt. Sie war zu ihm nach Bonn gekommen, Roland hatte seinen Platz in Reiners Zimmer an sie abgetreten. Vergessen das Studium, vergessen die Freunde. Aber nach einigen Monaten begann Renate zu zweifeln, ob Reiner ihr je würde Ehe und Sicherheit bieten können. Sie ging an eine niedersächsische PH, und bald fand sie in der neuen Umgebung auch einen neuen Partner. Reiner ertränkte seinen Kummer in Bier. Mit Mühe veranlaßten ihn seine Eltern, in Göttingen einen neuen Anlauf zu nehmen. Er machte Examen, stieg in die väterliche Kanzlei ein und bewährte sich im Alltag. Von der Weiblichkeit war er fürs erste geheilt – dafür verfiel er den Reizen der Kochkunst. Sein Gewicht stieg auf hundertsiebzig Kilo, und ein Herzinfarkt streckte ihn nieder. Seither hielt er sich mit dem Essen zurück, doch noch immer war sein Leibesumfang gewaltig. Weißes Haar umgab das breit auseinandergeflossene Gesicht wie ein Strahlenkranz die Sonne. Er lächelte, während er erzählte, und er schien ein bißchen verlegen. Früher hatte ein Hauch weltmännischer Eleganz ihn umgeben – geblieben war eine theatralische, etwas großtuerische Art zu sprechen, sie wirkte wie eine Maske, die zurückgeblieben war, nachdem der Schauspieler sich davongeschlichen hatte. Und obwohl die Maske noch wohlwollend lächelte, strahlte sie nur Traurigkeit aus.

Ein dicker Mann mit strähnigem Haar trat ein, verbeugte sich ironisch nach allen Seiten, und mit einem etwas schiefen Lächeln steuerte er den einzigen noch freien Platz an. Alle lachten laut – schon zu ihrer Schulzeit war Götz von Buchensee stets verspätet zum Unterricht erschienen, trotz der strengen Zucht, die an ihrer Schule geherrscht hatte. Eine reine Jungenschule war es gewesen – wer mit einem Mädchen sprechen wollte, hatte einen weiten Weg gehabt in der großen Pause.

Götz von Buchensees Eltern hatten in Mecklenburg ein großes Gut besessen. Das war 1945 verlorengegangen, aber Götz' Vater hatte es verstanden, sich als Diplom-Landwirt im Westen eine neue Existenz aufzubauen. Nach dem Abitur hatte Götz studiert – standesgemäß, das heißt in demselben Corps, dem auch sein Vater schon angehört hatte. Wie das in adligen Corps mitunter vorkommen mag, hatte er seine Studienzeit mehr den gesellschaftlichen Verpflichtungen und der Allgemeinbildung gewidmet als seinen eigentlichen Fächern Jura und Volkswirtschaft. Bis zum x-ten Semester war er ziemlich versumpft, aber dann hatte sich eine Stelle in der Redaktion einer Wirtschaftszeitung für ihn gefunden. Er war intelligent und konnte schreiben, und so hatte er sich emporgedient, war zu einer anderen, noch besseren Zeitung gewechselt, und in deren Auftrag hatte er so ziemlich die ganze Welt gesehen. Das alles berichtete er mit leichter Herablassung, aber auch Selbstironie; man spürte, wie er die eigene Leibesfülle ein wenig verachtete, aber als Grandseigneur die Verhältnisse hinzunehmen und über ihnen zu stehen wußte. Selbstverständlich ging es ihm gut, er lebte in Hannover, seine Tochter studierte.

Ich mußte an eine Anekdote denken, die seinerzeit über Götz' jüngeren Bruder erzählt worden war. Im Gedränge eines Zuges war der Sechzehnjährige versehentlich einer Dame auf den Fuß getreten, und diese, verächtlich die Nase rümpfend, hatte ihn von oben herab angefaucht: „Bauer!" Götz' Bruder hatte sich, wie bei einer Vorstellung, höflich verbeugt und erwidert: „Angenehm. Von Buchensee." Was war aus diesem Bruder geworden? – Nun, das Adelsbewußtsein hatte ihn nicht gehindert, nach dem Abitur eine Lehre als Koch zu beginnen. Aber dann war er an Tuberkulose erkrankt, und nachdem er das ausgeheilt hatte, hatte er Theologie studiert. Jetzt war er Heeresgeistlicher bei der Bundeswehr.

Herbert, korrekt, knapp und straff, trug ein Oberlippenbärtchen über dem auffallend schmalen Mund. Sein kaum ergrautes, dunkelblondes Haar war kurz geschnitten. Er stammte aus einer schlesischen Industriellenfamilie. Betriebswirtschaft hatte er studiert, und Beziehungen hatten ihm den Einstieg in eine große Stahlfirma ermöglicht. Man hatte ihn als stellvertretenden Betriebsleiter ins Siegerland geschickt – aber mit den Menschen dort hatte er sich gar nicht verstanden. Ihr Dialekt war ihm als Entstellung der deutschen Sprache erschienen, ihre Denkweise unbegreiflich. Für ihn hatten die Dinge klar und einfach zu sein. Es gehörte zur nationalen Ehre, für den korrekten Gebrauch der deutschen Hochsprache zu sorgen. Vor ein paar Jahren hatte man ihn nach Hannover versetzt – zu seiner großen Freude. Jetzt hatte er zwar eine weniger verantwortungsvolle Stelle, aber er lebte wenigstens wieder unter Menschen. Politisch aktiv war er auch, das verlangte sein vaterländisches Pflichtgefühl. Und wenn er sprach, klang es, als rasselten die Knöchelchen zu Stahl verarbeiteter Untermenschen aus dem Siegerland in einer großen Trommel mit.

Die Kellner räumten die leeren Teller ab. Die meisten hatten ein oder zwei Bier getrunken, viele hörten kaum hin, als ich über mein Leben berichtete. Ich hatte unverkrampfte junge Leute anderer Völker, schöne Landschaften, gepflegte Städte und maßvollen Lebensgenuß kennengelernt und einen anderen Blick auf die deutsche Geschichte – vor allem ein übersteigertes norddeutsches Nationalbewußtsein hatte ich abgelegt. Dabei blickte ich hinüber zu Herbert, und der Anwalt Roland rief „Süffisant bemerkt!" Französisch war meine zweite Sprache geworden, in Süddeutschland hatte ich geheiratet und war dort geblieben. Für die Freizeit war dort wohl mehr geboten – die anderen räumten es ein.

„Du wolltest nie in den Schuldienst, wie kommst du jetzt damit zurecht?" fragte Götz. Ich zuckte die Schultern. Jeder Beruf hat seine angenehmen und seine weniger angenehmen Seiten. Ganz war ich nicht in der Arbeit aufgegangen, ein paar schöne Steckenpferde hatte ich. Und es war ja nicht ganz sinnlos, jungen Leuten ein paar Gedanken über Gott und die Welt zu vermitteln.

Man bestellte Kaffee. Felix erklärte, weshalb ein paar Leute, die Lehrer geworden waren, nicht hatten kommen können, und weshalb er den ehemaligen Klassenlehrer nicht eingeladen hatte – der wohnte an einem anderen Ort, der Weg war weit, man hätte den alten Herrn zeitig heimbringen müssen. Felix erzählte auch von einem Besuch, den er kürzlich in der einstigen Schule gemacht hatte. Kaum zu fassen, dass sie selbst hätten ähnlich ungezwungen sein sollen wie die Schüler von heute! Und was für hübsche Mädchen heute mit in den Klassen saßen! Vor dreißig Jahren undenkbar! Was war es damals für ein Hauptspaß gewesen, als einige große Jungen sich einmal nachts im Eingang zum Mädchengymnasium fotografieren ließen!

Als letzter berichtete Klaus über sein Leben. Er stammte von Helgoland. Man hätte ihn für einen Facharbeiter halten mögen. Einfacher Anzug, einfarbige wollene Krawatte, volles graues Haar, schmächtige Gestalt. Er hatte zur See fahren wollen, als Ingenieur. Aber schon bald hatte sich gezeigt, dass er nicht seefest war. Nach Israel sollte sein Schiff, aber in Palermo hatte Klaus sich so elend gefühlt, dass er am liebsten zu Fuß bis Hamburg heimgewandert wäre. Ein anderer Beruf mußte es sein – die Bundeswehr empfing ihn mit offenen Armen. Er wurde hier- und dorthin versetzt und stieg von einem Dienstrang zum andern. Jetzt war er Oberstleutnant. Zwei seiner drei Söhne studierten, der Jüngste stand kurz vor dem Abitur. Ein einfacher, herzlicher, sympathischer Offizier, schweigsam und unaufdringlich. Einer fragte ihn, was er empfinde bei dem Gedanken, im Ernstfall vielleicht einen Teil seiner Truppe in den Tod schicken zu müssen. Er lächelte gequält und erwiderte, man versuche, an diese Möglichkeit nicht zu denken.

Felix sagte ein paar Abschlußworte. Man einigte sich, ein solches Treffen nach ein paar Jahren zu wiederholen, dann mit Damen. Gespräche in kleinen Gruppen. Bald machte Hinrich die Runde – ihn zog's zu den Pferden. Klaus erinnerte sich, wie er seine Frau bei einem kleinen Tanzabend in meiner Familie kennengelernt hatte. Einer dachte an alte Zeiten – wie ungern hatte Konrad ihn einst die Hausaufgaben abschreiben lassen!

Dann ging Götz, er wollte einen seltenen freien Nachmittag bei seiner Familie verbringen. Kurz darauf ging auch ich – mein Heimweg war weit.

Wir alle hatten als Kinder den Krieg erlebt. Viele von uns stammten aus Ostdeutschland. Nach schwieriger Jugend hatten wir unsere Plätze in der Gesellschaft erkämpft – und dann waren unsere Leben banal geworden. Was hätte ihnen Bedeutung geben können – eine große Liebe zu einem Menschen, einem Gedanken, einer Sache? Keiner hatte über so etwas gesprochen. Hatten sie danach gesucht? Spürten sie, dass berufliche Stellung, Einkommen und Familie irgendwo nicht genügten? Keiner hatte erzählt, was ihn wirklich erfreute. Es war, als hätte der Aufsichtsrat eines Unternehmens getagt: nüchtern, geschäftsmäßig, humorlos. Wir waren einander fremd – kann man über seine Freuden nur zu besonders vertrauten Menschen sprechen? Oder gab es im Leben dieser Menschen keine Freude? Ich überlegte, ob mir der eine oder andere mehr oder weniger sympathisch war. Oft beneide ich meine Frau, die nach einem kurzen Blick auf einen Menschen sagen kann: „Den mag ich, der ist ein offener, ehrlicher Charakter, und jener andere hat einen bösen Blick."

Lag es an meinen eigenen Schwächen, wenn ich keinen Zugang zu den anderen fand? War ich vielleicht allzu schulmeisterlich und überheblich? Wenn ich bei den anderen etwas suchte, was zu mir sprach – verlangte ich da nicht zuviel? Über solchen Grübeleien kam ich nach Hause. Ich stieg die Treppe hinauf und trat ins Wohnzimmer. Es war halb elf. Meine Frau und meine Tochter saßen im Gespräch. Überrascht schaute meine Frau auf und fragte: „Was, du kommst schon? Wir hatten dich erst später erwartet."

Amerikanische Impressionen

Unsere ältestete Tochter war unmittelbar nach ihrem Abitur in die USA geflogen, um Land und Leute kennenzulernen. Eine Organisation für Studentenaustausch hatte ihr einen Arbeitsplatz im Grand Canyon National Park vermittelt. Manches verlief anders, als wir es uns vorgestellt hatten. Ein Jahr später kehrte das Mädchen zurück, verheiratet mit einem Amerikaner. Zwei Jahre lebte das junge Paar in Gießen, ein Kind wurde geboren, sie machte ihr Vordiplom in Biologie und Geographie, er jobte; dann zog es ihn zurück nach Kalifornien, und sie zog mit, um dort weiter zu studieren.

Das Deutsch-Amerikanische Institut Tübingen veranstaltete einen Fortbildungskurs für Englisch-Lehrer: Rundfahrt zu Sehenswürdigkeiten an der amerikanischen Ostküste, anschließend zwei Wochen Studienaufenthalt an der Georgetown-University in Washington DC. Steuerlich absetzbar. Nur so konnten wir uns eine USA-Reise und anschließenden Besuch in Kalifornien leisten; wegen des Studiums der jüngeren Kinder mußten wir bescheiden leben.

Amerikanische Filme können kaum einen Eindruck vermitteln von der schwülen Sommerhitze, den endlosen Vorstädten, dem Leben im Rassengemisch, dem Gefühl der Unsicherheit angesichts verbreiteter Kriminalität. Andererseits Glanzpunkte moderner Architektur, hervorragende Museen, urwüchsig schöne Nationalparks. Besuche in Schulen, Gespräche mit Zeitungsredakteuren, Hochschul-Dozenten, Vertretern privater Sozial-Einrichtungen. Amishpeople in Pennsylvania. Schwarzes Ghetto in den Vororten Washingtons und fast rein weißes Ghetto auf dem Uni-Campus. Nur flüchtig die Einblicke – aber ein Ansatz für ein besseres Verständnis von Lektüre, Filmen, Theater.

Meine Frau war vorausgeflogen zu unserer Tochter, sie besuchten Nationalparks im Südwesten. Ich traf sie in Kalifornien, ließ mir erzählen vom Leben in der Kleinstadt Madera nahe Fresno, die vor siebzig Jahren noch nichts als Steppe gewesen war. Wir gönnten uns ein wenig Tourismus: San Francisco, Nordkalifornien, Yosemite. Doppelt interessant für einen Anglisten und Geographen.

Drei Jahre später ein zweiter Besuch, für mich wieder mit vorangehendem Studienaufenthalt: Minneapolis, Skyways zwischen und in Wolkenkratzern, klimatisierte Fußgängerzonen, kühl im Sommer, geschützt gegen eisige Schneestürme im Winter. Überreiches Konsum-Angebot, skandinavisch-deutsche Ordnung und Nüchternheit. Wieder endlose Vorstädte, weit vom Zentrum entfernt. Badeseen, beherrscht von Motorbooten und Wasserskiläufern. Ausflug nach Duluth am Lake Superior, zu den idyllischen Boundary-Lakes an der kanadischen Grenze. Stillgelegte Erzgruben der Mesabi-Range – für Europäer kaum vorstellbar, wie brutal dort Tausende über Nacht arbeitslos gemacht wurden, ohne Sozialhilfe. An der Uni in Minneapolis hielt eine indianische Dozentin Vorträge über indianische Kultur – ist für ein Volk, das sein Land als gemeinsame göttliche Mutter betrachtet, individueller Grundbesitz möglich? – Normalbürger, auf der Straße befragt, wissen nichts davon.

Wieder schloß ich einen Besuch in Kalifornien an – Hitzetage im schattigen Garten, ein leichtes Holzhaus ist bei ausgefallener Klimaanlage kaum bewohnbar. Wir machten eine Rundreise an der Pazifik-Küste: Monterey – Hearst Castle – Los Angeles – San Diego; Abstecher ins Disney-Land: Für wie viele mag das wirklich „The happiest Place in the World" sein, wie es die Werbung verheißt? Sammlung und Stille, ganz unamerikanische Werte, bei kleinen alternativ-Gruppen in Nordkalifornien. Einmalig schöne Naturerlebnisse in Wäldern und Bergen Oregons und Washingtons.

Unser Schwiegersohn, durch den Vietnam-Krieg aus der Bahn einer geordneten Entwicklung geworfen, versuchte sich unstet in verschiedenen Jobs. Unsere Tochter könnte an der High-School unterrichten – aber sie will nicht versinken in der Langeweile einer Kleinstadt. Sie möchte ihren „Master" machen an der Uni – aber ihre Freunde dort sind nicht seine Freunde, und seine Freunde mag sie nicht. Wie soll ihr Leben dort weitergehen? Mit bangen Vorahnungen fliegen wir nach Europa zurück.

Figura

Meine Schwester richtete ihr Wohnzimmer neu ein – könnte ich ihr eine Holzfigur dafür schnitzen, etwa zwei Fuß hoch? Eine übliche Madonna oder ein Heiliger kam nicht in Frage – nicht in einer so streng evangelischen Familie! Und auch nichts Modern-Abstraktes. Aber ein Buch über fernöstliche Kunst regte an. Eine Dienerin, kniend, hält mit der linken Hand eine Lampe rechts neben ihren Körper. Bewegung und Ruhe in der Gestalt, Drehung der Schultern, Neigung des Kopfes. Eine Frau, die, obwohl kniend, doch Licht gibt für andere, bescheiden sich einordnend in eine gegliederte Gesellschaft. Nicht originell, aber zeitlos. Natürlich, die alte chinesische Kopfbedeckung paßte nicht, lieber langes Haar, gehalten durch ein Band, auslaufend in einem Bündel von Locken und Wellen. Statt des Kimonos ein mantelähnliches Gewand; die rechte Hand könnte schützend die Flamme vor Luftzug bewahren.

Ich hatte ein geeignetes Stück Birnbaum in meiner Garage. Seitenäste standen heraus – sollte ich sie wegschneiden oder einbeziehen? Nach Stunden des Schauens kreischte die Kettensäge, verkrampfte meine Arme, schrillte in den Nerven meiner Frau – tiefe Schnitte deuteten Schultern und Ellenbogen an. Staub überall.

Hammer und Stecheisen arbeiteten nach und nach die Umrisse heraus, zunächst grotesk verzerrte Proportionen. Werden die Schenkel verdünnt, erscheint der Körper verlängert; Arbeit an der Haltung des Kopfes bringt Bewegung in die ganze Figur. Öffnung zwischen Unterarm und Bauch bringt Tiefe. Der andere Unterarm muß angesetzt werden – falscher Winkel, ein Keil korrigiert.

Risse im trocknenden Stamm – wie mühsam ist es, sie durch sorgfältig eingepaßte Keile genau auszufüllen! Feinarbeit: Falten des Gewands, Wellen des Haars, Züge des Gesichts – wie erzielt man ein ernstes und zugleich hintergründiges Lächeln? Muß der Nasenrücken schmäler, die Backenknochen feiner werden? Stimmen die Augenwinkel, sind die Lider weder zu schwer noch zu leicht? Langes Prüfen – hat heute Geschaffenes noch nächste Woche Bestand vor dem kritischen Blick? Die Hände sind zu breit – nochmals viel Arbeit an schon fertig Geglaubtem!

Endlich, nach Monaten, befriedigte mich die Arbeit. Ich rieb sie mit Wachs ein – fast wurde ich selber zur schwitzenden Biene dabei! Zu einem Familienfest fuhr ich in den weit entfernten Wohnort meiner Schwester. Tausend Gespräche: „Weißt du noch, damals …" Schließlich stellte ich meine Arbeit vor. Es gab Anerkennung und Beifall und ein paar höfliche Fragen, dann sprach man wieder über andere Dinge.

Natürlich, das Fest gehörte der Jubilarin. Am Morgen danach sagten meine Schwester und ihr Mann: „Wir wissen noch gar nicht, wie wir dir danken können. Wirklich, die Figur ist dir sehr gut gelungen." Man drehte sie hin und her – von welcher Seite bot sie den schönsten Anblick? Eine pensionierte Lehrerin interpretierte: durchgeistigt Gesicht und Hände, das Lächeln auf schwere Erfahrungen gegründet, schwer und erdverbunden das Haar. Der Körper ein Parabolspiegel, der um die Kerzenflamme sich krümmt. Chinesisches Vorbild? Nein, sie ist zur Abendländerin geworden, zu einer Frau aus unserer Zeit.

Selbstvergessen hatte ich lange gearbeitet an der Figur. Hatte ich recht getan, so viel Lebenszeit zu geben für ein Bildwerk, das in einem privaten Wohnzimmer nur wenigen Menschen zugänglich ist? Hätte ich nicht besser gelesen, versucht, Freunde zu gewinnen oder politisch zu wirken? Wozu eigentlich hatte ich mich monatelang in meinem Keller vergraben, Zeit vertan mit einem Stück Holz?

Und doch, wenn wieder jemand mich bäte: Ja, wahrscheinlich täte ich's wieder. Nicht um des Geldes willen. Aber wie in einer Art Sucht: das Werk mag noch nach Jahrzehnten bezeugen: „Jemand hat mich geschaffen, mit Fleiß und Geduld, unvollkommen vielleicht, aber mit dem Streben nach Form."

Eine schwierige Zeit

Die Ehe unserer ältesten Tochter in Kalifornien scheiterte. In einer dramatischen Flucht kehrte sie mit drei Kleinen Kindern nach Deutschland zurück. Sie wollte ihr Biologie-Studium mit dem Diplom abschließen, schwierig für eine alleinerziehende Mutter mit drei kleinen Kindern. Sie verband sich mit einem polnischen Historiker, half dem Studenten, eine Dissertation zu schreiben. Problemtisch die Verbindung. Für sie und ihre Kinder wurde unser Haus in Villingen zum oft besuchten Zufluchtsort. Nach einigen Jahren löste sich die nervenaufreibende Mesalliance. Sie schaffte ihr Diplom. Vorübergehende biologische Hilfstätigkeiten – dann gelang es ihr, eine Stelle als Umweltschutz-Referentin am Freiburger Regierungspräsidium zu erkämpfen.

Eine Hochzeit

Als meine Frau und ich 1959 heirateten, war das in sehr bescheidenem Rahmen geschehen – ich war noch Student, sie eine arme junge Lehrerin, auch die Eltern hatten nicht viel. Kaum Freunde, kaum unterhaltende Vorträge für die Gesellschaft. 1992 heiratete unsere zweite Tochter. Touristik-Betriebswirtin, weit herumgekommen, organisationserfahren, reich an Bekannten. Der Bräutigam, Diplom-Ingenieur, auch er weitgereist, hatte gerade eine gute Stelle in Frankfurt erhalten.

Für uns war es, als richteten wir nachträglich das Fest unserer eigenen Hochzeit. Polterabend auf der Gartenterrasse unseres Hauses – weiß blühte der Jasmin, blau der Rittersporn. Bunte Papiergirlanden, Lampions. Gäste aus Nord und Süd, Ost und West, aus allen Schichten der Gesellschaft. Anderntags bei strahlender Sonne Autokorso zum Standesamt – das Brautpaar im offenen Jeep, hinterher ein Dutzend Wagen von Mercedes und BMW bis zum bescheidenen Colt und R4. Prächtig das Brautkleid aus weißem Satin und der blau-goldene Strauß, der Bräutigam im schwarzen Smoking mit grünem Myrrhen-Zweiglein. Sehr persönliche Worte des Standesbeamten. Nach der Zeremonie zum Kurpark: ein langer bunter Zug zum Springbrunnen, Fotos der in Gruppen plaudernden Gäste, Sektempfang. Beim Hochzeitsmahl humorvolle Verse über das Vorleben von Braut und Bräutigam.

Später dann Tanz und Spiele – und als Überraschung drei Musikanten, die mit jiddischen Melodien und gesungenem Schauspiel die Gesellschaft unterhielten. Ein warmer Sommerabend im Kurpark, ein rundum gelungenes Fest. Ein Lebens-Höhepunkt nicht nur für die Brautleute, auch für meine Frau und mich, die glücklichen Eltern.

Plötzlich fiel der Strom aus. Wir saßen in unseren bequemen Sesseln vor dem erloschenen Fernsehschirm. Stille und Dunkelheit stürzten auf uns wie alles erstickende schwarze Watte.

„Es wird wohl gleich wieder kommen" sagte ich. Und meine Frau: „Die Kerzen sind im Schrank, links, im mittleren Fach, die Streichhölzer liegen daneben." Ich tastete durch den Raum, zündete die Kerze an. Übergroß mein Schatten hinter mir an der Wand.

„Und jetzt?" fragte ich. „Es ist erst halb neun, zu früh, schon ins Bett zu gehen. Zum Lesen ist die Kerze nicht hell genug. Magst du Halma spielen?"

„Die üblichen Eröffnungen, und dann gewinnst du? Nein, danke. Dann eher noch Scrabble."

„Meinetwegen. Aber ein Jammer ist's doch, dass du nicht Schach lernen magst."

Umständlich kramte ich das Spiel heraus, legte es auf dem Tisch zurecht. Sie begann, legte ein Wort mit fünf Buchstaben, ich kreuzte es, das Spiel ging fort. Auf dem Feld lag „Spange". Ich hatte „Gulden" und wollte das davorlegen. Sie protestierte. „Guldenspange – was soll das sein?" „ Eine Spange für einen Gulden. Oder die einen Gulden als Verzierung trägt. Oder die aus Gold ist. Warum soll es das nicht geben?"

„Deine Wortbildungen sind unmöglich." – „Und deine Vierbuchstabenwörter sind primitiv." Mürrisch spielten wir weiter, beide ohne rechte Lust. Wir machten uns nicht die Mühe, am Ende die Punkte zu zählen – es war klar, dass ich gewonnen hatte.

„Magst du einen Cognac?" fragte ich.

„Ja, gern." Der Strom war immer noch weg.

„Inzwischen hätten die doch den Schaden längst reparieren müssen" schimpfte sie. „Gerade heute, wo endlich mal ein interessanter Film im Fernsehen kommt!"

„Jetzt hättest du sowieso nichts mehr davon, nachdem wir den ganzen Anfang verpaßt haben. Und außerdem, da wir nicht wissen, was nicht in Ordnung ist, wissen wir auch nicht, wie lange es mit der Reparatur dauern kann."

„Aber die müßten doch auf solche Möglichkeiten eingerichtet sein! Das ist eine Schlamperei bei den Elektrizitätswerken! Wenn's ans Kassieren geht, sind sie gleich da, aber Zuverlässigkeit? Keine!"

„Weißt du denn, woran es liegt? Vielleicht ist eine Leitung kaputt, oder es gibt irgendwo einen Kurzschluß, oder ein Generator ist ausgefallen. Sollten sie vielleicht ein paar Atomkraftwerke mehr bauen?"

„Das fehlte gerade noch, dass sie uns noch mehr verstrahlen!"

„Ich schätze, wir wissen zu wenig darüber, als dass wir vernünftig mitreden könnten. Wir müßten wer weiß wie viel lesen über Atomphysik, Kraftwerkstechnik, Wirtschaftslehre und was sonst noch alles. Da wir das nicht so nebenher können, werden die uns immer manipulieren."

„Will ich aber nicht! Schließlich bin ich eine mündige Bürgerin!"

„Welch schöne Illusionen!"

Eine Weile schwieg sie, dann sagte sie unvermittelt: „Übrigens, der Tricksmaltrums hat einen Preis gekriegt. Hast du's gewußt?"

Nein, hatte ich nicht. Ich nahm mir nicht die Zeit für ausführliche Zeitungslektüre. Sie erzählte mir meistens, was sie gelesen hatte. Und sie las viel und behielt es in ihrem Gedächtnis. In Gesprächen war sie über vieles informiert, ich stumm daneben; aber bei folgernden Argumentationen machte ich sie und andere verstummen. Ich schenkte mir Cognac nach, bot auch ihr an, doch sie dankte: „Du solltest weniger trinken, denk' an deine Leber!" Ich protestierte: „Zwei Gläschen sind ja wohl wahrhaftig nicht zu viel!"

„Und gestern zwei und vorgestern bei Dingsens der Wein, und dazu das schwere Essen, und dann geht's dir morgen wieder schlecht. Ich will nur dein Bestes!"

Schrecklich, diese fürsorgliche Tyrannei! Aus purem Trotz hätte ich mehr trinken können; doch ich tat's nicht. Ich dachte daran, wie viel Streit es mit den heranwachsenden Kindern gegeben hatte, als sie immer wieder in nicht endenden Moralpredigten deren Bestes wollte. Jetzt waren die Kinder aus dem Haus, da hatte sie nur noch mich zum Erziehen. Eigentlich hätte sie ja wissen müssen, dass das nichts nutzte, aber sie konnte es einfach nicht lassen.

„Übrigens", fing sie wieder an, „warum hast du neulich den Dingsens von dem Ärger erzählt, den unsere Tochter mit ihrem Chef hatte? Das geht die doch nichts an!"

„Warum soll ich nicht? Mich bewegt das, und Bonn ist weit weg, sie kennen da niemand. Lieber das als bloß langweiliges bla bla!"

„Datenschutz auch für die Privatangelegenheiten unserer Kinder, bitte!"

„Dann können wir uns gleich lebendig einmauern lassen!"

„Hättest du's denn gerne, wenn andere über dritte von deinen Schwierigkeiten gehört hätten?"

„Fragt sich, wer die anderen sind. Wenn man mit ihnen vernünftig reden kann…"

„Du bist unvorsichtig, und du denkst nicht daran, wie leicht alles weitergetragen wird. Man hat einen Ruf zu verlieren."

„Man muß sich auch mal aussprechen und kann nicht alles nur immer in sich reinfressen."

„Aber nur innerhalb der Familie, bitte!"

„Ist das noch eine Familie, wo jeder Versuch zu einem Gespräch gleich ausartet in Streiterei und Vorwürfe?"

„Wenn es dir hier nicht mehr als Familie erscheint, warum läßt du dich dann nicht scheiden?"

„Und dann? Tausend lästige Fragen, Umkrempelung aller bewährten Lebensgewohnheiten, tausend Unbequemlichkeiten? Immerhin haben wir's schon ziemlich lange miteinander ausgehalten, vielleicht geht's auch noch weiter."

Wir schwiegen beide. Nach einer Weile sagte sie: „Ich mag nicht immer nur als das kleine Dummchen neben dir erscheinen, nicht nur deine Haushälterin sein!"

„Du weißt, dass du viel mehr bist: Mutter, Erzieherin von Kindern und Enkeln, Sekretärin, Beraterin – du hast und kannst vieles, was mir fehlt, bist meine notwendige Ergänzung. Und auf manche unnötige Dummheit könntest du verzichten!"

„Möchte ich gern, kann ich aber nicht. Und dann bin ich unzufrieden mit mir selbst!"

„Und dann läßt du deine Umgebung unter deiner schlechten Laune leiden!"

„Natürlich. Dafür bist du ja mein Mann!"

„Zweifelhaftes Vergnügen! Ich sollte wirklich …"

Plötzlich war der Strom wieder da und das Licht, im Fernsehen lief die letzte Szene des Films, der Zusammenhang war nicht zu verstehen. Ich stand auf. „Ich werde in meinem Zimmer noch etwas lesen. Gute Nacht!"

Am nächsten Morgen lag auf meinem Frühstücksteller ein Schokoladenherz. Und das Leben ging weiter wie seit vielen Jahren.

Mobbing

Alljährlich gibt es in vielen Lehrerkollegien ein Gerangel: Wer erhält demnächst die begehrenswerten, wer die weniger erfreulichen Klassen und Kurse?

Am Villinger Wirtschaftsgymnasium hatte sich ein Turnus eingespielt: von vier Englischlehrern sollten jedes Jahr zwei die angenehmen Kurse unterrichten. In Französisch kamen nicht jedes Jahr Leistungskurse zustande; nach der 11. Klasse durften viele Schüler dieses Fach abwählen, sie wollten nichts mehr dafür tun, es war schwierig, solche Klassen zu interessieren und doch leistungsorientiert zu arbeiten.

Ich erhielt 33 ehemalige Gymnasiasten; übers Jahr sollte ein Französisch-Leistungskurs daraus werden. Ein Kollege unterrichtete 20 Realschüler. Einige Gymnasiasten waren zu schwach, sie kamen nicht mit und wollten es auch nicht. Ich wollte sie in den Parallelkurs schicken – dort konnte der Kollege ohne Leistungsdruck arbeiten. Doch der weigerte sich, ohne Begründung. Beim Elternabend legte ich die Situation offen dar. Darauf warf der Direktor mir vor, ich hätte mich nicht solidarisch verhalten. Erwartungsgemäß meldeten viele Schüler sich ab. Später, im Abitur, bestätigten sich meine Einreichungsnoten. Der Direktor blieb unzufrieden: Wie hart von mir, schwache Schüler beizeiten aus dem Kurs zu drängen!

Zweijährige Berufsfachschule: ehemalige Hauptschüler sollten zur Mittleren Reife gelangen, auf Wunsch weitergehen können zum Abitur. Im Zusammenspiel mit der Mathelehrerin siebte ich einige schwache Schüler aus. Mit den verbliebenen 18 Jungen und Mädchen radelten meine Frau und ich von Heidelberg nach Bad Wimpfen, auf urigen Pfaden durch Naturschutzgebiete am Neckar, zeitweise bei Gewittergüssen; Städte und Burgen, Übernachtungen in Jugendherbergen. Wir alle verstanden uns prächtig, ich freute mich auf die Weiterarbeit nach den Ferien. Doch da hieß es plötzlich: Dies ist die kleinste von drei Parallelklassen, sie muß aufgeteilt werden! Vergebliche Proteste; der Direktor behauptete, er könne nicht immer handeln wie er wolle, politische Rücksichten – ich sollte einige Englischstunden an der gegenüberliegenden Hotelfachschule erteilen. Das war nicht mehr als eine harmlose Plauderei mit angehenden Hotelfachfrauen, von denen viele das Abitur und sogar Auslandserfahrungen hatten. Ich sah keine Möglichkeit für einen Unterrichtserfolg, wenn ich sechs Wochen lang je eine Doppelstunde gab. Ich empfand es als Vergeudung meiner Arbeitskraft. War es nicht ein Hohn, wenn der Direktor mir viel Erfolg bei meiner neuen verantwortungsvollen Tätigkeit wünschte?

Wieder ein Französischkurs, 32 Elftklässler, die diese lästige Pflicht möglichst bald abwählen wollten. Sehr unterschiedliche Vorkenntnisse. Eine Stunde montags ganz früh, die beiden anderen mittwochs und freitags in der sechsten, wenn niemand mehr aufpassen mag. Für mich wurde es zur Hölle. Und es strahlte aus in die Englischstunden: die ehemaligen Realschüler mochten sich nicht umstellen auf anspruchsvolle Oberstufenarbeit. Wenn sie übersetzen sollten, fehlten ihnen deutsche Ausdrücke – doch sie fühlten sich beleidigt, wenn ich sie aufforderte, deutsch zu lernen. Gute Schüler schwiegen, fühlten sich zur Solidarität genötigt mit Flegeln, die das große Wort führten.

Aussprache mit dem Direktor. Der warf mir vor, ich überfordere die Schüler, ich müsse sie mit dem Kenntnisstand akzeptieren, den sie hätten; wenn ich die mündlichen Leistungen nicht stärker bewerte, müsse der Direktor ein Disziplinarverfahren einleiten, und die Schule könne meine Mitarbeit entbehren. Das Abitur sei jetzt ein Regelabschluß, Leistungsanforderungen nicht mehr gerechtfertigt. Meine guten Erfolge all der früheren Jahre seien kein Kunststück gewesen, nachdem ich schwache Schüler immer beizeiten hinausgeekelt hätte. Ich dürfe nicht ständig „ja aber" sagen, meine intellektuelle Wesensart sei den Problemen nicht angemessen, ich müsse mich emotional ändern.

In diesem Jahr war ich nicht am Abitur beteiligt. Die schriftliche Prüfung zeigte: Villingen lag in Südbaden an schlechtester Stelle. Zahlreiche mündliche Prüfungen retteten viele Schüler.

Turnusmäßig hätte ich wieder einen Englisch-LK erhalten sollen. Die Direktion manipulierte, brachte einen weiteren Kollegen ins Spiel. Zu wenige Schüler meldeten sich für meinen Kurs, der kam nicht zustande. Einspruch des Personalrats wurde zurückgewiesen.

Und im nächsten Schuljahr – soll ich da wieder die Spreu vom Weizen sondern und mich damit unbeliebt machen? Danach vielleicht wieder einen Kollegen die Früchte meiner Arbeit ernten lassen? Und wenn ich das als unfair empfinde – wird man mir dann wieder bedeuten, ich müsse mich mehr bemühen, die Sympathien der Siebzehnjährigen zu gewinnen?

Nein, man gibt mir zwei Anfängerklassen der Wirtschaftsschule. Dort werden meine Kenntnisse kaum gebraucht. Es besteht dann auch keine Gefahr, dass ich bald wieder einen Leistungskurs beanspruche und darin unbequeme Gedanken an die Schüler herantragen könnte. Einige Mädchen, Mitglieder der Jungen Union, triumphieren gegenüber einem Kollegen: Mit Hilfe des Direktors ist es ihnen gelungen, den T. abzuschießen.

Ich war nicht der einzige, der sich ungerecht behandelt fühlte. Aber, aufgeteilt auf verschiedene Zimmer, hörten die Kollegen wenig von den Problemen der anderen. Ein gewählter Personalrat wurde zum Rücktritt genötigt und in seinen Beförderungswünschen benachteiligt. Ein anderer Kollege, der weit entfernt wohnte, wäre gern an einen für ihn viel näheren Dienstort versetzt worden – eine Möglichkeit dazu wurde durchkreuzt. Und der Schlaganfall eines älteren Kollegen – war dem nicht bei Disziplinschwierigkeiten der Direktor in den Rücken gefallen?

In der Turnhalle war etwas zerbrochen, der Hausmeister hatte einen Lehrer beschuldigt und ihm vor den Schülern an den Kopf geworfen, Leute mit solch östlich klingenden Namen hätten schon längst vergast werden sollen. Der Lehrer, politisch aktiv bei den Grünen, hatte eine Entschuldigung verlangt, der Hausmeister hatte sie verweigert, der Direktor hatte die Partei des Hausmeisters ergriffen. Verhandlung vor dem Oberschulamt – es ließ sich nicht leugnen, der Direktor hatte dem Hausmeister Einblick in die Personalakte des Lehrers gewährt. Nur die ohnehin fällige Pensionierung des Direktors vertuschte einen großen Skandal.

Nachträglich erfuhr man: vor zwanzig Jahren, als der Direktor ernannt wurde, waren im Kollegium Unterschriften gegen einen Konkurrenten gesammelt worden. Und nach dessen Niederlage war früh am Morgen ein von ihm nicht bestellter Möbelwagen bei ihm vorgefahren: wollte er nicht umziehen? Er war dann wirklich bald darauf gegangen.

An einer anderen Schule inszenierte ein junger Deutschlehrer Wedekinds „Frühlings Erwachen". Das Oberschulamt tadelte ihn deswegen. Als er sich Jahre später um einen Direktorsposten bewarb, wurde er, obwohl das Kollegium ihn unterstützte, abgelehnt – weil er Wedekind inszeniert hatte.

Ich versuchte nicht, die Karriereleiter hinaufzuklettern. Es hätte Verwaltungsarbeit bedeutet, die mir nicht liegt. Wichtiger war mir, meinen Schülern Anregungen zu geben. Und ich habe die größten Schwierigkeiten, mir Gesichter und Namen zu merken und die vielerlei kleinen persönlichen Interessen meiner Mitmenschen. Denen erscheine ich dann oft als gleichgültig und verletzend. So habe ich es mir großenteils selbst zuzuschreiben, wenn manche Menschen sich mir gegenüber ablehnend verhalten. Jeden prägt das Leben mit Eigenheiten, und andere reiben sich daran. Manchmal fühlt man sich wund gescheuert.

Im Bannwald

„Am übernächsten Wochenende kann ich über die Hütte verfügen", sagte die Frau vom Naturschutz. „Wenn ihr wollt, verbringen wir dort die Nacht, und am nächsten Morgen führe ich euch zum einsamen Wildsee. Nachtsachen und Verpflegung müßt ihr hintragen, Abfall auch wieder mitnehmen. Die Hütte liegt einsam, euer Auto bleibt eine halbe Stunde davon entfernt."

Wir nahmen an. Den vierzehnjährigen Sohn der Naturschützerin würden wir unterwegs abholen, er würde uns führen. Und unsere Tochter mit Mann und drei Kindern würden wir am Parkplatz treffen.

Das klappte auch. Mit Rucksäcken, Wolldecken, Proviant und ein paar Flaschen Wein wanderten wir über den Ruhestein. Die mannshohen Krüppelkiefern buckelten ihre verwachsenen Äste mit dem langen, dichten Nadelgewirr unter dem verhangenen Himmel; Nebelschwaden zogen über uns hin, ließen die Kiefern als groteske Gestalten erscheinen, keulenschwingende Kobolde, Rosse und Reiter, drohende Unholde. Ab und zu gaben die Wolken und das dichte Gestrüpp einen Blick frei in die Tiefe: Dort unten der schwarze Fleck in den Wäldern, der Wildsee.

Endlich gelangten wir zur versteckt liegenden Hütte. Abgeschlossen, kein Mensch weit und breit. Die Naturschützerin war uns auf einem anderen Weg entgegen gegangen. Wir warteten. Die Kinder hatten ein Ballspiel dabei. Schon überlegten die beiden Jungen, ob sie mit einem umgestürzten astreichen Baum ein offenstehendes Dachfenster erklettern könnten, da kam die Frau.

Sie erzählte von den vergangenen vier Tagen, in denen sie versucht hatte, hier einer Kindergruppe Natur nahe zu bringen. Das hatte ungeahnte psychische Prozesse ausgelöst: viele Kinder wollten gar nichts über Pflanzen und Tiere erfahren, schwierig das Vermitteln zwischen Lernwilligen und anderen, nur an Computerspielen Interessierten! Nervenaufreibend ein einzelner Junge, der sich stets in den Vorder-

grund drängte und von anderen gehänselt wurde, und bewunderns-
wert, wie ein anderes Kind sich schützend vor den Schwierigen stellte.
Und als schließlich die Eltern ihre Kinder abholten, waren die wenigsten verständnisvoll und dankbar, die meisten Elternpaare rücksichts-
los und gleichgültig. Unerläßlich für die Biologin, sich zur Psychologin
zu wandeln!

Unterdessen briet mein Schwiegersohn die mitgebrachten Steaks,
die Kinder deckten den Tisch, für das Nachtlager im geräumigen Dach
war rasch alles gerichtet. Der Abend verging wie im Flug bei Wein und
Gesprächen. Wie köstlich als Nachtisch die Reste vom Heidelbeermus,
das die Kindergruppe übriggelassen hatte. Und auch am anderen Morgen packten alle mit an – bald glänzte die Hütte in Sauberkeit.

Nebel hing zwischen dem Bergwald. Steil führte der schmale Pfad
den Hang hinab, mächtige rote Sandsteinbrocken und dicke Wurzeln
bildeten hohe Stufen. Bannwald – hier war die Natur seit Jahrzehnten
sich selbst überlassen. Zu Hunderten standen Fichtenleichen, Flechten
hingen wie Bärte von den kahlen Ästen herab. Wo ein Baum gestürzt
war, blieb er liegen, morsches Holz, das langsam von Pilzen zersetzt
wurde. Bizarres Wurzelgeflecht reckte sich zum Himmel, hielt Erd-
klumpen und Steine hoch über dem Boden. Dicke Moospolster, manchmal über eine Kante hängend, Wasser sickerte aus ihnen auf den Stein.
Von Wassertropfen beperlte Spinnennetze zwischen Heidelbeerkraut
und Farnen. Und dazwischen auch junge Bäumchen, hinaufwachsend
in den lichten Raum zwischen den zahllosen abgestorbenen Stämmen.
Immer weiter hinab in der Karwand – und schließlich spiegelte dieser
verzauberte Urwald sich im schwarzen Wasser des kleinen kreisrun-
den Sees, fast auf allen Seiten von Berghängen umstanden. Wald und
Nebel verschluckten jeden Laut, unheimlich die Stille. Sogar die Kinder
ließen sich bewegen, ein Weilchen leiser als sonst zu sprechen. Ahnten
auch sie, daß vor noch nicht so langer Zeit die Nebelschleier den Menschen als Geister erschienen waren, die sie scheuten? Damals traute
sich bei Dunkelheit niemand an diesen Ort.

Wir wanderten auf einem anderen Weg zur Hütte zurück, dann weiter zum Parkplatz. Und wer wollte, konnte in einer halben Stunde wieder auf der Autobahn sein.

Eine junge Deutsch-Lehrerin des Gymnasiums sammelte literarisch interessierte Menschen um sich – mehr Frauen als Männer, die meisten etwa fünfzig Jahre alt. Man traf sich reihum in privaten Wohnzimmern und diskutierte, ausgehend vom Vortrag der Leiterin und weit darüber hinaus. Wie hat die Gestalt des Don Juan sich in der Literaturgeschichte entwickelt? Welch unterschiedliche Auffassungen von Utopien gab es, von Platon über Campanellas Sonnenstaat, Thomas More, Swift, Samjatin, Orwell und Huxley? Worum geht es in Arno Schmitts „Zettels Traum"? Wie beschreiben DDR-Autoren ihre Welt? In der Stadtbibliothek Lesungen, anschließend Gespräche mit den Autoren. Siegfried Lenz' „Vorbild": Ist es erstrebenswert, einem Idol nachzuleben? Selbst-Sein ist wichtiger, auch wenn es scheinbar banal ist! VHS-Kurs bei einem Psychologen: Märchen und Mythen können helfen, sich selbst zu finden – wie hat Bruno Bettelheim viele Gestalten interpretiert!

In einem anderen Kurs sammelten sich Menschen, die ihre eigenen Schreibfähigkeiten erproben wollten. Wir lasen einander selbst verfaßte Texte vor, kritisierten sie freimütig, versuchten, sie zu verbessern. Texte über Kindheitserlebnisse, Reisen, Ehe- und Beziehungsprobleme, überraschende Ereignisse. Manches allzu einfach – wie wollte sich jemand im Tennis-Club profilieren! – aber auch lebendige Begegnungen, die jemand wichtig wurden. Manche empörten sich, wenn andere versuchten, sie zu korrigieren. Andere würgten die Kritik herunter, schliefen vielleicht einige Nächte lang schlecht – und dann machten sie sich daran, ihren Text zu verbessern. Gelegentlich lud eine alleinstehende Frau die Gruppe ein zu einem Schreibseminar in ihrem schönen Haus. Die Werkstatt wurde zur Selbsterfahrungsgruppe – wie wirkten die Texte, wie die Schreiber selbst auf die anderen?

Ich empfand meine Texte als mäßig. Damals hatte ich auch Ärger in der Schule mit meinem Direktor; ich fühlte mich niedergeschlagen. Meine Frau und andere wohlmeinende Menschen wiesen mich darauf hin, dass meine allzu direkte Art oft andere Leute vor den Kopf stieß. In der Werkstatt wollte der Psychologe K.E. Buchmann sensible Menschen kennenlernen. Ich vertraute ihm meine Nöte an, und der Psychologe half mir mit Briefen und Gesprächen. Er wies mich hin auf die Brüchigkeit allen Menschseins. Konsequente Korrektheit (ist das nicht eine Berufskrankheit vieler Lehrer?) kann auf andere unangenehm wirken, besserwisserisch, richtig eklig, wenn die Dummheit beim Gegenüber nicht weicht – aber wer ist nicht deprimiert, wenn er sieht, dass „Fast-Schwachköpfe" befördert werden und das Rennen machen? Buchmann forderte mich auf, Fehlerhaftigkeit auch bei mir selbst anzunehmen, zuzulassen, dass es auch in mir Ängste vor schrecklichen Wahrheiten gab. Wer fürchtet sich nicht, die gesellschaftlich notwendige Maske fallenzulassen? Ich schrieb ihm ein paar Zeilen, die ich geträumt hatte:

Wir führen Drachen an der Hand spazieren
und wecken durch ein Wort Gespenster auf;
und keine Untat braucht uns zu genieren -
sie ist ein Teil von unserm Lebenslauf.

Vielleicht hatte ich wirklich zu sehr Gefühle und Intuition in mir unterdrückt, war dadurch verkniffen, rechthaberisch und besserwisserisch geworden. Die Gesellschaft verlangt Tüchtigkeit – aber was ist das? Können unsere Vorstellungen uns nicht durch andere suggeriert worden sein? Marcuses Gedanke: Die sich in einer krankmachenden Gesellschaft gesund erhalten sind eigentlich die Kranken! Wer setzt die Maßstäbe? Es sind die Gedanken – oft jene unserer Erzieher – die eine Sache besser oder schlechter machen. Buchmann zitierte den Politik-Professor Greiffenhagen: „Entfremdung ist der Preis der Erkenntnis. Wer in seiner Welt zu Hause ist, fragt nicht nach ihr; wer sich mit seiner Mitwelt eins weiß, kritisiert sie nicht; wer mit sich selbst im reinen ist, will nichts verändern – wollen Sie, will ich das? Diese Friedlichkeit ist doch wohl Ihre Sache nicht! Der Intellektuelle ist, kommt Sensibilität hinzu und bleibt Macchiavellismus fremd, ein Einsamer. Und: auf der so dringenden Suche nach... finden wir's oft nicht, was uns so bedeutsam erscheint, „Es" muß uns geschehen."

Buchmann meinte, meine unterdrückten Gefühle würden sich in meinen Skulpturen zeigen. Er ermutigte mich zu einer Ausstellung – die Volksbank förderte das großzügig. Etwa fünfzig Besucher zur Vernissage, positive Presseberichte. Weitere Besucher und weiteres positives Echo danach. Buchmann und ich stimmten überein im Wunsch nach einer Religiosität ohne Gott, radikale Humanisten. Seelische Gesundheit und seelische Krankheit – wie definiert sich das? Buddhistische Gedanken. Und Buchmann schreibt: „Die jeweilige Gottheit bildet die Stütze, die das eigene Unvollkommenheitsempfinden der Menschen ausgleicht" – ergibt sich daraus nicht Nachsicht für schwache Menschen, die der Krücken bedürfen?

Buchmann half der literarischen Werkstatt, ein Buch mit sehr verschiedenartigen Beiträgen von zwölf höchst unterschiedlichen Autoren herauszubringen. Es verkaufte sich gut und war rasch fast völlig vergriffen. Bald danach zog Buchmann sich aus der literarischen Werkstatt zurück. Ich sah ihn nur noch selten in Konzerten.

Auf und ab

Über Jahrzehnte saß ich mit drei Kollegen im Zimmer, die fast ausschließlich Bankfachklassen unterrichteten – damit hatte ich nichts zu tun, also kaum Gedankenaustausch über meine Fächer oder über gemeinsame Schüler. Vergeblich meine Versuche, in ein anderes Zimmer zu kommen. Ich konnte es vor mir selbst nicht leugnen: beliebt bei den Kollegen war ich nicht. Was blieb mir anderes übrig, als es mit Gleichmut zu tragen?

Nadelstiche: Der Direktor wollte mich verantwortlich machen für eine zerbrochene Fensterscheibe, angeblich hätte ich meine Aufsichtspflicht verletzt (was nicht zutraf). Dann fand kurzfristig eine Fachkonferenz statt, während ich eine Klasse durch Burgund führte, und danach wurde mir die Unkenntnis der Beschlüsse zum Vorwurf gemacht.

Nach einigen Jahren ein neuer Direktor. Inzwischen waren die meisten Kollegen viel jünger als ich, hatten andere Erfahrungen und Interessen, blieben mir fremd. Ich erhielt wieder einen Englisch-Leistungskurs. In der Abi Zeitung schrieben die Schüler darüber:

„Ja, ja, der Englisch-LK, wird sich so mancher vielleicht nach einigen Jahren an die vielen Stunden gemeinsamen Büffelns der letzten zwei Schuljahre erinnern, in denen Herr T. versuchte, auch dem letzten die Geheimnisse der englischen Sprache näher zu bringen. Aus und vorbei ist es nun mit wöchentlich fünf Stunden Englisch, in denen man nicht nur Abi-Aufgaben, sondern auch einander gründlich kennenlernte. Mit viel Optimismus gestaltete er seinen Unterricht und, so sind sich seine Schüler und Schülerinnen einig, bemühte sich stets, den oft trockenen Stoff durch kurzweilige Texte, wie z.B. gruselige Geistergeschichten, aufzufrischen. Das ist auch nötig gewesen, und die nicht allzu hohe Einschlafquote in seinem Unterricht gibt ihm Recht.

Doch konnte man nicht immer bei lustigen Dingen verweilen, und politisch hochaktuelle Themen, wie die Währungspolitik in Europa, die EWG oder die amerikanische Verfassung mußten nebenbei durchgekaut werden, auch wenn dies nicht von allen gleich interessiert aufgenommen wurde. Aber im Zuge der von allen gewünschten geistigen Horizonterweiterung und vor allem der weitverbreiteten Panik vor den Abiaufgaben, die Fragen wie „What do you know abou the Republic of Ireland? (Think of her history, economy, politics and culture)" zuließ, erleichterten seine Stunden das Lernen ungemein, besonders, wenn man an dieser Stelle mit seinem Latein, sorry – mit seinem Englisch am Ende war. Aber auch dies ließ sich mit zwei Jahren Englisch-LK bei Herrn T. auswetzen. Hilfsbereit erklärte er allen Wissensdurstigen die Vor- und Nachteile der verschiedensten weltpolitischen Geschehnisse, bis auch die Letzte befriedigt schien. Bei so viel Politik konnten wir froh sein, wenn Herr T. gnädig zur Abwechslung einen Film einschob. Auch in seltenen Fällen, in denen er, meist vor den Ferien, Dias von seinen Urlaubsaufenthalten in Amerika, Frankreich und England zeigte, diente das nicht nur den Welt- und Kulturbegeisterten als Abwechslung vom schnöden Schulalltag. Ja, ja, aus und vorbei ist es nun mit den Stunden im Sprachlabor, und vielleicht fragt sich so mancher, was Herr T., dem seltestens ernsthaft (oh Wunder!) der Geduldsfaden riß, wohl über uns gedacht hat und ob er im geheimen vielleicht auch seine Lieblinge hatte. Sicher ist, dass man bei Herrn T. mit Sicherheit einen Lehrer gewählt hat, der sich seinerseits nicht im Beruf verwählt hat, wie so manch einer (!), und bei dem man immer das Gefühl hatte, mit und nicht gegen ihn auf die gefürchtete Reifeprüfung hinzuarbeiten, und auch die weniger guten unter den fünfzehn LK-Engländern fanden einen hilfsbereiten Menschen mit offenen Ohren vor, der auch mal einen Punkt im nachhinein mehr gab."

Anläßlich meines sechzigsten Geburtstags bewirtete ich die Kollegen mit Sekt und Schinkenhörnchen. Selbstironisch persiflierte ich mein langjähriges Wirken an der Schule mit an Goethe angelehnten Versen:

Manch Lehrer lehrt in alter Weise
und seines Diensts gewohnten Gang
zieht er die altbekannten Gleise
umwölkten Haupts den Flur entlang.
Sein Anblick gibt den Schülern Stärke,
doch niemand je ergründen mag
warum des Lehrers gute Werke
gerühmt nicht werden manchen Tag.
Doch hat er vollendet sein sechzigstes Jahr
dann ehrt man vielleicht mal den Jubilar.
Man schenkt ihm was Schönes, gemäß altem Brauch –
er bedankt sich ganz brav, und dann denkt er wohl auch:
Habe nun, ach! Philosophie,
Grammatik und Soziologie,
Geschichte und Geographie
viele Schüler gelehrt mit beträchtlicher Müh.
Ich gab ihnen Splitter von Literatur
und sagte was über Landesnatur.
Nur wenig davon hat sie interessiert –
doch vielleicht hat mancher manchmal gespürt
dass jenseits der eigenen Nasenspitze
gelegentlich zucken geistige Blitze.
Und jenseits gewöhnlich gedachter Geleise
mal anders zu denken macht vielleicht weise -
doch macht es den Lehrer nicht eben beliebt,
worüber er sich denn auch manchmal betrübt.
Man gibt ihm kaum Information
und sagt ihm dann: „Das kommt davon!"
Man mag ihn nicht, und das mit Recht,
denn wer uns Wahrheit sagt, ist schlecht.
Grammatik üben unerfreulich
und doch für's Abi unvermeidlich.

Und wer sich nicht nach Ämtern drängt
der wird ganz einfach abgehängt.
Denn wer nur in der Stille lehrt
der zählt nicht viel und lebt verkehrt.
Doch zieht er manchmal eine Spur
die zeigt sich sehr viel später nur,
wenn hier und da mal einer denkt:
„Der hat mich damals drauf gelenkt!"
Und was dem Schüler Plage war
wird später ihm im Rückblick klar.
Vielleicht denkt dann er voller Freude:
„Er hatte Recht, der alte Heide!
Und spielt er in den höh' ren Sphären
so lassen wir ihn dort gewähren.
Er hat nun einmal die Marotte
drum gönnen wir ihm die Klamotte.
Was altmodisch und nicht modern
ist so schlecht nicht für alte Herrn,
und auch dem einen, andern Jungen
könnt' man damit ganz ungezwungen
hier oder da ein Licht aufsetzen
woran er könnte sich ergötzen."
Inzwischen, fern vom Arbeitsort
spiel gern ich mit dem freien Wort;
schreib dies und das, was ich so seh'
und heb es auf für eh und je.
Und hab' ich mal ' ne Wut im Bauch
so hau ich auf ein Holzstück auch;
und nach viel Stunden voller Müh
entsteht daraus ein Fabelvieh.
Glaubt mir, ein eingefleischter Spieler
klopft lieber Holz, als einem Schüler

Vokabeln in den Kopf zu trichtern!
Ich lese lieber was von Dichtern,
betrachte gern manch Werk der Kunst,
genieße meiner Freunde Gunst
und mag auf vielen schönen Reisen
mir selber manche Freud erweisen.
Euch, die ihr hier versammelt seid
wünsch ich nun eine gute Zeit
Für heute soll so viel genügen –
ich wünsche allen viel Vergnügen!

Ein Echo darauf erhielt ich nie. Aber wenigstens hatte ich einmal vor den Kollegen einigen langjährigen Frust aus mir herausgespült.

Wiederholt besuchten meine Frau und ich London, wohnten bei einer guten Bekannten, schauten vielerlei Sehenswürdigkeiten an, besuchten Oper, Theater, Musical. Bei einem dieser Aufenthalte lief meine Frau im Linksverkehr vor ein Auto, Schädelbasisbruch. Sie überlebte es – aber der Schock saß tief in uns beiden.

1991. Bald nach dem Fall der innerdeutschen Grenze besuchten uns im Schwarzwald mein Cousin und seine Frau – sie kamen aus Halle, kannten nur die Landschaften des Flachlands. Wir zeigten ihnen die Schönheiten unserer Gegend, Spazierwege mit Aussichten auf den Höhen, reizvolle Täler, schöne alte Städtchen am Bodensee. An einem warmen Sommerabend fuhren wir mit ihnen zu einem abgelegenen Parkplatz. Von dort wanderten wir zu einem einsam gelegenen Gasthaus an einer Waldwiese. Wir betrachteten die zahlreichen Forellen im Teich vor dem Haus. Unangemeldet kehrten wir ein, verzehrten ein Vesper, wurden freundlich bedient – unsere Gäste waren überrascht, so etwas hatte es in der DDR nicht gegeben. Bei lebhaften Gesprächen in angenehmer Umgebung verflog die Zeit, wir verweilten länger als ich gedacht hatte.

Als wir den Rückweg zu unserem Auto antraten (eine andere Strecke, Rundwege bieten mehr Abwechslung!) dunkelte es bereits, doch hinter den Bäumen im Osten ging der Vollmond auf. Ich kannte den Weg: zunächst eine breite Fahrspur zwischen hohen Fichten, vorbei am Gehege, wo beim Forsthaus das Dammwild äste, vorbei an einer Burgruine, von der aus vor Jahrhunderten Raubritter die Gegend unsicher gemacht hatten; dann ein schmaler Pfad im Tal am Bach entlang. Der floß unter hohen Erlen und Buchen; nur an wenigen Stellen ließen Lücken zwischen den Zweigen das Mondlicht durch bis aufs Wasser, das über große Felsbrocken dahinschoß. Der Fußpfad verlief manchmal direkt neben dem tief eingeschnittenen Bachbett, entfernte sich dann ein wenig davon, um sich am Fuß einer felsigen Böschung entlangzuschlängeln. Uneben war dieser Pfad, zwischen großen Steinen und dicken Baumwurzeln tiefe Löcher, Pfützen, gleich neben dem Weg morastige Stellen und Unterholz. Nur spärlich kam das Mondlicht an einigen Stellen durch. Ein Käuzchen schrie, laut rauschte neben uns der Bach.

Wie gesagt, ich kannte den Weg, seine Schwierigkeiten schienen mir gering. Zweige hingen tief herab – Vorsicht, dass sie nicht ins Gesicht schlagen! Aber Helga, die Frau meines Cousins, trug leichte Riemensandalen – bei jedem Schritt fürchtete sie, umzuknicken auf unebenen Steinen, über armdicke Wurzeln zu stolpern und zu stürzen. Immer wieder ertönte ihr lautes „Huch!" und „Oh nee, oh nee!" Kläglich klang ihr Jammern in der Nacht. Unsicher tastete sie sich voran, versuchte, die Finsternis zu ihren Füßen zu durchdringen. Ich ging vor ihr, mein helles Hemd bot eine schwache Orientierung. Sie sah, wie ich einen Bogen machte um eine dunkle Stelle, wollte abkürzen – und prompt steckte sie bis weit über den Knöchel im feuchten Morast. „Verdammt noch mal, nu helft mir doch! Isch gann nich mer vor un nich zurücke! Nu steckt ooch noch der zweete Fuß im Dreck!" Sie suchte im Unterholz nach Halt, stolperte, stützte sich auf die Knie, patschte mit den Händen im Wasser. Ihr Mann griff ihr unter die Achseln, zog sie nach hinten, da rutschten sie beide aus, er setzte sich unsanft auf die scharfe Kante eines großen Steins, sie landete mit dem Hintern im Matsch. Und wieder rief das Käuzchen. Sie verlor eine Sandale im morastigen Untergrund. Wir suchten im Dunkeln, fanden die schließlich – ein Riemen war gerissen, der Absatz abgebrochen. Unmöglich, weiter damit zu gehen – mit einem nackten Fuß mußte sie humpeln über spitze Steine, Holzstücke und feuchten Boden. Wir führten sie an den Händen – sie ächzte und stöhnte: „Gonntest du das nicht vorher sachen?" Sollte ich mir Vorwürfe machen, weil ich einen für sie zu schwierigen Weg ausgesucht hatte? Mir war er leicht und völlig normal erschienen. Und sie sah ein: durch diese Wildnis mußte sie nun durch. Der Mond stieg höher und leuchtete, langsam gewöhnten wir uns an das spärliche Licht. Und schließlich führte uns der Pfad auch richtig zu unserem Auto. Bald waren wir zu Hause, die Spannung löste sich, ein Cognac und ein guter Wein trösteten über die Schrecken und wärmten die Gemüter. Wir sind gute Freunde geblieben.

als wir über Ihren Text „Lehrer aus Leidenschaft" sprachen, bewunderte auch ich das von Ihnen geschilderte Engagement Ihres Vaters. So viel selbstlosen Einsatz bringen wohl nur wenige Lehrer auf; ich fürchte, wenn Sie das zur generellen Forderung an alle Lehramtskandidaten erheben, würde es viele abschrecken, der Lehrermangel würde noch größer, die Verhältnisse schlechter. Auch Lehrer dürfen – in Maßen – berechtigte Interessen auf Freizeit und Privatsphäre haben.

Ihr Text spricht von Lehrern an Grund- und Hauptschulen, die tatsächlich Kinder viele Stunden wöchentlich betreuen. Bei Fachlehrern an Realschulen und Gymnasien ist das anders. Die in Ihrem Text zitierte „Versorgungsmentalität" gibt es nur selten; viel häufiger ist es, dass gerade engagierte Lehrer sich abrackern an desinteressierten und disziplinlosen Jugendlichen, voreingenommenen Eltern, Bürokratie und widrigen Umständen; Burn-out Syndrom und frühe Dienstunfähigkeit sind die Folgen.

Ich habe einmal gesagt, dass ich Lehrer wurde „der Not gehorchend, nicht dem eignen Triebe". Ich fürchte, Sie haben das mißverstanden, so, als hätte ich eine beamtenrechtliche Absicherung für ein bequemes Leben gesucht. Das wäre eine sehr einseitige Verzerrung, die ich zurechtrücken möchte.

Nein, ich wollte kein Lehrer werden. Als ich 1952 mein Abitur machte, steckten in meinem Kopf die dummen Vorurteile über Lehrer, die sich abmühten, stumpfsinnigen Schülern Kenntnisse einzupauken, die fast niemand interessierten – frustrierte Lehrer, die verzweifelt in geistiger Enge verkümmerten.

Dumme Vorurteile – auch in jener schlimmen Zeit waren unsere Lehrer sehr verschiedene Individuen, die meisten bemüht, gut zu unterrichten, aber selber unsicher, welche Traditionen bewahrenswert und welche verwerflich waren, unter ihnen viele Heimatvertriebene, die erlittenes Unrecht bewältigen mußten. Welche Orientierung sollte gelten

– christliche, liberale, deutschnationale, sozialistische? In jenen entlegenen Winkel der Lüneburger Heide hatte sich Humanismus als Lebensform noch nicht herumgesprochen. In mir fühlte ich den Zwiespalt zwischen kantisch-naturwissenschaftlicher Orientierung meines Vaters und pietistischer Prägung meiner Mutter. Ich mußte meinen eigenen Weg suchen – wie hätte ich leiten können?

Mit Leidenschaft verinnerlichte ich das Weltbild der Geologie und des Darwinismus, verkannte dabei die Bedeutung des Zusammenlebens der Menschen. Als ich meinen Irrtum erkannte, suchte ich Leitbilder in Philosophie und Literatur, las und hörte über Psychologie und Soziologie. Gern wäre ich in die Publizistik gegangen – aber ich spürte schmerzlich die Grenzen meiner Kenntnisse. Mein Studium verlängern? Nicht genug Geld. Und Verantwortung für meine Freundin, bald meine Frau. Ich machte Examen, wenn auch ein schwaches – mein Englisch und Franzsisch reichte dafür. Im Schuldienst bot sich die Möglichkeit, lehrend weiter zu lernen.

Das war kein pädagogischer Eros, sondern eine Fortsetzung meiner Suche. Und weiter suchen wollte ich, wenn ich mit Schülern als gleichberechtigten Partnern diskutierte; fachfremder Deutschunterricht am Wirtschaftsgymnasium bot dazu Möglichkeiten. Und im Fremdsprachenunterricht baute ich Kenntnisse aus, fordernd und fördernd. Manchen durch zu gute Noten verwöhnten Realschülern fiel es schwer, sich an die harten Anforderungen der gymnasialen Oberstufe zu gewöhnen. Ich sagte zu ihnen: „Ihr wollt euer Abitur machen – laßt mich euch dabei helfen!" Sie stöhnten, aber sie empfanden es als gerecht und hilfreich. Die Abitursergebnisse waren gut.

Manchmal mutße ich auch sagen: „Wenn ihr die schwache Note in der Fremdsprache nicht durch gute Leistungen auf anderen Gebieten ausgleichen könnt, ist es besser für euch, einen praktischen Beruf zu ergreifen." Das war schmerzlich; aber ein früher Schmerz, der von einem Irrweg abschreckt, kann auch heilsam sein.

Auf die Persönlichkeitsentwicklung meiner Schüler konnte ich nur wenig Einfluß nehmen – das geschieht überwiegend im Deutschunterricht, den ich leider nur wenige Jahre erteilen durfte. Wer einer Klasse von 25 jungen Leuten wöchentlich drei bis fünf Stunden Fremdsprachenunterricht erteilt, hat für den pädagogischen Eros leider nur beschränkte Möglichkeiten. Und doch kann er erziehen zum sorgfältigen Umgang mit der fremden wie der eigenen Sprache, er kann auf Exkursionen Schönheiten fremder Länder zeigen, den Schülern als guter Kamerad zur Seite stehen, durch rasch zurückgegebene Klassenarbeiten zeigen, dass er seine Pflicht ernst nimmt.

Die von Ihnen, lieber Herr Herr, geforderte pädagogische Leidenschaft empfand ich nicht. Aus nüchterner überlegung, weil ich sah, dass junge Menschen pflichtbewußte Lehrer brauchen, wollte ich ihnen nach meinen Fähigkeiten helfen und dabei für mich nicht nur finanziellen, sondern vor allem geistigen Gewinn erarbeiten. Ich blieb ein bisschen distanziert, nicht kumpelhaft auf kurzfristige Beliebtheit bedacht, sondern auf langfristige Achtung. Wenn ich heute ehemalige Schüler treffe, danken sie mir, dass sie damals in einem guten Unterrichtsklima gefördert wurden. In einer Abiturszeitung schrieben sie: „Man hatte stets das Gefühl, mit und nicht gegen Herrn T. für das Abitur zu lernen. Ein Lehrer, der seinen Beruf nicht verfehlt hat (was man leider nicht von allen Lehrern sagen kann)."

Lehrer aus Leidenschaft – das kann man nicht pauschal von allen Lehrern fordern, zu unterschiedlich sind die Temperamente, die Motive, die psychosozialen Vorgaben der jungen Lehramtskandidaten bei ihrer Berufswahl. Aber man kann und muß den jungen Leuten sagen, welch harte Anforderungen, Frustrationen und auch Glücksmomente sie in diesem Beruf erwarten. Wer dann bereit ist, nüchtern und gewissenhaft seine Pflicht zu tun, der erfüllt die wichtigste Voraussetzung. Wenn er darüber hinaus noch mehr erbringt, ist das ein Geschenk, das man nicht einfordern kann.

Und vielleicht zeigt mein Beispiel noch etwas anderes: Wenn ein Lehrer sich für Sachfragen interessiert und zu seinen Schülern darüber spricht, kann das in dem einen oder anderen jungen Menschen Resonanz erzeugen; dann wächst die absichtslose pädagogische Leidenschaft indirekt und ganz von selbst. Und fast jeder Lehrer hat das eine oder andere Interessengebiet – Musik, Sport, Naturbeobachtung und vieles mehr. Was wäre unser kulturelles Leben ohne das private Engagement von Lehrern! Aber wie könnten sie das, wenn sie all ihre Leidenschaft nur ihren Schülern zuwenden würden? Wer das wollte, liefe Gefahr, blind in jungen Seelen herumzustochern und mit Indiskretion abstoßend zu wirken. Leidenschaft für eine Sache kann anstecken; mitreißende Begeisterung für eine Sache scheint mir der bessere Weg.

Ich wollte kein Lehrer werden – aber vielleicht bin ich doch einer geworden.

Redaktionssitzung

Das Thema wurde schon beschlossen.
Ein jeder hat ganz unverdrossen
'nen Text dazu daheim verfasst.
Besprechung gilt's jetzt ohne Hast.
Jemand fasst das zu wörtlich auf –
langatmig seiner Zunge Lauf.
Mit Mühe kommen wir zur Sache.
Der Chef spricht kundig und vom Fache.
Man schreibt vielleicht über Familien,
über die Jugend in Brasilien,
über Erlebnisse auf Reisen –
kann man ein Abenteuer preisen?
Was wirkte wo in welchen Kreisen?
gab es vielleicht besondre Speisen?
Wir schreiben alle als Senioren,
die manche Illusion verloren
und abgeklärt mit heiterm Blick
auf manchen Irrtum schaun zurück.
Wie schön wär's, wenn auch Junge kämen
an unserm Schreiben teilzunehmen!
Manch Autor schluckt harte Kritik,
manch andrer weist sie scharf zurück
weil er sich nicht verstanden fühlt,
beleidigt ist und aufgewühlt.
Wenn manchmal die Geduld fast reißt,
glättet die Wogen guter Geist.
Man läßt sich Texte korrigieren
verletzte Eitelkeit kaum spüren.
Ist stimmig der Gedankenfluß?
Führt er zu logisch richt'gem Schluß?

Gewogen wird jetzt jedes Wort,
und was zu viel ist, das muß fort!
Der Autor füge was hinzu
dann bessert er den Text im Nu!
Und braucht's auch manchmal recht viel Zeit
am Ende ist es doch so weit.
Ein neues Eulenheft erscheint –
Viel Fleiß und Geist sind drin vereint!

Nach 47 Jahren wurde es möglich, das frühere Königsberg, den Sperr-
bezirk Kaliningrad, zu besuchen. Ich zögerte. Nach Berichten, die ich
gelesen hatte, war es zur gesichtslosen russischen Provinzstadt geworden, mit der Stadt meiner Kindheit teilte es nur noch die geographi-
sche Lage. Gewiß, auch dort strebten Menschen nach Versöhnung, und
Versöhnung wollte auch ich. Aber ihre Sprache ist mir fremd, und was
sollte ich den jetzt dort Lebenden sagen? Sie wie ich waren Opfer der
verbrecherischen Politik von Hitler wie Stalin, doch in ihre so andere
Welt müßte ich mich mühsam hineintasten, stets in Gefahr, schlimme
Mißverständnisse zu erzeugen – könnte nicht ich, der einst von dort
Vertriebene, dem es jetzt besser ging, als zudringlicher und überheb-
licher Betrachter fremden Elends angesehen werden? Mein Vater war
1945 dort ums Leben gekommen. Selbst wenn ich vor dem Massengrab
stünde, in dem er mit vielen anderen ruht – seufzen über seinen frühen
Tod konnte ich auch im Westen, wahrscheinlich mit mehr Andacht, als
wenn ich zwischen grasbewachsenen Erdhaufen bei kahlen Fabrikhö-
fen stand.

Wieviel leichter ist Versöhnung in jeder Stadt Westeuropas! Leichter
auch in Danzig oder Breslau, wo Polen sich um historische Kontinui-
tät bemühen. Im Bewußtsein deutscher Schuld stünde ich in russischen
Städten und Dörfern, deren Kriegsleiden kaum vernarbt sind. Aber Kaliningrad, wo erhaltbare Spuren von Geschichte lange nach dem Krieg
planmäßig ausgelöscht wurden? Dort als Erinnerungs-Tourist?

Ich hatte gehört, Professoren und Studenten der Universität Kaliningrad suchten Gedankenaustausch mit Westdeutschland. Hochachtung
vor jedem, der dort helfen kann und will, abgerissene Fäden der Geschichte wieder anzuknüpfen – konnte ich das ohne Russisch-Kennt-
nisse? Man hatte mir erzählt, alles dort sei schrecklich verwahrlost.
Würde der Anblick in mir nicht die Verbitterung stärker werden lassen als den guten Willen? Wäre es nicht besser, nicht dorthin zu fahren?

Und dann sind wir doch nach Kaliningrad geflogen. Schon aus der Luft große Flächen brachliegenden Ackerlands und verunkrauteter Felder, dazwischen unordentliche, verwitterte Holzschuppen. Der Flugplatz Powunden – eine einsame Betonpiste, am Rand ein uralter zerbeulter Kleinbus, das Abfertigungsgebäude ein roher Betonwürfel. Auf dem kleinen Parkplatz davor bettelten Kinder: „Guten Tag! Bonbon! Eine Mark!" Drei einsame alte Busse, einer, mit dem Aufdruck VEB Potsdamer Verkehrsbetriebe,vorn ein Pappschild: „DNV-Rauschen – Georgenswalde".

Auf schlaglochübersäten Chausseen rumpeln wir über flaches Land, ab und zu, mehr oder weniger verfallen, ein langes, niederes Bauernhaus aus deutscher Zeit, ziegelgedeckt; dann russische Häuser, Betonplatten, grau, Well-Eternit, oft Würfel und Neubau-Ruinen: niemand weiß, wann die Besitzer Geld und Material für den Weiterbau finden werden. Haufen halbrunder Betonbögen – nicht erkennbar, ob man sie einmal brauchen wird und wofür. Ungenutzte neue Hallen, verfallen – wozu mochten sie bestimmt sein?

Storchennester überall, auf Dächern, Telegraphenmasten, blechernen Wassertürmen, und in jedem Nest drei oder vier Jungstörche. Auf den versumpften Wiesen, den verwahrlosten Feldern und am Rand vieler Weiher finden die Vögel reichlich Nahrung, die Natur scheint gesund zu sein. Der Bus taucht ein in die Tunnel der Alleen aus Linden, Eschen und Eichen, eng beisammen die Bäume, nur mit Mühe kommen zwei größere Fahrzeuge aneinander vorbei. Weiße Ringe um die Stämme und oft Kränze, wo Autos verunglückten; werden bei stärkerer Motorisierung die Alleen erhalten bleiben? Ruine der Podittener Kirche aus dem 14. Jahrhundert: nach dem Krieg gesprengt und als Steinbruch genutzt. Durchbrochener Backsteingiebel, Mauerreste, keine Spur mehr vom Turm. Um sie herum ein paar verkommene und dennoch schöne alte Häuser, etwas abseits die graue Tristesse des Kolchos.

Bahnhof Rauschen-Ort: Ja, genau so sah er aus vor fünfzig Jahren. Die Straße, mit Basalt-Würfeln gepflastert, zieht immer noch in sanfter

Kurve den flachen Hang hinab, Mischwald, vereinzelte alte Häuser. Bei der Ortseinfahrt die frühere Metzgerei mit Gasthof, heute Milizposten und Bar; der Mühlenteich, der mir viel kleiner als früher erscheint, weil die umstehenden Bäume und auch ich selber gewachsen sind. Dieser Sandweg führte zu unserem Ferienhaus – sind fünfzig Jahre vergangen wie nichts?

Einige Mitreisende logieren im Hotel Bernsteinküste: überdimensionierte Quader, verbunden durch verglaste Stege auf Stelzen. Ein großes Mosaik aus kleinen bunten Kacheln schmückt die Stirnwand, doch gleich daneben verwittert Beton in allen Schattierungen. Das Hotel sollte Erholungsort sein für Massen – zu groß und ungepflegt, wirkt es triste und ohne Gespür für menschliches Maß.

Georgenswalde: die schönen alten Häuser in ihren herrlichen Waldgrundstücken verkommen, viele sind unbewohnt. Dazwischen der Hotelkasten für die Touristen, Plattenbauweise. Aufzug und Duschen funktionieren; aber müssen Lichtschalter und Waschbecken schief sitzen, ein Duschvorhang fehlen, die Klosettbrille wackeln, der Balkonverputz völlig unregelmäßig verschmiert sein? Ein Abenteuer die Treppen: schief eingehängt, neigen sich manche Stufen sehr flach, andere überhoch. Im Bau nebenan der zentrale Speiseraum für viele Reisegruppen, sehr groß, Umwege durch überdimensionierte breite Korridore dorthin. Verpflegung reichlich, aber monoton: stets wechselnd Hühnerbein mit trockenem Reis oder Bratklops mit Kartoffelbrei, anderes scheint unbekannt. Große Hotelterrasse, doch abgeschlossen; darauf weder Stuhl noch Tisch. Am Straßenrand wenige schmale Holzbänke, verziert durch rührend naives holzgeschnitztes Rankenwerk. Mitte Juli – das Hotel ist nur schwach belegt. Das Personal an der Rezeption spricht grundsätzlich nur russisch, verzieht keine Miene zur Begrüßung der Gäste, starrt unentwegt auf das pausenlos laufende Fernsehprogramm.

Zur Fahrt nach Königsberg am nächsten Morgen verspätet sich einer der zwei bestellten Busse um mehr als eine halbe Stunde. Das verkürzt das Programm. Straßen westlich des Nordbahnhofs sind mir vertraut: Hufenallee, Beethovenstraße – dies war die hauswirtschaftliche Akademie, heller, freundlicher Bauhausstil – heute Tourismus-Verwaltung. Die Führerin muß dort etwas besprechen, ich benutze die Toilette – unbeschreiblich. Der Bahnhofsvorplatz doppelt so groß wie früher, riesig, kahl, grau. Der Steindamm, einst eine enge Geschäftsstraße mit schönen alten Häusern – jetzt ein breiter stalinistischer Prospekt mit trostlos monotonen Blocks. Gesekusplatz, früher beherrscht vom Schloß – heute nur eine Biegung des breiten Prospekts. Kahle Flächen, über die der Blick zur Domruine fliegt, unregelmäßig zäunt Maschendraht Wohnwagen für Arbeiter ein, Bodensenken und Pfützen. Das durchaus erhaltbare Schloß, teils aus dem 13. Jahrhundert, in den sechziger Jahren gesprengt – heute beherrscht den Platz der nie vollendete Betonklotz des Rätehauses. Kahle Fenstergruppen wirken wie eine altmexikanische Teufelsfratze. All das hatte ich gelesen und auch Fotos gesehen – dennoch ist mir beim Blick in die Runde, als wolle sich mir der Magen umdrehen.

Man fährt die Touristen zum Brandenburger Tor, Reste von Backsteingotik; zum intakten Klinkerbau des Hauptbahnhofs von 1929; zu einer neugotischen Backsteinkirche – den Touristen zeigen die Russen jetzt die wenigen Bauten, die sie nach 1945 nicht zerstörten. Die Plattenbauten der russischen Wohnsilos, endlos lang und hoch, sind der Führerin nicht erwähnenswert. Denkmäler der Eroberung: auf Sockel gestellte Panzer, Schnellboote, Generäle. Zynischer Gipfel stalinistischer Verlogenheit: unweit der früheren Steindammer Kirche ein Denkmal der Mutter Heimat, Blick nach Osten, Inschrift: Völker der Sowjetunion, kommet hierher, hier seid ihr zu Hause. Aber die Führerin sagt, die Inschrift sei inzwischen beseitigt.

Domruine, das Grabmal von Kant. An allen von Touristen besuchten Stellen bieten fliegende Händler Bernsteinschmuck an, Bezahlung ausschließlich in D-Mark. Ein paar Musikanten spielen Ännchen von Tharau und andere deutsche und russische Volkslieder, hoffen auf Mark.

Was mag die Reiseleiterin fühlen? Scham für ihre Landsleute läßt sie sich nicht anmerken. In den nächsten Tagen erzählt sie ein wenig von ihrem Schicksal: geboren 1941 in Stalingrad, Vater nach deutscher Gefangenschaft nach Sibirien verbannt, Germanistik-Studium, Dolmetscherin in Helmstedt, 1965 Lehrerin in Kaliningrad; ihr Mann wurde zum politischen Gefangenen, wie andere auch erhielt er nach seiner Strafe nur in Sibirien Arbeitserlaubnis, sie folgte ihm für acht Jahre nach Workuta. Jährlich zwei Monate Sommerhitze, acht Monate 45 Grad Frost mit Nebel – gegen Depressionen hilft nur der Wodka. Jetzt, wieder in Kaliningrad, gibt sie im Winter Deutsch-Kurse für Erwachsene, viele wollen die Sprache lernen. Im Bus trägt sie statistische Informationen vor; sie liest nur ab, es rauscht an den Touristen vorbei, und man spürt ihre Wissenslücken: keine persönlichen Erlebnisse verbinden sie mit diesem Gebiet. Ich helfe ihr aus mit Geschichten über meine Urgroßväter. Neu und überraschend für sie, dass im April 1945 noch hundertzehntausend Deutsche hier lebten, zwei Jahre später etwa dreißigtausend froh waren, ausreisen zu dürfen; den genauen Ort, wo in Rothenstein achtzigtausend litten, starben und in Massengräbern verscharrt wurden, kennt niemand. Wahrscheinlich ist Alexandra kritisch gegenüber der russischen Führung – aber darf sie Stellung nehmen zu den Problemen des Landes? Wird sie überwacht? Für Änderungen bei Ausflugsfahrten mit den Touristen muß sie stets erst ihre Chefin fragen – wie schwierig ist das Telefonieren!

Bernsteinmuseum, schöne alte Stücke, auch neuer russischer Schmuck nach 1945. Reproduktion von Teilen des Bernstein-Zimmers. Und daneben aus Bernstein kleine Denkmäler von Panzern und Kriegsschiffen – schade um das schöne Material!

Welche Schönheitsmaßstäbe haben heutige russische Künstler? Früher war der Paradeplatz beherrscht vom Neo-Renaissance Bau der Universität. Zerbombt. Der moderne nüchterne Zweckbau läßt in seinen Dimensionen ganz schwach Erinnerungen anklingen. Davor das Kant-Denkmal, wiederbeschafft durch Gräfin Dönhoff. Alexandra führt in den Befehlsbunker, wo General Lasch seine Kapitulation unterzeichnete. Mit meiner Frau gehe ich lieber wenige Schritte ans Ufer des Schloßteichs; dessen Perspektive führte einst auf das Schloß, jetzt auf das klaffende Loch – daneben wieder die Teufelsfratze des Rätehauses. Junge Parkanlagen, keine gestalteten Gebäude.

Zur neo-romanischen Luisenkirche, erbaut 1900. Ich liebe Puppentheater, die derbe Komik von Muschiks und Babuschkas finde ich rührend und sympathisch. Aber muß man groteske Späße in einer früheren Kirche aufführen? Nur so konnte der Bau erhalten werden. Gleich daneben, auf den eingeebneten Friedhöfen Luisenwahl, ist ein Vergnügungspark. Essen im Haus der deutsch-russischen Freundschaft. Kann dieser Bau wirklich 2,2 Millionen Mark gekostet haben? Der Direktor beantwortet kritische Fragen ausweichend. Völlig ungewiß die Zukunft – manche Leute wünschen eine Freihandelszone, die wäre nur in engster Anlehnung an Moskau denkbar.

Mit meiner Frau durchwandere ich die Straßen meiner Kindheit. Hufenallee, fast wie vor fünfzig Jahren, nur schrecklich verwahrlost. Glühend in der Sommerhitze. Stille Seitenstraßen unter schattigen Linden, angenehm kühl. Wie oft fuhr ich hier mit meinem Tretroller! Hier war ein Kino, dort hält immer noch die Straßenbahn. Die breite Hagenstraße wirkte schon damals nüchtern und kahl, jetzt ist's, als wolle sie zerbröckeln. Links hinein zwischen die alten Wohnblöcke der Hardenbergstraße, rechts in die Steinmetzstraße – richtig, da ist der Ziethenplatz, sein geklinkertes Transformatorenhäuschen. Kleiner kommt der Platz mir vor, weil die Bäume so gewachsen sind. In unser früheres Haus gehen ein paar ältere Frauen hinein. Mit dem Wörterbuch erkläre ich, dass ich früher da wohnte, im 4. Stock. Jetzt hat das Haus nur drei Stockwerke. Eine der Frauen kann ein paar Brocken deutsch, lädt uns ein, hinaufzusteigen. Ich erkenne markante Stellen; wo früher unsere Wohnungstür war, ist das Treppenhaus zugemauert. Die Frau bittet die Fremden in ihre gepflegte Wohnung; ja, in diesem Zimmer mit diesem kleinen Balkon war ich manchmal Gast. Ich schaue in die Hofseite des

Blocks: wo früher Gärten waren, jetzt eine große verwilderte Grasfläche mit Wäscheleinen. Die Frau zeigt Fotos ihrer erwachsenen Kinder; ich schreibe die Jahreszahl 1944, sie die Zahl 1965.

Mehr kann man sich wegen Sprachschwierigkeiten nicht erklären. Die Frau bietet Tee an, ist rührend freundlich – aber das hilft nicht viel, wenn man die Sprache der anderen nicht versteht.

Spaziergang zur Burgschule. Die steinernen Köpfe von Kopernikus, Kant, Herder und Lovis Corinth wurden abgeschlagen. Durch Straßen, wo meine Verwandten wohnten, zum Hammerteich – heute verschilft, verdreckt und fast zugewachsen. Heute baden Kinder im Zwillingsteich. In diesem Haus wohnte mein Freund, dort meine Großmutter. Aber selbst wenn man mir eine frühere Villa als Geschenk anböte – nein, ich würde nicht zurückgehen, zu sehr hat die Stadt ihren Charakter verändert. Wir warten auf unseren Bus, vor dem Nordbahnhof. Durstig von Hitze, Wind und Staub. Ich versuche, für fünf Mark zwei Dosen Limonade zu kaufen. Die Verkäuferin lehnt ab. Am Kiosk nebenan ist der Mann beglückt über das gute Geschäft.

Vier Tage später ein zweiter Besuch, zunächst in Neuhausen. Die Kirche, unbeschädigt erobert, diente jahrzehntelang als Offiziersclub und zerfiel. Im langen, niederen Pfarrhaus lebte vor hundert Jahren mein Urgroßvater. Als sein Sohn die erste Predigt halten sollte, blieb er stecken, wankte kreidebleich von der Kanzel, sein Vater mußte den Gottesdienst fortsetzen. Der junge Mann gab den Theologenberuf auf und ging in den Schuldienst. Interessiert lauscht Alexandra solchen Anekdoten – woher sonst kann sie eine Beziehung gewinnen zu „diesem unserem Land"? Jedesmal, wenn sie das sagt, gibt es mir einen Stich. Immerhin, die Kirche ist restauriert, dient der neuapostolischen Gemeinde.

Die uralte Kirche von Juditten ist russisch orthodox, der backsteingotische Innenraum für deren Liturgie verändert. In ihrer Nähe soll ein Denkmal errichtet werden für die früheren Bewohner der Stadt. Schauspielhaus, im Krieg stark beschädigt, wiederhergestellt und dem Vorbild des Bolschoi-Theaters angenähert. Zuschauerraum fast wie früher, Bühnenhandwerker errichten die Kulisse für den Abend. Besuch auf der Toilette – primitive Verschläge, Kopf und Schultern schauen heraus, verschmutzte Böden, Gestank. Wie soll die Abendgarderobe der Damen das überstehen? Junge Mädchen auf der Straße sind nach westlicher Mode gekleidet, Mini-Röcke, schick; viele Männer sehen eher vernachlässigt aus.

Stadthalle beim Schloßteich, wiederhergestellt, Haus der Geschichte. Ausgestopfte Tiere und Funde aus pruzzischer Zeit. Aus den siebenhundert Jahren deutscher Kultur fast nichts. Beschriftung ausschließlich auf russisch. Ich frage, ob man nicht russisch-deutsche Texte anbringen könne – Alexandra meint, das würde zu viel Arbeit machen. Ein großer Saal stellt die Eroberung der Stadt durch die rote Armee dar. Aber auf der Straße verkaufen kleine Jungen Postkarten von den Schönheiten der Stadt, wie sie einst war.

Auf belebter Straße löst sich der Doppelreifen eines alten LKW, rollt zerbeulend in die Heckklappe eines noch ziemlich neuen Kleinwagens. Die Polizei ist rasch zur Stelle. Wie oft mögen solche Unfälle geschehen? Schlaglöcher sind nicht zu zählen, schiefe Kantsteine und Straßenbahnschienen sorgen für Abwechslung. Unsere Touristengruppe ist froh, nicht in einem neuen Hotelkasten, dem Hotelschiff im Hafen oder in der unmittelbaren Nähe der Stadt untergebracht zu sein. In Georgenswalde bieten Meer, Steilküste und Wald Erholung von Hitze und Trostlosigkeit.

Ein Mitreisender erzählt von einem Ausflug, den er mit einem deutsch sprechenden Taxifahrer in sein Heimatdorf unternommen hat. Erst 1947 gelang seiner Mutter, seinen Geschwistern und ihm die Ausreise, nach schrecklichen Jahren. Jetzt wurde er überaus herzlich aufgenommen im einstigen Haus seiner Eltern, es war gut erhalten, neu eine Heizung, doch der alte Kachelofen liebevoll ins Obergeschoß umgesetzt. Man zeigte ihm alles, vom Keller zum Dach und zur Scheune, tausend Kleinigkeiten wurden zum Leben erweckt. Gerührt kamen ihm noch beim Erzählen die Tränen. Noch an zwei weiteren Tagen besuchte er die Menschen, die ihm zu lieben Freunden wurden; es war für ihn eine richtige Heimkehr. Er wird im eigenen Wagen wieder dorthin fahren. Cranz, das mondäne Seebad, fiel unzerstört in russische Hand. Angeblich besuchen es auch jetzt noch viele Menschen. Alexandra liest den Touristen die Statistik vor, gibt ihnen eine halbe Stunde, ans Meer zu gehen. Offensichtlich kennt sie den Ort nicht. Am eleganten hölzernen Seesteg reihten sich früher Cafés und Restaurants, man promenierte vor dem Hintergrund reizvoller Villen im Jugendstil. Die sind verfallen, von den Caféterrassen nur rostende Stahlträger übrig. Der Seesteg eine breite Betonpiste, am Ende ein großer grauer Quader, das jetzige Casino. In Eile gewinnen die Touristen einen nur flüchtigen Eindruck – ist das Absicht?

Für die Fahrt ins Naturschutzgebiet kurische Nehrung brauchen wir eine Sondergenehmigung – kein Problem für diese Gruppe. Naturkundliches Museum, dann Vogelwarte Rossitten, Vortrag über das Beringen von Vögeln. Während wir in einem neuen kleinen Restaurant essen, beobachtet ein Mitreisender, wie ein Auto vorfährt und die Wirtin beflissen Geldscheine hinblättert. Mafia?

Aussichtspunkt bei den Dünen. Sand, Strandhafer, verkrüppelte Kiefern. Haff und Meer. Unzerstörbare Natur. Erfrischendes Bad in der Ostsee, dann zurück nach Georgenswalde.

Nach Trakehnen, obwohl das berühmte Gestüt heute nur Rinderkolchose ist. Halt in Tapiau: zwischen den altersschmutzigen Gebäuden hat sich ein Rest deutscher Kleinstadtatmosphäre erhalten. Insterburg: zwei neugotische Kirchen wurden zu Sehenswürdigkeiten. Verglichen mit modernem russischen Beton und dem üblichen Verfall sind die ausgedehnten Kasernen aus Kaiser Wilhelms Zeit Kulturdenkmäler.

Landgestüt Georgenburg: große Stallungen, die meisten Pferde irgendwo auf der Weide. Am Waldrand ein Kreuz, Erinnerung an deutsche Gefangene, die hier in einem Lager starben. Kinder bieten den Touristen Koppelschlösser und Erkennungsmarken zum Kauf an. Einer nimmt sie, will sie weiterleiten an den Suchdienst. Vor der Burg hält ein Auto: ein russischer MIG-Pilot, früher in Torgau stationiert, sucht das Gespräch. Seine Pension ist klein, oft fährt er nach Deutschland und holt alte Autos. So kann er leben mit seiner Familie.

Gumbinnen: auf einem Platz ein naturgetreuer bronzener Elch. Verdient er, dass man eine halbe Stunde bei ihm verweilt? In Trakehnen haben sich viele Wolgadeutsche angesiedelt, und noch mehr von ihnen möchten kommen. Mit Fleiß und Tatkraft möchten sie sich Häuser bauen, womöglich gar dem Land sein deutsches Gesicht wiedergeben – doch die russischen Behörden wälzen ihnen immer neue Schwierigkeiten in den Weg. In ihrem Mitteilungsblatt schildern sie die für Westler unvorstellbaren Probleme: geschlossene Verträge und Zusagen werden nicht eingehalten, der Kauf größerer Mengen von Ziegeln bedingt einen überproportionalen Preisanstieg, weil dann mehr Arbeit für den Transport und die Bewachung anfällt; wegen Verzögerung von Genehmigungen können sie Arbeiten nicht dann ausführen, wenn die Witterung das erfordern würde… Angesichts dieser sich kaum wandelnden Verhältnisse würde jeder westliche Geschäftsmann, der in ein Joint Venture investiert, sein Geld in ein Faß ohne Boden schütten. Ein Wunder, dass sie es mit ungeheurer Zähigkeit geschafft haben, einige alte deutsche Häuser Instand zu setzen und ein paar neue zu bauen, sogar ein Café als Treffpunkt – eine Oase der Sauberkeit! Nahe dabei das einstige Trakehner Verwaltungsgebäude, schön noch im Verfall. Riesige Stallungen – aber mußte man in glühender Hitze zweihundert Kilometer weit fahren, um die zu sehen? Und wieder zurück!

Schiffsfahrt über das Haff zum litauischen Nidden. Trotz des Aufpreises von 65 Mark nehmen fast alle daran teil. Geruhsam an den hohen Dünen der Nehrung vorbei. Wie gepflegt sind in Nidden die einfachen Häuser und Vorgärten! Wie wohltuend sticht in Litauen alles ab von der russischen Schlamperei! Doch die Zeit ist knapp: Warten beim gemeinsamen Mittagessen, Thomas-Mann Haus, ökumenische Kirche – einige wenige schaffen mit Mühe eine Taxi-Fahrt zum Bad in der Ostsee. Dort buntes Strandleben, Sonnenschirme, Umkleide-Häuschen, breiter, sauberer Sand – Cranz und Rauschen vergleichsweise primitiv. Spät erst kehrt man zurück ins Hotel. Das geplante Treffen mit Kaliningrader Sozialdemokraten mußte ausfallen – angeblich war niemand von ihnen erreichbar. (Vielleicht hätte man auf dem Schiff mit ihnen diskutieren können?)

Enttäuscht durch die Fahrt nach Trakehnen verzichten viele auf Tilsit. Den bestellten Bus kann Alexandra nicht absagen, aber sie lenkt ihn um zum zweiten Besuch in Königsberg. Wer mit dem anderen Bus nach Tilsit fuhr, berichtet von einer gut erhaltenen Stadt.

Ein Besuch im Bernstein-Tagebau Palmnicken ist geplant. Neu im Programm: Weiter in die bisher verbotene Hafenstadt Pillau, gegen eine Sondergebühr von 30 Mark. Nie kann eine halbe Stunde Busfahrt so viel kosten – wem mag das Geld zugutekommen? Wer mitfährt, sieht eine relativ gut erhaltene Stadt, Demonstration russischer Flottenmacht und Übungen für eine Parade, die pazifistisch eingestellten Westlern lächerlich erscheint. Meine Frau und ich lauschen inzwischen lieber einigen schön singenden Frauen in der Palmnicker Kirche und verbringen den Rest der Zeit am Strand. An einem Spielplatz mannshohe holzgeschnitzte Figuren: Bauerntölpel und der treu-doof vor sich hin sinnierende russische Bär, brav auf einer Bank sitzend. Rührend naiv; aber jeder kennt und fürchtet die Umarmung des Bären!

Im Bus passieren wir ein Denkmal, eine Beton-Nixe zwischen Wellen aus bunt gekacheltem Beton. Die Führerin fordert auf, es zu fotografieren; schwer verständlich für sie, dass Westler andere Vorstellungen von Schönheit haben; sie meint, allein das Geschichtliche zähle.

Die Zufahrt zum Bernsteintagebau, noch letztes Jahr erlaubt, ist jetzt verboten – angeblich, weil gestohlen wird, was aber ganz unmöglich ist. Die Führerin bringt uns trotzdem dorthin, wird aber gleich von einem jungen Mann zur Rede gestellt und ermahnt ihre Gruppe zu größter Eile – offensichtlich fürchtet sie, Schwierigkeiten zu bekommen. Welch ein Widerspruch: an der verbotenen Stelle wartet eine Bernstein-Verkäuferin auf Touristen! Die Führerin meint, nächstes Jahr werde es wohl wieder erlaubt sein, aber dann gegen Eintritts-Gebühr.

Freier Nachmittag. In Georgenswalde schauen einige in das kleine Museum des Bildhauers Brachert in dem Häuschen, das er bis 1944 bewohnte. Betreut wird es von zwei Lehrerinnen aus Smolensk; sie sind froh über jeden Besucher, liebevoll erklären sie alle Einzelheiten. Auch Übernachtung und Frühstück bieten sie an – zu im Westen üblichen Preisen. Spaziergang nach Rauschen, Bad im Meer. Der Strand ist schmal, 1983 riß ein Sturm vieles fort. Die Ufer-Promenade aus Beton mit ihren Kiosken ist ein schwacher Ersatz für das, was hier einmal war. Weithin sichtbar verschandelt der Fahrstuhlturm das Küstenpanorama. Aber immer noch schön die vielen alten Holzhäuser im Wald.

Abschiedsabend mit russischem Sekt und einer Folkloregruppe, das kostet natürlich extra. Bekannte Melodien, und die in Trachten gekleideten Mädchen fordern die Touristen auf, mit ihnen zu tanzen. Die sind keine Spielverderber, und alles klingt aus mit netten Worten. Aber ich werde das Gefühl nicht los, schrecklich eingewickelt und ausgenutzt worden zu sein.

So widersprüchlich dieses Land: echte Herzlichkeit, der niemand Sympathie versagen kann, neben brutalem Willen zur Macht einer Militär-Bürokratie; Gerissenheit, die den Touristen auszubeuten versucht, neben ehrlichem Bemühen um Verständigung mit dem Gegner von einst. Ich glaube an den guten Willen der Führerinnen; aber werden sie sich durchsetzen können gegen Vorgesetzte, die zwar Vorteile berechnen, ansonsten aber alles im alten Schlendrian dahintreiben lassen? Beständige Arbeit, die die Lebensverhältnisse allmählich verbessert und dann mit handwerklicher Gediegenheit auch wieder Schönes schafft – ist so etwas überhaupt möglich in diesem Land? Ist diesen Menschen nicht siebzig Jahre lang systematisch jeder Sinn für persönliche Verantwortung und für Schönheit ausgetrieben worden? Gibt es überhaupt ein dem westlichen vergleichbares Rechtsbewußtsein, das als Grundlage einer künftigen Entwicklung dienen könnte? – Und allzu unterschiedlich sind die Menschen, die aus allen Teilen der früheren Sow-jet-Union hier zusammengewürfelt wurden – welche Elemente werden das künftige Gesicht des Kaliningrader Oblast bestimmen?

Es wäre nötig, in einer post-kommunistischen Erziehung Kinder wie-der zu menschlichen Werten zu erziehen. Wie kann das geschehen, wo Traditionen menschlichen Anstands unterbrochen worden sind? Aber das ist nicht nur im Osten so, auch im Westen sind die Maßstäbe für gut und böse umstritten. Versuchen wir, Gutes zu wirken, wenn die Hoff-nung auf Erfolg auch noch so gering ist.

Eingewöhnt

Seit mehr als vierzig Jahren lebe ich in Villingen. Wenn ich über den Markt gehe, treffe ich oft Bekannte. Wir sprechen über die Gesundheit, das Wetter, die berufliche Entwicklung der Jungen – und dann geht jeder wieder seiner Wege. Mit den Bekannten ist es wie mit Schopenhauers Stachelschweinen im Winter: ist der Abstand zu groß, friert man in kalter Einsamkeit – ist der Abstand zu klein, sticht man sich gegenseitig an spitzen Stacheln.

Wie oft standen wir an Fasnet am Straßenrand, eingekeilt in der bunten Menge, wiegten uns mit beim würdevollen Klang des Narrenmarschs, riefen „Narro!" Aber die alteingesessenen Familien kennen wir wenig, wissen kaum, wer mit wem verwandt, verschwägert oder verfeindet ist. Zwischen ihnen und uns stehen noch immer die Schranken verschiedener Kindheitserinnerungen. Wir engagierten uns nicht in Vereinen, spitzten nicht bei zahlreichen Hocks in Wirtschaften die Ohren. Ich hatte zu arbeiten in meinem Beruf, lebte für meine Familie und meine Hobbies.

Gegenstände eines Museums können anregen, kleine Geschichten zu erfinden. Ich las im Archiv – und Welten der Vergangenheit dieser Stadt öffneten sich. Wie ernst blickt der Johanniter-Komtur, der während des dreißigjährigen Krieges hier wirkte! Wie zierlich hat vor fünfhundert Jahren jemand eine Liebestruhe geschnitzt, die später jahrhundertelang im Kloster stand, bevor sie ins Museum gelangte! Zunftladen zeugen von feiner Arbeit, und Wirtshaus-Schilder von derber Freude am Leben. Man sieht Zeichen der Macht und der Gerichtsbarkeit, und auch Folterwerkzeuge.

Jemand bat mich, Artikel für den Almanach des Kreises zu schreiben. Auf vielen Wanderungen hatte ich manches gesehen. Ich lernte, es besser zu verstehen: die Reste eines Klosters bei Tannheim, einer gewaltigen Kaiserpfalz bei Neudingen, kleine, liebevoll gepflegte Kapellen bei abgelegenen Höfen und vieles mehr. Wie hatte ich nur so lange blind für die Spuren der Geschichte sein können!

Villingen, einst freie Reichsstadt, dann habsburgisch, seit 1805 badisch, war und ist stolz auf alte Traditionen. Zünfte regierten mit im Rat. In den Mauern der Stadt gab es vier oder fünf Klöster, vorübergehend hielt sich die Freiburger Universität hier auf. Stattliche Bürgerhäuser säumen die breiten Hauptstraßen, aber in engen Nebengassen türmte sich einstmals der Mist, stank die gold-braune Jauche.

1972 wurden Schwenningen und Villingen zu einer gemeinsamen Stadt vereint. Dank Industrie und Handel sind beide inzwischen etwa gleich groß. Immer noch verschieden die Dialekte, stärker die Wirtschaft Schwenningens. Doch Konzerte, Theater und Literatur gediehen besser in Villingen. Alter Zunftstolz verbietet es noch heute der Traditionsfigur des Villinger Narro, an Fasnet die Stadtgrenze nach Schwenningen zu überschreiten. Die politischen Grenzen sind längst abgeschafft – aber wie anders sind noch immer die Menschen hüben und drüben!

Die Eisenbahn und mehr noch die Autobahn nach Stuttgart um 1970 verbanden die Baar mit der modernen Welt. In den Dörfern veränderten motorisierte Häuslebauer die Beziehungen zwischen Stadt und Land. Bürgermeister der Umlandgemeinden boten günstig Baugrund an: sie hofften auf junge Pendler-Familien, deren Kinder örtliche Schulen besuchen, der Abwanderung der Landjugend entgegenwirken. Aus vielen Gegenden zogen Menschen in die vormals abgelegene Region.

Aufgewachsen in Norddeutschland, orientiert an Frankreich und England, kam ich als junger Lehrer nach Villingen, konnte ein Heim für meine Familie gründen. Die Ansichten, die ich frisch von der Universität mitbrachte, galten damals in der kleinen Stadt als revolutionär. Als Fremder hatte ich Mühe, mich einzuleben; alte Traditionen und Denkgewohnheiten forderten heraus zu Auseinandersetzungen.

Die vielen Zuwanderer wuchsen zusammen zu einem bunten, vielstimmigen Gemeinwesen. Manche Erwerbszweige verschwanden, andere entstanden neu. Wer sorgt sich nicht, wenn Altes verloren geht! Manche Menschen vereinen Tüftlertum und Unternehmersinn zur

Gründung neuer Betriebe. Politische Versammlungen und Bürgerinitiativen lassen Bekanntschaften entstehen, besonders, wenn es gilt, schöne Häuser oder Naherholungsgebiete zu erhalten.

Der Wind des Wandels im Denken weht auch über Villingen hin. Junge Leute gehen nach dem Abitur fort zum Studium, ziehen in größere Städte. Aber manchmal besuchen sie ihr Elternhaus, finden Ruhe und neue Schaffenskraft in stiller Umgebung. Ich will hier bleiben. Ich brauchte lange mich einzugewöhnen, und noch immer entdecke ich Neues.

Schnell können wir in verschiedene Räume Europas gelangen.

Manchmal besuche ich Stätten meiner Jugend in Norddeutschland, höre gern die plattdeutsche Sprache. Das Alemannische habe ich in vielen Jahren verstehen und lieben, wenn auch nicht sprechen gelernt. Wann immer ich von einer Reise zurückkehre, freue ich mich an der Landschaft. Sie hat mich eingefangen – ob nun Lichtflecken zwischen Wolken über die Berge ziehen, ob Schneeflächen in der Sonne funkeln oder unter grau lastendem Himmel das Land von den Wäldern eingegrenzt wird. Weit ziehen die sich hin, sanft ansteigend, dazwischen lichte Wiesen in stillen Tälern und steinige Äcker auf welligen Hochflächen. Auf eigene Weise verbinden sich Blicke ins Weite und gegliederte Nähe, begrenzt durch den blauen Horizont der Schwäbischen Alb. Rasch zu erreichen der Bodensee, an klaren Tagen grüßen die Alpen herüber. Und so lebe ich gern hier am Schwarzwald, mein Fremdes vermischend mit dem, was über Jahrhunderte in diesem Raum gewachsen ist.

Holzarbeit

In den Nachkriegsjahren hatte ich im Heidedorf kleine Holzfiguren als Spielzeug für meine Schwestern geschnitzt. Während der Jahrzehnte des Studiums und der Einarbeitung in den Beruf hatte meine Neigung zum Holz lange geschlummert. Sie erwachte wieder, als meine damals zwölfjährige Tochter mich um Kopf und Hände für eine Marionette bat. Konnte ich vielleicht auch größere Figuren schaffen?

Ich liege in der Hängematte, döse und sinniere. Da sehe ich in Gedanken eine Gestalt vor mir: ein schlanker Fuß, gewölbter Rücken, ein glatt gerundeter Kopf, abgesetzt durch einen mehr oder minder langen Hals – eine Figur, deren Linien schwingen im Raum von links nach rechts, von unten nach oben, von vorne nach hinten; Durchbrüche geben ihr Tiefe.

Habe ich in der Garage noch ein Stück Baumstamm, schön gemasertes Holz, das sich eignen würde zu einer solchen Skulptur? Ich stelle ein Stück vor mich hin und halte Zwiesprache mit ihm: wo verlangen heraus stehende Äste danach, einen Buckel zu bilden, wo wollen tiefe Trockenrisse zu Kerben werden?

Nach einem längeren Gespräch mit dem Holzstück lasse ich die Kettensäge kreischen. Natürlich im Freien; überall fliegen grobe Späne, durchmischt mit Spritzern von Haftöl. Oder, wenn die Gestalt der werdenden Figur das nahelegt, kann es sich empfehlen, in der nahegelegenen Schreinerei die Bandsäge zu benutzen – die Schreiner kennen mich, wissen, dass ich die Arbeit beherrsche und erlauben es mir.

Jetzt schreit der Rohling förmlich danach, seine rauen Flächen und scharfen Kanten runden zu lassen. Mit Stech- und Hohleisen schlage ich Späne ab, Stunden um Stunden, die Arme schmerzen. Die anfangs grobe Form wird allmählich feiner und schlanker. Dem kritisch prüfenden Blick zeigt sich, wo noch mehr fortgenommen werden muß, um den richtigen Verlauf der Linien und ein ausgewogenes Verhältnis zu erzielen. Und nun wird deutlich, wie die Maserung des Holzes sich abzeichnet. Kirschbaum, Olive, Rüster oder Nussbaum, das Farbspiel im Pflaumenholz. Am deutlichsten erscheint der Charakter, wenn ich die Figur mit Sandpapier schleife. An wenigen Stellen kann ich das mit einer Maschine tun; bei vielen Feinheiten ist mühsame Handarbeit unerläßlich. Viele Stunden, mein Körper vibriert. Aber dann zeigt sich das Ergebnis: sanft gerundet schwingen die Maserungslinien neben einander her, bilden langgezogene Kurven, unregelmäig ihren Abstand verengend und weitend. Je feiner der Schliff, desto schöner die Fläche. Und wenn ich die Figur lackiere oder wachse, tritt jeder Jahresring leuchtend hervor.

Manchmal frage ich mich: Warum sitzt du nun Stunden und Stunden an diesem Stück Holz? Aber nach einiger Zeit des Lesens kann mein Kopf keine weiteren Gedanken mehr fassen, meine Hände verlangen nach Arbeit. Wenn eine meiner Holz-Skulpturen schließlich fertig dasteht, kann ich sie streicheln mit Fingern und Blicken; und nicht nur ich, auch Freunde und Bekannte können sich freuen an ihrem Gelingen.

Ist es Leidenschaft, die mich dazu treibt, solche Figuren zu schaffen? Vielleicht; manchmal drängt es mich einfach, Beständiges zu erzeugen und zu hinterlassen.

Juli

Hinauf in den Kirschbaum
süß locken Früchte.
Schwankende Leiter
drohender Absturz.
Erschlaffende Hitze
Gewitter grollen
zerschmetternder Hagel.
Bist auch du schon bedroht?
Aufrecht stehst du
kannst Früchte verschenken.
Genieße das Leben!

Ein später Anruf

Es war der 31. Dezember. Kinder und Enkel waren von weit her gekommen, um mit uns den Silvester-Abend zu verbringen. Jetzt saß die Familie um den Kaffeetisch, Stimmen schwirrten durcheinander, jeder wollte erzählen, was er in der letzten Zeit erlebt hatte. Ungeduldig schoben sich die Kinder in den Vordergrund.

Plötzlich schrillte im Flur das Telefon. Ich ging hinaus, verwundert und leicht verstimmt über die Störung. „Ja bitte?" – „Hier Jürgen Gatz. Erinnern Sie sich noch an mich?"

Und ob ich mich erinnerte! Mein eifrigster Schüler war er gewesen, dreißig Jahre war das nun her. Nach seinem Abitur hatte er BWL studiert, war Lehrer für dieses Fach an einem Wirtschaftsgymnasium in Schleswig geworden. Dort hatten wir uns einmal kurz getroffen, stolz hatte er seinen großen Volvo präsentiert. Einige Zeit danach erhielt ich eine Anzeige, dass er über ein Wirtschafts-Thema promoviert hatte. Aber als ich viel später noch einmal durch Schleswig kam, war sein Name im Telefon-Buch nicht zu finden. Schade, dachte ich, wer weiß, wohin es ihn verschlagen haben mag. Mehr als zwanzig Jahre lang hörte ich nichts von ihm, er hatte in Villingen keine Verwandten, auch seine früheren Mitschüler wußten nichts.

Und nun plötzlich dieser Anruf. „Ja Mensch, Jürgen, wo stecken Sie denn?"

Er erzählte. Nach seiner Promotion damals hatte er geglaubt, er werde wohl lebenslänglich als Lehrer in Schleswig bleiben, hatte dort ein Häuschen gebaut und sich eingerichtet. Aber dann hatte er in einer Fachzeitschrift gelesen, dass man in Hof eine neue Fachhochschule für Außenhandel einrichtete, er hatte sich beworben und bekam eine C-3-Professur. Oft fliegt er zu Besprechungen und Vorträgen in alle Welt.

Ich erinnerte mich an seine Jugend. Ein lang aufgeschossener schmaler Junge mit strähnigem Blondhaar war er gewesen, Sohn eines kleinen Eisenbahners, Realschule; lange bekam er nichts Interessantes geboten. In meinem Leistungskurs in Klasse 12 erhielt er Anregungen: Landeskunde Englischsprechender Länder, Geschichte, Politik, Literatur, Ausblicke in die Philosophie. Er sog meine Worte auf wie ein ausgetrockneter Schwamm, sein Feuereifer war mir manchmal fast peinlich. Konnte ich so viel Wissensdurst befriedigen? Einige seiner Mitschüler schauten den „Streber" schief an. Ich tat was ich konnte, um keine Mißgunst entstehen zu lassen.

Eines Tages kam er zu mir: Er kenne ein nettes Mädchen; könne er es wagen, sich so jung, als Abiturient, schon zu binden? Ich sagte, er solle sich selbst gründlichst befragen, und wenn auch das Mädchen aus vollem Herzen Ja sagen könne – warum nicht? Sie hatten es gewagt, Elvira war mit ihm nach Schleswig gegangen, hatte dort Arbeit gefunden, war ihm auch weiter nach Hof gefolgt und hatte auch dort wieder Fuß gefaßt. Nur auf Kinder hatten sie verzichtet, und jetzt war es dafür zu spät.

Er erkundigte sich nach meinem Leben – an manches, was ich schon damals getan hatte, konnte er sich noch erinnern. Manchmal war er nach dem Unterricht zu mir gekommen, hatte private Gespräche gesucht; ich hatte bedauert, dass der Kontakt ein paar Jahre nach seiner Schulzeit abgerissen war, aber es ist ja nur natürlich, wenn junge Leute alle Gedanken dem Aufbau ihrer eigenen Existenz widmen.

Ich hatte an ihn gedacht – aber wo hätte ich nach ihm suchen können?

Als Spezialist für Außenhandelsbeziehungen hält er oft Vorträge an auswärtigen Hochschulen, fliegt herum in der ganzen Welt.

Wir telefonierten lange. Aber was meine Gäste zu erzählen hatten, wollte ich auch nicht versäumen.

Welche Freude, dass in Jürgen und manchen anderen Leuten Samenkörner, die ich einst ausstreute, aufgegangen sind und schöne Früchte tragen!

Das Porträt

Im Jahr 1972 erhielt ich eine Postkarte aus Neuchâtel in der Schweiz: „Monsieur, jé ai refait votre portrait, et c'est bien arrivé. Ma galerie vous attend. Mme Méautis, peintre."

Ich erinnerte mich an ein Erlebnis während meines Studienjahrs in Neuchâtel 1954/55. Damals hatte ich zusammen mit anderen Studenten die berühmte Ausstellung über die Etrusker in Zürich besucht. Auf der Rückfahrt in der Eisenbahn wirbelte eine zierliche ältere Dame durch den Wagen, schaute allen Reisenden in die Gesichter und trat plötzlich auf mich zu: „Sie gefallen mir. Wollen Sie mir Modell sitzen?" Ich war völlig verdutzt. Noch nie war mir so etwas geschehen. Zögernd fragte ich: „Wie komme ich dazu? Ich bin fremd hier, ein armer Student, an Kunst habe ich bisher kaum gedacht!" „Das macht nichts. Ihr Lächeln interessiert mich. Wo wohnen Sie? In Neuchâtel? Welche Straße? Da wohne ich ganz in der Nähe. Kommen Sie am Mittwoch Abend in mein Atelier! Und tragen Sie dieselbe weinrote Cordjacke, die Sie jetzt anhaben!"

Ich war überrumpelt, aber ich hatte nichts zu verlieren. An einem dunklen Februarabend ging ich hin, die Bise, der eiskalte Ostwind, wehte am Berghang entlang. Ein einstöckiges Haus, von der ansteigenden Straße abgesetzt durch einen kleinen Vorgarten und eine niedere Mauer aus Kalkstein. Ein Hündchen bellte, ein Mädchen führte mich ins Atelier. Und gleich kam die Malerin – dunkle Löckchen, große, lebhafte Augen, starke Nase, ein von vielen Fältchen umspielter Mund: „Ich bin so froh, daß Sie gekommen sind! Setzen Sie sich dort hin! Ja, den Kopf ein wenig gesenkt! Erzählen Sie von sich!" Und schon legte sie mit bunten Pastellkreiden einen Strich neben den anderen auf das bräunliche Papier. Nach etwa drei Stunden sagte sie: „Genug für heute! Wann können Sie zur nächsten Sitzung kommen?" Es wurden dann noch zwei Sitzungen. Mir schien das Porträt ganz gut, aber sie wollte es noch überarbeiten, irgendwann einmal. Das hatte dann siebzehn Jahre gedauert. Und als ich jene eingangs erwähnte Postkarte erhielt, war ich mit Beruf, Familie, Hauskauf und Reisen so beschäftigt, daß ich für Kunst keine freien Gedanken hatte.

Aber jetzt, da ich langsam auf die achtzig zugehe, fiel mir jenes Erlebnis wieder ein. Was mochte aus dem Porträt geworden sein? Ich wußte zwar den Zunamen der Künstlerin, doch weder den Vornamen noch eine Adresse; inzwischen war sie wahrscheinlich längst tot. Wir suchten im Internet; dort stand viel über eine französische Stadt gleichen Namens. Wir fragten an beim Tourismus von Neuchâtel; die leiteten die Anfrage an das dortige Kunstmuseum; und vom Museums-Direktor erhielten wir Nachricht: Ja, von der Künstlerin Liliane Méautis hätten sie ein Porträt eines jungen Mannes. Aber das Bild trage einen anderen Namen, und mehr hätten sie nicht.

Vielleicht war mein Porträt an ein anderes Museum oder an einen privaten Sammler verkauft? Trotzdem verabredeten wir einen Besuch bei dem Museums-Direktor. Mit wenig Hoffnung auf Erfolg setzten meine Frau und ich uns ins Auto.

Herr Tschopp empfing uns überaus freundlich. Er zeigte uns das erwähnte andere Porträt, und er bedauerte, uns sonst kaum mehr über die Künstlerin sagen zu können. Aber dann fiel ihm ein, daß er ja bei einer Ausstellung ihre Tochter flüchtig kennengelernt hatte; die wohnte in einem Vorort von Neuchâtel, er rief sie an, erzählte ihr von unserer Suche; die Dame hatte ein umfangreiches Verzeichnis der Werke ihrer Mutter, schaute darin nach – und, ja, tatsächlich, zu meinem Namen gab es dort ein Pastell-Porträt. Herr Tschopp war überrascht und glücklich, und wir natürlich erst recht. Wir dürfen hinfahren um es anzuschauen.

Hinaus in den Vorort. Hügeliges Rebland zwischen dem See und der ersten Kette der hohen Jura-Berge; warme September-Sonne; ein Bungalow in einem großen Garten mit Swimming-Pool und Blick in die herrliche Landschaft. Auf unser Läuten bellt ein Hündchen; eine alte Dame öffnet, spricht deutsch: Ja, sie freue sich, uns kennenzulernen, bittet uns ins Haus. Ihre Mutter, geboren 1905, sei 1988 gestorben. Sie selber habe in Geschichte promoviert. Natürlich sei sie schon lange im Ruhestand. Auf einem Tisch liegt aufgeschlagen ein Katalog mit passbildgroßen Reproduktionen von Werken ihrer Mutter – mehr als zweitausendsiebenhundert Bilder hatte sie hinterlassen! Nach kurzer Suche zeigt sie mit dem Finger auf eine Stelle: „Ja, hier ist es, Ihr Name, Porträt gemalt 1955. Ich habe es im alten Haus meiner Großeltern, in Fleurier, eine halbe Autostunde von hier. Haben Sie ein großes Auto? Wollen wir hinfahren? Darf mein Hündchen Thali mit? Sie sitzt immer auf meinem Schoß."

Mme Brunko-Méautis lotst mich durch kleine Weinorte, dann durch Wald mit buntem Herbstlaub, vorbei an den senkrechten Kalkfelsen ins Val de Travers, das den Jura durchquert. In mir steigen Erinnerungen auf an Erlebnisse jenes Studienjahrs, das ich vor mehr als fünfzig Jahren in dieser Landschaft verbrachte. Schließlich halten wir in Fleurier vor einem großen Haus. Sie erzählt: „Mein Urgroßvater war Uhrmacher; er gründete und leitete dann eine Uhrenfabrik, sein Sohn führte das fort." Sie geht voran. „Wollen Sie die Wohnung sehen?" Und ob!

Wir werden um hundert Jahre in die Vergangenheit zurückversetzt. Auf apart gemusterten Parkettböden kostbare alte Möbel. An den mit Seidentapeten bespannten Wänden Gemälde; Bronze-Figuren und Vasen und passende Lampen. Speisezimmer mit gedecktem Tisch, Gläser und Porzellan, als wollte die Familie gleich zum Essen kommen. Das Haus war Treffpunkt für eine gehobene Gesellschaft, Professoren und Künstler. Hier erlebte die spätere Malerin ihre Kindheit. (Später studierte sie in Florenz, Rom und Paris, unter dem Einfluß des Hodler-Schülers Conrad Meili). Jetzt steht das Haus kaum genutzt seit drei Generationen. Ein Stockwerk hinauf – am Ende eines langen Korridors zwei Speicherräume, übervoll mit Gemälden, sorgfältig geordnet und katalogisiert. Auf einem Pult ein Register – in Kiste Nummer 48 Buchstabe f müssen wir suchen. Und tatsächlich, die Rückseite des Bildes trägt handschriftlich meinen Namen und meine damalige Adresse. Das

Bild zeigt einen jungen Mann; ich erkenne die weinrote Cordjacke, die ich damals trug. Aber mein Gesicht? Viel größer die Augen, viel schöner die Nase, der Mund ein wenig träumerisch; spontan sagt meine Frau: „Nein, das bist du nicht!" Ich habe ein altes Passfoto aus jenen Jahren dabei, es zeigt ein Lächeln. Sagte die Künstlerin nicht damals, daß dieses Lächeln sie faszinierte? Im Bild ist es nur zart angedeutet.

Enttäuscht wiederholt meine Frau: „Nein, das bist du nicht." Sollen wir ein Bild erwerben, mit dem unsere Kinder später einmal nichts verbinden können?

Die alte Dame weist auf ein anderes großformatiges Ölgemlde: „Das habe ich kürzlich verkauft. Meinen Sie, wir könnten es in Ihrem Wagen mitnehmen in mein Haus?" Ja, mein Kombiwagen ist groß genug. Dort tragen wir das große Gemälde vorsichtig in ihren Keller. Und dort zeigt sie uns ein Gästezimmer: „Wenn Sie wollen, dürfen Sie hier übernachten. Wir sind jetzt alle ein wenig verschwitzt, wir könnten uns im gedeckten Swimming-Pool im Garten erfrischen. Danach trinken wir noch ein Fläschchen Wein von meinem Weinberg, am Abend gehen wir essen in einem netten Restaurant unten am See, und dann können wir uns noch in meinem Wohnzimmer gemütlich unterhalten." Wer kann eine so angenehme Einladung ablehnen? Wir holen unsere Schwimm-Sachen aus dem Auto, das Bad erfrischt, wie schön sitzt es sich danach in der Herbstsonne mit dem Blick in die Landschaft. Köstlich der Wein! Sie freut sich, von ihren Eltern und Großeltern zu erzählen.

Die frühe Herbstdämmerung senkt sich herab, als wir in einem gepflegten kleinen Restaurant am See ein paar Egli-Filets verzehren. Die Farben des Abendhimmels spiegeln sich im See, am fernen anderen Ufer blinken einzelne Lichter, zwischen den Schilf-Ufern tönen die Rufe der Bläßhühner. Dunkel im Westen die Silhoutte des Berges. Leichte Dunstschleier versprechen auch für morgen wieder einen herrlichen Tag.

In ihrem Wohnzimmer knistert das Kaminfeuer. Sie schenkt mir zwei Fotokopien des Porträts, das ihre Mutter einst von mir malte – vielleicht sind ja meine Kinder daran interessiert. Aber wichtiger als das Porträt ist die Begegnung mit dieser überaus kultivierten alten Dame und die Erinnerung an einen erlebnisreichen Tag.

Wir sprechen über die Geschichte mit unseren Kindern, mit Verwandten und Bekannten. Sie raten uns, das Bild zu erwerben. Eine befreundete Künstlerin bringt es auf den Punkt: „Es kommt nicht darauf an, ob das Porträt dir ähnlich ist oder nicht; wichtig ist, wie jene Malerin dich damals sah, und ob das Bild gut ist!"

Vier Wochen später sind wir nochmals hingefahren und haben das

Porträt gekauft. Wir ließen es rahmen, und jetzt hängt es in meinem Arbeitszimmer. Eine meiner Töchter glaubt, darin einen meiner Enkel zu erkennen.

Seit langem hatte ich mir gewünscht, persönliche Eindrücke in Polen zu gewinnen – nicht als Teilnehmer einer Busreise, auf der Touristen Hotelkomfort und sentimentale Erinnerungen suchen, sondern so weit wie möglich als Einzelreisender. Unsere Tochter hat ihrem polnischen Mann zuliebe etwas Polnisch gelernt; wir besuchten einen Cousin und eine Tante von ihm. Und das ließ sich kombinieren mit unserer Teilnahme an einer Exkursion von Freiburger Historikern, Areks Kollegen; mit seinen Studenten hielt Prof. Martin ein Seminar zum Thema „Flucht und Vertreibung"; an einem Teil der Seminar-Diskussionen und der Vorträge vor Ort durften wir teilnehmen.

Durch weites, flaches Land fuhren wir nach Posen. Gemischt die Häuser in den Dörfern und Städtchen: einige solide Backsteinbauten, sicher älter als neunzig Jahre, also aus der Zeit, da dies eine deutsche Provinz war, wenn auch mit polnischer Mehrheit; andere Häuser im grauen Einheitsverputz, mit Giebeldach – einfach und ein bißchen ärmlich, aber ordentlich; an den Ortsrändern viel Beton-Kubismus, große graue Blöcke in kommunistischer Tristesse; sie bräuchten Farbe, aber dafür fehlt wohl bis jetzt noch das Geld. Es fällt positiv auf, daß keinerlei Abfall herumliegt.

Posen gilt als die preußischste Stadt Polens, dort findet die bedeutendste Messe statt, die mit Leipzig und Frankfurt konkurriert. Geschäftiges Leben auf breiten Straßen, nicht anders als in westeuropäischen Städten. Wir dürfen in der Mensa der Universität mitessen. Die Menschen sind gut gekleidet, uns scheint, dass man Wert legt auf gepflegte Umgangsformen. Den deutschen Studenten wird die Stadt erklärt: auf der einen Seite Kaufhäuser und Verwaltungsbauten aus preußischer Zeit, gruppiert um die damals am besten ausgestattete Bibliothek Deutschlands und die neu-romanische Burg, mit der Kaiser Wilhelm seine Macht und das Deutschtum im Osten demonstrieren wollte – eine Provokation für die polnische Altstadt mit Häusern aus

178

Renaissance und Barock, prachtvoll das Rathaus im niederländischen Stil. An Theaterbauten des 19. Jh. entzündete sich der Konflikt zwischen deutschem und polnischem Kulturbewußtsein: evangelisch-deutsche Arroganz der Ordnungsmacht gegen katholischen Selbstbehauptungsdrang, der sich in keine feste Form pressen lassen wollte. Preußische Beamte, die hierher versetzt wurden, betrachteten das als Strafversetzung. Kaiser Wilhelms Burg wurde im Auftrag Hitlers seinem Geschmack entsprechend umgebaut, heimlich, ohne dass die Bevölkerung es bemerkte, bis Anfang 1945; sie sollte nach dem Krieg sein Amtssitz sein, eine Demonstration unmenschlichen Machtwillens. Der Freiburger Historiker Dr. Heinrich Schwendemann erklärt mit viel Sachkenntnis eine Fülle von Details, die er in Archiven (u.a. in Posen) entdeckte. In den Straßen quirliges Leben und ratternde Straßenbahnen.

Unser Schwiegersohn Arek fährt mit uns zu seinem Cousin. Der ist Finanzdirektor einer kleinen Fabrik, seine Frau Grundschullehrerin. Überaus herzlich nehmen die Leute uns auf, servieren ein reichliches Abendessen mit polnischen Spezialitäten. Auf Deutsch, Polnisch und Französisch klappt die Verständigung leidlich. Er fürchtet, dass Polens Beitritt zur EU erhebliche wirtschaftliche Schwierigkeiten nach sich ziehen wird. Und er ist stolz auf die reiche landwirtschaftliche Produktion dieser Gegend.

Arek und die Historiker reisen per Bahn weiter nach Warschau, treffen sich dort mit Leuten der Universität. Wir fahren mit Friederike nach Thorn – welch herrliche Altstadt mit einer Fülle von Weichsel-Gotik aus Backstein, hanseatisch beeinflusst. Erinnerungen an Kopernikus, der hier geboren wurde, und an den Reichtum der Stadt im Spätmittelalter. Viele Schulklassen beleben die Straßen der Universitätsstadt.

Weiter am Unterlauf der Weichsel entlang, Kirchen und Burgen aus der Zeit des deutschen Ritterordens. Breit ist die Hauptverkehrsstraße, aber seltsam markiert: wer überholt, rechnet damit, dass andere Fahrzeuge auf die befestigten Standspuren ausweichen, es wirkt beängstigend, wenn einem auf der eigenen Spur ein großer LKW entgegenrast.

Rad- oder Fußwege gibt es grundsätzlich nicht – auf kleineren Straßen muß man immer wieder stark abbremsen, langsame kleine Pferdewagen; viele schlimme Unfälle passieren.

Laut Internet sind in Danzig Hotelzimmer sehr teuer. Friederike konnte am äußersten Stadtrand etwas Erschwingliches bestellen, vermutlich ein ehemaliges kommunistisches Jugendhotel, einfach, etwas schwierig zu finden, nah der Küste, sehr gutes und reichliches Frühstück in einem sehr gepflegten Speisesaal. Überaus herzliche Wirtschafterin.

Wir fahren am Abend nochmals in die Innenstadt – die war 1945 stark zerstört, ist jetzt sehr gut restauriert. Eine Besonderheit sind die Beischläge, erhöhte Terrassen vor den Haustüren, flankiert von steinernen Meeresungeheuern, niederländisch. Aber so schön es ausschaut – es wirkt museal, zurechtgemachte Fassaden – ist Leben dahinter, oder bummeln dort nur die vielen, meist deutschen Touristen?

Nahe der Weichselmündung gehen wir durch bewaldete Dünen zur Ostseeküste. Unter den Kiefern zahllose Vertiefungen im Sandboden – sind es Reste von Löchern, die sich eingeschlossene deutsche Soldaten 1945 hier gruben, oder alte Granattrichter? Heute wirkt dieser Wald so friedlich – und wie viele Tote gab es hier vor sechzig Jahren!

Weiter zur Marienburg. Nah bei ihr quert die Eisenbahnbrücke die Nogat, einen wichtigen Mündungsarm der Weichsel. Viele Züge rollen darauf – und in meiner Erinnerung sehe ich auch mich in einem solchen Zug westwärts über diese Brücke rollen, an einem trüben Novemberabend 1944. Damals sagte mein Vater zu mir: „Wer weiß, ob du das hier je wiedersiehst. Aber vergiss nie, da du aus Königsberg kommst, der Stadt der reinen Vernunft. Und bewahre dir die gerade, aufrechte, mitunter derbe Art; im Westen sind die Menschen manchmal anders; wir sind halt so!"

1945 wurde die Burg schwer beschädigt, inzwischen weitgehend wieder aufgebaut. Viel Geld wurde hier darauf verwendet, den Hauptsitz des Ritterordens wiederherzustellen, der im Mittelalter Polens großer

Gegner war und den es 1410 und 1466 besiegte. Höchst imposant die Anlage, Dokumentationen polnisch, deutsch und lateinisch beschriftet, teilweise auch englisch. Als wir schon zum Auto zurückgehen, spricht eine alte Frau uns auf deutsch an; aufgewachsen in Westpreußen, in den siebziger Jahren nach Deutschland ausgesiedelt, kehrte sie in ihre Heimat zurück, versucht, sich mit Führungen durch die Burg ein kleines Zubrot zu verdienen. Aber wir wollen unser Reiseprogramm einhalten und müssen sie enttäuschen.

Auf der Weiterfahrt in Richtung Allenstein führt uns der Zufall vorbei an einer Stelle, wo viele Wagen am Straßenrand parken, viele Menschen in Volksfeststimmung strömen auf einen freien Platz. Vor der Ruine des Schlosses Finckenstein, wo Napoleon im Frühjahr 1807 zwei Monate lang residierte, schmettern Clairons, Männer in französischen Uniformen spielen Teile der Schlacht von Eylau nach, schießen aus uralten Vorderlader-Gewehren, lassen sich zum Schein tot ins Gras fallen. Man amüsiert sich beim historischen Spektakel.

Bischofsburg, ein verschlafenes kleines Städtchen östlich von Allenstein, hat sich an seinem großen Marktplatz ein paar alte Häuser erhalten, darunter die alte Apotheke mit drei großen Jugendstil-Köpfen an der Fassade. Ich versuche, mich an meine ersten vier Lebensjahre zu erinnern, die ich hier verbrachte – es gelingt kaum.

In der Abenddämmerung kommen wir an in Karwicza, früher Kurwien, abseits in den endlosen Wäldern der Johannisburger Heide an einer Bucht des Niedersees. Prof. Martin besitzt hier ein Ferienhaus, nimmt einige Studenten darin auf; die meisten (und auch wir) werden einquartiert in kleinen Holzhäuschen auf dem Gelände einer großen Försterei. (Förster waren früher und sind auch heute hier die wichtigsten Personen). Am nächsten Morgen führt Herr Schwendemann durch das Dorf und erzählt: Bis 1945 lebten hier etwa 1500 Masuren, deren Vorfahren im 16. und 17. Jahrhundert aus Polen eingewandert waren und sich mit den Resten der eingesessenen Pruzzen vermischt hatten, „Wasserpolnisch" sprachen, evangelisch waren und sich als

Deutsche fühlten (in der Volksabstimmung 1920 stimmten weit mehr als 90% für Deutschland, zur Weimarer Zeit hatten Deutsch-Nationale und NSDAP Hochburgen in Masuren). Die meisten flohen 1945, und nach Kriegsende geschahen schreckliche Dinge: der Lehrer wurde bestialisch zu Tode gefoltert, die Frauen vergewaltigt, viele Leute umgebracht, Häuser zerstört. Neu angesiedelt wurden Menschen aus Ostpolen und der Ukraine. Die eigentliche Herrschaft hatten marodierende Banden, die auch in den kommunistischen Jahrzehnten kaum unter Kontrolle gebracht wurden. Heute leben dort etwa 300 bis 400 Menschen, viele arbeitslos und dem Alkohol verfallen. Aus deutscher Zeit steht noch das Backstein-Schulhaus, die Post und wenige Ziegelhäuser – an manchen Stellen weisen Fliederbüsche und Unebenheiten des Bodens auf frühere Häuser hin. An einsamer Stelle im Wald der Rest eines Friedhofs – masurische Namen mit deutscher Sprache. Nach 1945 durfte hier niemand mehr beerdigt werden, es wurden Zentralfriedhöfe für mehrere Dörfer angelegt, an Straßen, aber für alte Hinterbliebene oft schwer erreichbar. Die letzte Masurin, die Schreckliches erlebt hatte, starb im Jahr 2002; ihre Kinder waren in den 1970er Jahren in den Westen gegangen. Überaus herzlich nimmt uns die Försterin auf, kocht gute Mahlzeiten für die vierzig Studenten. Ihr Mann, wegen durch Zecken übertragener Borreliose in Frührente, zeigt uns im Wohnzimmer seine zahlreichen prächtigen Jagdtrophäen. Liebevoll hat er im großen Garten die Holzhäuschen, Pavillons und Sitzplätze um Feuerstellen gestaltet und mit originellen Holzschildern geschmückt. Im Tiefflug streichen die Störche darüber, füttern im Nest auf dem Dach ihre Jungen, klappern laut. Aber so sehr der idyllische Garten zum Verweilen einlädt – die Mückenplage am Abend ist entsetzlich!

Seminar bei Prof. Martin: Wie kam es zu den Vertreibungen und Grenzverschiebungen nach dem 2. Weltkrieg? Auf den Konferenzen von Jalta und Teheran war es vor allem England, das im Interesse des europäischen Gleichgewichts die West-Verschiebung Polens und die Schwächung Deutschlands wollte; Churchill akzeptierte es, dass Millionen Ostdeutsche vertrieben und entwurzelt wurden, Stalin ging gern darauf ein, Roosevelt stimmte widerwillig zu.

Vor dem Krieg war dieser entlegene Winkel die ärmste Gegend des Deutschen Reiches, jetzt ist er die ärmste Gegend Polens. Viele Menschen in Masuren erhoffen sich Einnahmen aus dem sanften Tourismus. Unterkünfte und Essen sind gut und billig; aber wer auf dem Fahrrad Wälder, Hügel und Seen erleben möchte, gerät leicht auf schmale, oft noch Kopfstein-gepflasterte Sträßchen ohne seitliche Radwege, wo er durch rücksichtslose Autofahrer gefährdet wird, oder sein Fahrrad versinkt auf Nebenwegen knöcheltief im Sand. Herrlich muß es sein, auf den zahllosen, großenteils miteinander verbundenen Seen zu segeln, und eine Paddeltour auf dem Flüßchen Krutinna (etwa 110 km, unterbrochen von Seen, Unterkünfte am Wasserweg) ist ein Erlebnis von Stille und Natur. Motorboote sind auf den Seen verboten! Mit der Barkasse fahren wir auf dem langgestreckten Niedersee von Rudzanny nach Mikolaijki, schauen in die Wälder, in große und kleine Buchten, auf die weite Fläche des Spirding-Sees. Auf einer Insel in ihm befand sich ein pruzzisches Heiligtum, an einer Bucht des Niedersees erinnern nachgeschnitzte Holzfiguren an die pruzzischen Götter. Die pruzzische Sprache starb kurz nach 1700 aus, aber in einer Bibel-Übersetzung ist sie erhalten.

Die evangelische Kirche in Mikolaijki wurde um 1830 von einem Schüler des Berliner Star-Architekten Schinkel erbaut, in klassizistischem Stil, Tonnengewölbe mit Holzkassetten. Prof. Martin erzählt vom Wirken der masurischen Pfarrer: sie predigten im landesüblichen „Wasserpolnisch", alles wurde ins deutsche und pruzzische übersetzt, von eigenen Kanzeln, die sich unterhalb des Altarbilds gegenüber der Gemeinde befanden. Die Pfarrer waren in der abgelegenen und wirtschaftlich unterentwickelten Region praktisch die einzigen Kulturträger und hatten ihre eigenen Gehöfte; in anderen Berufen gab es nur wenige Akademiker. Ein Pfarrer Gisevius (latinisiert von Gizytzki) schrieb um 1850 auf, was er über Sprache und Brauchtum der Masuren sammeln konnte; nach ihm wurde 1945 die Stadt Lötzen umbenannt in Gizytzko. Der Großvater dieses Pfarrers, ein „Erzpriester" (= Superintendent), hatte im Jahr 1813 den russischen Zaren auf der Brücke von Lyck als Befreier vom napoleonischen Joch begrüßt, aber das hält Prof. Martin für nicht erwähnenswert. (Und ich erwähne nicht, dass meine Ur-Ur-Ur-Großmutter eine geborene Gisevius war).

Im Bus der Historiker dürfen wir mitfahren zum Hochwald, wo Himmler sein Hauptquartier hatte; wir sehen versteckt im Wald einen mächtigen Betonklotz, seinen Bunker. Studenten referieren über die verzweigten Tätigkeiten der SS. Mittagspause in schöner Landschaft am Seeufer; aber warum nicht 2 km weiter am See bei Steinort, wo man die Ruinen des Schlosses der Grafen Lehndorff hätte anschauen können? Der letzte Graf L. wurde als Beteiligter am 20 Juli 1944 von den Nazis hingerichtet. Wir fahren ohne Halt an Steinort vorbei, weiter zu Hitlers „Wolfsschanze" bei Rastenburg. Auch wenn man Filme über den 20. Juli gesehen hat, vermitteln die kaum einen Eindruck von der Größe der ganzen Anlage und den Dimensionen der gewaltigen Bunker, deren gesprengte Beton-Ruinen noch immer als gewaltige Klötze im Wald stehen und in Jahrhunderten kaum zerfallen werden. Tausende von Offizieren und Funktionären mußten in dieser Waldeinsamkeit leben, absichtlich ferngehalten von allen städtischen Zerstreuungen, ausgeliefert der unerträglichen Mückenplage. Nur 3o Sekretärinnen waren an diesem „Männerorden" zugelassen. Hitlers wichtigster privater Umgang war seine Schäferhündin Blondie; wer am Abend zu ihm eingeladen war, mußte sich beim Tee seine stundenlangen Monologe über seine Zukunftsvisionen anhören. Vor den Ruinen der Baracke, in der damals Stauffenbergs Bombe Hitler leider nicht tötete, ein bronzenes Denkmal; eine Inschrift: „Die Verschwörer gaben ihr Leben; wäre das Attentat geglückt, wären viele Leben verschont worden." Wohl wahr!

Zurück zum eine halbe Autostunde entfernten Mauerwald, wo das Oberkommando des Heeres seinen Verwaltungssitz hatte. Hier arbeiteten etwa tausend Frauen. Man sieht etliche gesprengte Bunker-Ruinen, von einem Aussichtsturm den idyllischen See. Unvorstellbar, dass das OKH nur für die Ostfront, das OKW nur für die Westfront zuständig waren; beide konkurrierten bei Hitler um die Zuteilung von Truppen und Material. Unbegreiflich, dass der Gefreite Hitler gegenüber den erfahrenen Generälen militärisch unsinnige Maßnahmen durchsetzen konnte, die zu verheerenden Verlusten führten. Andererseits hätten militärisch richtige Entscheidungen der Generalität wahrscheinlich zu einer erheblichen Verlängerung des Krieges geführt.

Abendessen in einem Restaurant, das in einem Vorwerk des einstigen Schlosses Steinort eingerichtet ist – der Raum ist eine gemütlich ausgebaute Scheune. Wohlschmeckend die Piroggen – eine Art Maultaschen – in klarer Rotebeetensuppe, lecker die kräftigen Würste. Bei der Heimfahrt spiegeln große und kleine Seen immer wieder alle Farben des Abendhimmels, beschwören mit ihrem Licht den Zauber des „Landes der dunklen Wälder und kristallnen Seen".

Prof. Martin will seinen Studenten Goldap zeigen, eine Stadt, die 1944 heftig umkämpft war, mehrfach erobert und zurückerobert und weitestgehend zerstört wurde. Dorthin fahren wir zweieinhalb Stunden, streifen Lyck/Elk und Oletzko nur an den hässlichen Randbezirken; Martin meint, die beiden Städte seien so stark zerstört gewesen, es gäbe auch in den Zentren nichts zu sehen. Schade; wenigstens vom fahrenden Bus aus hätte ich gern einen Blick erhascht auf Orte, wo meine Vorfahren wirkten, einer als Konrektor und Leiter des theologischen Seminars in Lyck, ein anderer als Kreisarzt in Oletzko. Aber als bloß geduldeter Gast darf ich das natürlich nicht sagen.

In Goldap ist das Museum des Kulturhauses geschlossen, im Hof halten zwei Studenten Seminar-Vorträge, Diskussion um Bewegungen der Front im Herbst 1944. Eisiger Wind läßt alle frösteln. Danach entdecken wir zweihundert Meter weiter ein deutsches „Haus der Heimat", unterhalten durch frühere Bewohner Goldaps, die jetzt im Westen leben; ein Hausverwalter zeigt uns gern alle Räume, es scheinen öfters Besucher aus dem Westen zu kommen. Der als polnische Stadt wiederaufgebaute Ort sieht ordentlich aus; über das Verhältnis der wenigen Deutschen zu den Polen sagt der Hausverwalter nichts. Picknick am nahen See, durch den die Grenze zum Bezirk Kaliningrad verläuft. Welch idyllische Landschaft – und wieviel Grausamkeit hat sie gesehen! Ganz nah liegt Nemmersdorf, wo die Rote Armee im Herbst 1944 deutsche Zivilisten ermordete. Die Quellen geben verschiedene Zahlen an; möglicherweise wurde das Massaker von der deutschen Propaganda stark aufgebauscht.

An den Seesker Höhen vorbei fahren wir heim, bis auf über dreihundert Meter erheben sich die kahlen Endmoränenzüge.

Am nächsten Tag hält der Bus der Historiker kurz am Bahnhof von Karwicza. Prof. Martin und Herr Schwendemann erklären: Die vielen Bahnlinien Masurens wurden aus militärischen Gründen gebaut, eingleisige Strecken, aber mit vielen Gleisen nebeneinander an den Bahnhöfen, zum Zweck schneller Truppenbewegungen und zu deren Entladung. Solche Bahnhöfe boten freies Schußfeld, und hinter ihnen finden wir Reste von Erdlöchern, die als Unterstände dienten. Wenige hundert Meter weiter im Wald Reste des „Ostwalls": ein etwa drei Meter tiefer Graben, Erdhaufen davor und dahinter, ausgehoben von Zivilisten, Volkssturm und Gefangenen, meist Frauen, im Sommer 1944. Schwerstarbeit, der Landbevölkerung abgepreßt während der Haupterntezeit, bezahlt mit 2 Reichsmark am Tag. Solch ein Graben konnte einen Panzer lange genug aufhalten, um der hinter der nächsten Wegbiegung versteckten Panzerabwehrkanone eine gute Zielmöglichkeit zu bieten. Freilich stellten sich die russischen Panzerarmeen schnell auf die deutsche Abwehr ein und konnten sie rasch überwinden.

Wir fahren nach Allenstein. Da Prof. Martin die Fahrtzeit schlecht kalkuliert hat, ist bei unserer Ankunft die Burg mit dem Museum und den Erinnerungen an Kopernikus bereits geschlossen. Ein Student referiert, wie der Ritterorden sein Gebiet mit Burgen sicherte, straff verwaltete, einen Aufstand der Städte im Ordensland niederschlug. 1466 mußte er den König von Polen als Lehnsherrn anerkennen. Das Gebiet wurde 1525 zum evangelischen weltlichen Herzogtum, verband sich durch Heirat mit Brandenburg und konnte im 17. Jh. seine Unabhängigkeit erlangen; nur in diesem außerhalb des deutschen Reiches gelegenen Gebiet, in Königsberg, konnte sich 1701 der brandenburgische Kurfürst zum König in Preußen krönen. (Meine Frage, ob man die Organisationsform des Ordensstaats als Vorläufer des preußischen Beamtenstaats betrachten könne, wird von Prof. Martin als abwegig und zu weit führend zurückgewiesen).

Anderes Referat: Im Februar 1945 fiel Allenstein nur wenig zerstört in russische Hand. Die Rote Armee wütete fürchterlich mit Plünderungen, Vergewaltigungen, Brandschatzungen – nach wenigen Tagen waren große Teile der Innenstadt wie kahl rasiert. Die Zahl der Opfer wird nie zu ermitteln sein, da sich viele Menschen aus der Umgebung in die Stadt geflüchtet hatten. Solschenyzin, damals Major der roten Armee, war dabei anwesend und beschreibt die Vorgänge in einem langen Gedicht.

Inzwischen ist die Stadt wieder aufgebaut, die Häuser ein Stockwerk höher als vor dem Krieg, wirtschaftlicher und kultureller Mittelpunkt Masurens mit Reifen- und Zuckerwerken, Universität, heute etwa dreimal so viel Einwohner wie 1939. Sie wirkt lebendig, ein bißchen grau, aber anheimelnd mit historisierenden Häusern am Marktplatz, am prächtigen weichselgotischen Dom und am Stadttor. Ihr Schwerpunkt liegt heute wohl eher in den wenig attraktiven Außengebieten.

Moderner Straßenbau, gefördert mit EU-Geldern, soll die Infrastruktur der Umgebung Allensteins verbessern. Die Arbeiten sind im Gang, doch es bleibt noch viel zu tun. Hoffentlich bleiben die vielen herrlichen alten Alleen an den Landstraßen erhalten. Masuren hofft auf Tourismus – teils aus Warschau (obwohl viele Polen heute lieber in westeuropäische Länder fahren), teils aus Deutschland; Hotels für Wassersportler werden z.T. gemischt deutsch-polnisch geführt.

Die Historiker wollen noch bei Tannenberg die Schlachtfelder von 1410 und 1914 besuchen, dann über Frauenburg, das Frische Haff und die Nehrung nach Danzig und von dort mit der Bahn heimfahren. Da Friederike schon bald wieder am Neckar arbeiten muß, verabschieden wir uns und fahren in drei Tagen die etwa 1500 km lange Strecke nach Villingen. Unterwegs halten wir in Brodnica (früher Strasburg) in Westpreußen – ein nettes kleines Städtchen mit prächtiger Backsteingotischer Kirche und dreieckigem großen Marktplatz – nochmals im schönen Thorn, wo wir uns leider nicht genug Zeit für die Besichtigung von Innenräumen nehmen, und in Gnesen – wieder ein riesiger Marktplatz und ein prächtiger Dom mit barocken Turmhelmen, ein tausendjähriges Bistum, Kristallisationspunkt polnischen Nationalbewußtseins. Weites Land, flach oder leicht gewellt, von nordostdeutschen Landschaften verschieden durch Hausformen und geringere Intensität der landwirtschaftlichen Nutzung, und damit vielleicht auch größere Nähe zur Natur. Mir scheint, als herrsche hier ein anderer Lebensrhythmus. Aber unser Aufenthalt dort war zu kurz, allzu flüchtig und subjektiv unsere Eindrücke – und wie schnell mögen die Verhältnisse dort sich ändern, jetzt, nachdem Polen Mitglied der EU geworden ist?

In der ZEIT vom 3. Juni 2004 lese ich einen ausführlichen Artikel: Heimatvertriebene wollen Entschädigungs-Ansprüche für ihre in Polen verlorenen Immobilien geltend machen. Dann würde Polen mit Ansprüchen wegen Zerstörungen während des Krieges kontern, und die Verluste an Menschenleben lassen sich nie aufrechnen. Nein, obwohl auch ich einst meine Heimat in Ostpreußen verlor, bin ich inzwischen im Westen eingebürgert, ich betrachte es als abwegig und moralisch unmöglich, im Osten Ansprüche einklagen zu wollen. Wer mag, kann die heutige Gestalt jener Gebiete auf Besuchsreisen erleben, als Gast sich auch erinnern, wie es früher dort war. Ich hoffe, dass jeder die bestehenden Verhältnisse achtet und damit beiträgt zu guter Nachbarschaft.

Abschied

Meine Schwester rief uns an: seit drei Tagen war meine Mutter im Krankenhaus, ihr Zustand besorgniserregend.

Sie war fast sechsundneunzig, stets gesund, flink auf den Beinen, täglich zwei Spaziergänge – noch vor drei Monaten hatte sie ihren eigenen Haushalt geführt, in unmittelbarer Nähe des Hauses meiner Schwester. Noch letzte Woche war sie allein zum Altenclub gegangen, hatte beim Skat-Spiel zugeschaut, sich dann beim Friseur im Städtchen schön machen lassen, zu Fuß allein nach Hause; zwei Tage danach schwankte sie im Gehen, Harnstau, Fieber, Krankenhaus.

Vor zwei Wochen hatte man ihren Haushalt auflösen müssen, sie war ins Haus meiner Schwester gezogen. Ihr Kopf wollte nicht mehr: sie versuchte, mit dem Kassettenrecorder zu telefonieren, Tabletten als Batterien in ihr Hörgerät zu legen, schaltete statt der Mikrowelle die Backröhre auf größte Hitze. Doch sie wollte nicht eingestehen, daß sie nicht mehr fähig war, sich selbst zu versorgen.

Als meine Mutter sieben Jahre alt war, war ihr Vater im ersten Weltkrieg gefallen. Knapp damals die Rente; in der Inflation 1923 erkrankte ihre Mutter an TB. Meine Mutter machte eine Banklehre, heiratete dann. Nach nur dreizehn Ehejahren kam ihr Mann 1945 in Königsberg ums Leben; mit knapper Not konnte sie sich und ihre drei Kinder in den Westen retten. Im Heidedorf lernte sie Kühe zu melken. Auf Stoppelfeldern lasen wir Ähren, rutschten auf Knien über Äcker, sammelten Knollen hinter dem Kartoffelroder. Meine Mutter zeigte keine Gefühle. Körperliche Berührungen gab es nicht; wenn ich als großer Junge mit ihr über Probleme sprechen wollte, verweigerte sie das. Sie versuchte, in ihren Gedanken eine heile Welt zu erhalten. Und sie schaffte es, als Lehrerin wieder auf die Beine zu kommen, ließ ihre Kinder studieren, erreichte bescheidenen Wohlstand. Sie zählte sich zu den „besseren Kreisen" des Städtchens – dabei schätzte sie andere eher nach Stellung, Reichtum und Titel als nach der Fähigkeit zu eigenem Urteil. Unerträglich für sie, sich jetzt als unnütz empfinden zu müssen.

Und nun standen wir an ihrem Krankenbett. Meine Mutter war immer zierlich gewesen – aber ich erschrak, wie sie jetzt zusammengeschrumpft war! Winzig ihr Köpfchen, eingefallen die Wangen. Doch sie erkannte uns noch. Tief und leise ihre unnatürliche Baß-Stimme, zögernd und langsam: „Schön, daß ihr gekommen seid! Ihr hattet einen weiten Weg! Ich werde euch wohl nicht mehr oft rufen!" Die wenigen Worte strengten sie an. Sie blickte müde. Ihre Hand ruhte in meiner. Nach einiger Zeit schlief sie ein.

Ich dachte daran, wie viel ich ihr verdankte. Zwar war ich auch oft enttäuscht gewesen, wenn sie nur über Harmonisches und Niedliches sprechen wollte, in den Anschauungen einer längst vergangenen Zeit verharrte, jedes Gespräch über Schwieriges von sich fortschob. Und manchmal war sie hart und eigensinnig gewesen. All das bedeutete nun nichts mehr, schwach lag sie im Krankenbett.

Am nächsten Morgen erzählte ihre Bett-Nachbarin von einer unruhigen Nacht: meine Mutter hatte geschrien und getobt. Ein Medikament hatte sie ruhig gestellt. Nur mühsam kam sie zu halbem Bewußtsein, sank immer wieder in Schlaf. Ein Arzt sagte, das unverzichtbare Medikament zehre ihre Lebenskräfte auf. Ihr jetziger Zustand könne noch einige Wochen so andauern…

Ich versuchte, ihr durch meinen Händedruck zu zeigen, daß ich bei ihr war. Aber sie schien mich nicht zu bemerken. Oft hatte sie in den letzten Wochen gesagt: „Könnte ich doch sterben! Was soll ich noch auf der Welt!" Wenn wir versucht hatten, mit ihr zu sprechen, hatte sie nur immer wieder gefragt: „Was machen die Kinder?" Die Antworten erreichten sie nicht. Gelegentlich Minuten der Klarheit: „Wo werdet ihr mich begraben?" Dann wieder Stunden der Apathie. Wie elend und bedrückt fühlte ich mich, weil ich ihr so gar nicht helfen konnte! Sie hatte ein starkes Herz; wie lange würde sie noch schwanken auf dem Grat zwischen Leben und Tod?

Verbunden war ich mit ihr, und gleichzeitig auch entfremdet durch mein Leben in einer ganz anderen Welt. Ich empfand Dank und Mitleid, aber ich konnte und wollte nicht wochenlang stumm an ihrer Seite sein. Doch ich kam mir vor wie ein Verräter. Würde sie es spüren, wenn ich noch länger bei ihr blieb? Ich strich ihr über die Stirn und das Haar. Am nächsten Morgen reiste ich ab.

Drei Wochen später kam das Ende, als niemand bei ihr war.

Wer in Deutschland über Amerika spricht, denkt meist an politische Verhältnisse oder an Superlative. Weniger bekannt sind die ländlichen Verhältnisse in Neuengland.

Übergründlich die Einreisekontrollen im Jahr 2008 – Fingerabdrücke, Fotos der Augen, Schuhe ausziehen vor dem Metalldetektor. Wer mit der Bahn weiterreist, wird leicht verwirrt: hat er ein Ticket von der richtigen Eisenbahngesellschaft? Und an der Pennsylvania-Station in New York werden die Reisenden zu Gates aufgerufen wie an einem Flugplatz; erst zwei Minuten vor der Abfahrt stürmen viele Menschen zu einer Tür, drängeln hastig in den Zug, der sofort abfährt. Viele Bahnsteige sind nicht an die Einstiegshöhe der Waggons angepaßt – das Bahnpersonal rückt Metallschemel für ein- und aussteigende Reisende zurecht. Schaut man die alten Holzschwellen an, auf denen die Geleise mit wenigen starken Nägeln befestigt sind, so können Zweifel an der Sicherheit der amerikanischen Eisenbahn aufkommen.

Aber die Fahrt am Hudson entlang ist ein herrliches Landschaftserlebnis. Mehr als doppelt so breit wie der Rhein der Strom zwischen Hügeln und Laubwäldern; oft weitet er sich zu kilometerbreiten Seen, am Ufer manchmal Häfen für Motor- und Segelboote, wenige schöne Picknickplätze, gar keine Badeplätze – Metallverhüttung in Albany hatte den Strom jahrzehntelang vergiftet. Wenige große Schiffe. Ebbe und Flut reichen weit hinauf und bedingen, dass er sich nur langsam erholt. Und fast überall schneidet die Bahnlinie den Zugang zum Ufer ab. Zwischen den Wäldern auf großen gepflegten Rasenflächen verstreut einzelne Häuser. Kaum Dörfer oder Städte – in großen Abständen kleine Ortschaften mit zwei oder drei Kirchen, Tankstelle mit Geschäft, manchmal ein paar Gaststätten (die meist nicht die Lizenz zum Alkohol-Ausschank haben). Doch in weitem Umkreis sind die zentralen Orte wichtig, auch wenn sie nach europäischen Maßstäben nur langweilige Nester sind.

Inmitten der herrlichen Parklandschaft herrschaftliche Landsitze berühmter Millionäre – Vanderbilt, Roosevelt und viele andere, jeder inmitten von riesigen Anwesen. Und das Gelände von Bard College, etwa 2 x 3 Kilometer groß. Dorthin sind wir eingeladen, zur Feier des BA-Abschlusses unseres Enkels. Von den vielen Gebäuden sind manche hundertfünfzig Jahre alt, andere supermodern. Locker verteilt liegen sie zwischen großen Rasenflächen und Baumgruppen. Bemerkenswert die große moderne Musikhalle des Star-Architekten Gehry – in ihr am Freitag Abend ein Festkonzert, Klassik, aber auch Stücke sehr junger Kompositions-Studenten der Hochschule. Am Samstag Nachmittag auf einem Rasen ein fußballfeldgroßes Zelt – eingeleitet von barocker Festmusik hier die feierliche Zeremonie, bei der den Absolventen des Jahrgangs Masters- und Bachelors-Würden verliehen werden. In der Festrede eines Kongress-Abgeordneten Kritik an der Bush-Regierung, die an Schärfe nichts zu wünschen übrig lässt – gewürzt mit Humor, und doch Ermahnung an die jungen Graduierten, in ihrem beruflichen Leben gegen Unrecht und soziale Mißstände nach Kräften anzukämpfen. Lang zieht die Zeremonie sich hin, jeder einzelne Graduierte wird namentlich aufgerufen. Anschließend stehen Professoren, Studenten und deren Angehörige bei Erfrischungen und Kuchen-Häppchen in Gruppen plaudernd beisammen. Für den Abend sind auf einem anderen großen Rasen Zelte mit einem Barbecue gerichtet. Herrlich der Ausblick auf das Hudson-Tal; sobald es dunkelt, krönt ein Feuerwerk das Fest. Für die studentische Jugend und deren Angehörige noch Tanz bis nach Mitternacht.

Wir versuchen, ein wenig hinter die schöne Kulisse zu schauen. Da er ein Stipendium gewann, mußte unser Enkel nur 6000 statt wie sonst üblich 42.000 Dollar Studiengebühr im Jahr zahlen. Seinen Lebensunterhalt verdiente er mit Tätigkeiten wie Gartenpflege, Hundausführen, Bibliotheksassistenz und anderem. Er wohnte zusammen mit drei anderen Studenten (die aus Balkanländern stammten) in einem Holzhaus etwa zehn Kilometer vom College entfernt – in diesem Haus starrten

Küche und Bad von Schmutz, unebene Holzdielen knarrten, zwischen den Hochschiebe-Fenstern bröckelnde Holzspäne. Türen zu den Zimmern sind offen, zur Küche nur ein Vorhang. Handwerkliche Qualität sucht man wohl in den meisten Häusern vergebens. Entlang der Straßen durchhängende elektrische Leitungen an Masten. Morgens lag ein ungebetener Gast auf dem Sofa in der Küche. Das alte Auto unseres Enkels wäre in Deutschland wohl kaum durch den TÜV gekommen. Ein Collegeeigener Shuttle-Bus so weit hinaus verkehrt gelegentlich, man ruft ihn per Handy – das hat jeder Student. Einen öffentlichen Bus-Verkehr gibt es nicht. Auf dem eigentlichen Campus-Gelände verkehren kleine offene Wagen mit Elektro-Antrieb. Es gibt eine Mensa – aber vielen Studenten ist sie zu teuer; sie fahren lieber ein paar Kilometer weit zu einem preisgünstigen Mexikaner-Restaurant. Gut und günstig die Brötchen in einer kleinen Dorfbäckerei, ist das eine Ausnahme? Und altmodisch anheimelnd das kleine Holzhäuschen, in dem wir untergebracht werden – hilfsbereit hat der Besitzer es uns ein paar Tage vor der Vermietung an Lucas' Freundin Sarah überlassen.

Sonntagsausflug zur Villa des Malers Church – der hatte um 1880 viel Geld geerbt, malte und verkaufte Landschaftsbilder nach Art der Hudson-Kunstschule und erwarb ein riesiges Gelände nahe dem Städtchen Catskill – dort war die Landwirtschaft aufgegeben, er gestaltete einen weitläufigen Park und baute auf der Kuppe eines Hügels seine Villa, für die er viele Anregungen auf Reisen in Persien empfangen hatte. Prächtige Räume spiegeln den orientalischen Einfluß. Heute ist alles unter staatlicher Regie als kulturelles Erbe erhalten.

Die Catskill-Mountains waren früher ein beliebtes Ziel für Wochenendausflüge der New-Yorker – dieser Tourismus hat sich verlagert, das Städtchen hat sein Aussehen vom 19. Jahrhundert bewahrt und wirkt völlig verschlafen. Am Memorial-Day Ende Mai eine Parade – ein paar Lastwagen, von deren Ladeflächen Kinder Süßigkeiten zu den Menschen am Straßenrand werfen, und vier oder fünf chromglänzende schöne rote Feuerwehr-Autos.

Mit der Bahn fahren wir zurück nach New York, stellen unser Gepäck ab im winzigen Hotelzimmer – 13. Stock, aber Aussicht nur auf die nahe Wand des Nachbargebäudes. Sauber ist es und eng, die Fenster lassen sich nicht öffnen, Klimaanlage. Pro Nacht kostet es 150 Dollar, das ist preiswert.

Ein paar Subway-Stationen, und wir kommen nach kurzem Fußweg zu Ground Zero – aus der riesigen Baugrube soll bis zum nächsten Jahr der mehr als 500 Meter hohe Turm des neuen World-Trade-Centers wachsen. Noch braucht es viel Phantasie, um diese Dimensionen zu erahnen. Nahe dabei Bankgebäude der neuen Battery-Park-City – im Foyer geht man durch Lichtdurchflutete Hallen, in denen hohe Palmen wachsen. Durch die riesige Glasfront Aussicht auf die Bucht, die Freiheitsstatue, Ellis Island und die gegenüberliegenden Hochhäuser von New Jersey. Wie angenehm ist es, auf der sonnigen Uferpromenade zu bummeln! Wir fahren mit der Fähre nach Staten Island und genießen den Anblick der Skyline New Yorks. Danach ein kurzer Gang durch die tief verschatteten Straßenschluchten zwischen den Wolkenkratzern der Südspitze Manhattans – wir fühlen uns wie Ameisen zwischen überhohen senkrechten Mauern aus Ziegeln, Stahl und Glas.

Am nächsten Morgen zum Metropolitan Museum of Art – überreich die Kunstschätze aus allen Ländern und Epochen. Wir lassen vieles beiseite, wählen europäische Malerei des 16. und 17. Jahrhunderts und die Impressionisten – wie viele Meisterwerke hängen dort, von denen wir in vielen Kunstbüchern noch nicht einmal Reproduktionen gesehen haben! Pause auf dem Dach des Gebäudes, Blick in den Central Park und auf die umliegenden Hochhäuser des Millionärs-Viertels Upper East-Side. Noch einmal Kunst – dann brauchen wir Erholung im Park. Wir schlendern breite Wege entlang, beobachten Vögel und die großen grauen Eichhörnchen, erfrischen uns am Bootshaus beim Teich mit Coca-Cola – das braucht man hier. Wir bummeln weiter, über einem Torbogen lassen lustige Tierfiguren aus Bronze ein Glockenspiel erklingen, die Melodie klingt niederländisch. Durch den kleinen Zoo –

und nach zwei Straßenkreuzungen sind wir in der Fifth Avenue. Verkehrslärm, Hitze und Menschengewühl. Kurz ein Blick in das Atrium des Trump Tower – viele Rolltreppen in der riesigen, spiegelnden Halle. Vorbei an der St. Patrick's Cathedral – ein Zwerg zwischen den benachbarten Wolkenkratzern. Gegenüber das Rockefeller Center – wir wagen uns hinein in das Labyrinth von Korridoren, Quergängen, verschlossenen Türen, Schaltern, hinter denen gleichgültige Menschen sitzen. Ja, wir wollen mit dem Aufzug siebzig Stockwerke hinauf zur Aussichtsplattform „Top of the Rock". Schwindelerregend die rasende Fahrt mit dem Aufzug senkrecht hinauf. Lichtpunkte erwecken den Eindruck, man schießt hinauf in ein nachtschwarzes Universum. Und dann blickt man von der Plattform hinab auf die Hochhäuser, sieht auf deren Flachdächern die riesigen Ventilatoren sich drehen. Nur an wenigen Stellen ist der Straßenasphalt mit den Verkehrsströmen erkennbar. Ein Meer von Wolkenkratzern, aus denen das Empire State Building herausragt – und auf der anderen Seite ist der Central Park wie ein großes rechteckiges Loch in diesen grau-gelb-schwarzen Teppich geschnitten. Überwältigt stehen wir auf einer Spitze des gigantischen Ameisenhaufens – wer sich in diesen Straßenschluchten und U-Bahnröhren bewegt, wird zum bedeutungslosen Insekt. Wir gewinnen den Eindruck, als stünde unsichtbar hinter all den Glas-Fassaden geschrieben: „Du bist nichts, deine Firma ist alles!" Was ist schon der Einzelne, der durch halbdunkle Korridore, vorbei an Neonbeleuchteten Läden und Imbißständen und treppauf-treppab zu seiner U-Bahnstation hastet? muß er nicht von Angst überwältigt werden? Fast kann man verstehen, wie es Terroristen dazu drängt, diese Welt zu vernichten.

Zum Abendessen treffen wir uns wieder mit unseren Studenten in einem gepflegten Speiserestaurant der Upper Westside – ausnahmsweise kann man hier sogar Bier oder Wein zum Essen bestellen. Aber vielleicht ist dies strenge Lizenzwesen in der multikulturellen Metropole ja notwendig.

Die private Kunstsammlung des Stahlfabrikanten Frick in seiner pompösen Stadtvilla, erbaut 1913/14, umfasst hervorragende Gemälde alter Meister, Bronzen der italienischen Renaissance und Meißener Porzellan. Beeindruckend die von Gainsborough porträtierten kühlen englischen Aristokraten, Gemälde von Titian, Holbein, Vermeer, Rembrandt, van Dyk, Goyas „Schmiede" und viele andere. In einem glasüberwölbten Innenhof kann man sich auf Bänken an einem kleinen Teich erholen.

Erholsam ist auch ein erneuter Spaziergang durch den Central Park mit einer Mittagsrast am Boat House. Nach einer weiteren Stunde kommen wir auf der West Side zum Lincoln Center of the Performing Arts. Eigentlich hatten wir nur eine Führung durch das Metropolitan Opera House geplant, aber als wir dorthin kommen, beginnt gerade eine Matinée-Aufführung des Balletts „Schwanensee", stark ermäßigte Preise. Wir ergreifen die Chance und lassen uns überwältigen von dem großartigen Haus, den Bühnenbildern vom mondbeglänzten Waldsee und pompösen Festsälen, der weiten Bühne mit genug Raum für 28 Schwäne. Tschaikowskis Musik und hervorragende Tänzer aus allen Ländern der Welt berauschen. Unvergesslich dies einmalige Erlebnis im wohl großartigsten Opernhaus der Welt.

Sarah, die Freundin unseres Enkels, hat über Beziehungen ihres Vaters für einige Nächte Unterschlupf gefunden in der Wohnung einer amerikanischen Professorin in Chelsea. Dort in der Küche dürfen wir eine Mahlzeit für unsere kleine Gruppe bereiten. Vorher freilich müssen wir noch einkaufen in einem Supermarkt, der sich an einer breiten, häßlichen Avenue ins Erdgeschoß eines Hochhauses quetscht – eng beisammen stehen die Regale, die Menschen drängen sich, vielerlei Gerüche zwischen schwachem Neon-Licht, astronomische Preise. Wir sind froh, als wir das Gewühl mit unseren Einkäufen verlassen können.

Nur wenige Straßenecken weiter die Professoren-Wohnung – in einem Komplex nur dreistöckiger Gebäude, die der Fakultät gehören, gruppiert um kleine Höfe, alles wirkt sehr englisch aus der Zeit um 1900. Sechs weite und hohe Räume – alle Türen stehen offen, sogar die des Schlafzimmers. Die abwesende Professorin ist Tierliebhaberin – vor ihrem Bett Käfige für drei große Hunde, außerdem hat sie noch vier Katzen. Schwere geschnitzte Eichenstühle um passende große Tische, Bücherschränke und Regale, große Wandleuchten, altmodische Sessel und Tischchen. Alles atmet die Gediegenheit einer längst vergangenen Zeit. Im Bad die Wanne steht auf altmodischen Löwenfüßchen. Die groß dimensionierte Küche mit hohen Wandschränken ist offensichtlich für Dienstpersonal konzipiert. In jedem der Häuser steile Treppen mit hohen Stufen.

Man empfahl uns das Whitney Museum moderner amerikanischer Kunst. Auch hier am Eingang wieder scharfe Sicherheitskontrollen. Calder und Hoppe sind uns verständlich, manch anderes aus dem 20. Jahrhundert auch – aber das Gegenwartsschaffen scheint für meinen Geschmack nur die Ratlosigkeit angesichts von allem schon Dagewesenen zu bezeugen. Was soll ein Holzgerüst, wie es beim Bau durchschnittlicher Häuser üblich ist, in einer Kunstausstellung? Gesellschaftskritik? Mit Worten könnte die wirksamer sein. Und was bedeutet Video-Kunst, wenn es da nur um Lebensansichten von ziemlich beliebigen Leuten unterschiedlicher Hautfarbe geht?

Zurück zum Hotel. Der Shuttle-Bus bringt uns zum Flugplatz, rast holpernd über die Ausfallstraßen mit ihren gewaltigen Schlaglöchern und über die Autobahnen. Wir kommen zeitig an, und das ist gut so – wir brauchen anderthalb Stunden, bis wir die umständlichen Sicherheitskontrollen passiert haben. Aber nach einiger Wartezeit dürfen wir an Bord unseres Flugzeugs, wir quetschen uns in die engen Sitze, verbringen eine unbequeme Nacht – und am Morgen landen wir wieder in Frankfurt.

Soll ich meine Eindrücke zusammenfassen, so muß ich sagen: ein Land der Maßlosigkeit, von allem zu viel, von landschaftlicher Schönheit und weiten Sümpfen, zwischen denen Öltanks, ziegelbraune Industriebauten und Autobahnen das Land überziehen wie ein schrecklicher Ausschlag; glanzvoller Meisterarchitektur und handwerklichem

Pfusch, von Reichtum und Armut, von Großzügigkeit und Kleinlichkeit, von Pracht und erbärmlichen Mängeln. Wunderbare Hilfsbereitschaft – und doch fühlten wir uns verloren in der Menge, aber das ist in jeder Großstadt so. Viele Menschen schleppen mühsam ihre unförmigen Fettmassen durch die Straßen. Spitzenleute in Wissenschaft und Kultur – und andererseits viele Menschen, die so gut wie nichts wissen über andere Länder und daher sich selbst für die besten halten. Der Einzelne gilt nichts, soll sein wie alle anderen – sie merken kaum, wie sehr ihr Mangel an Achtung für viele komplizierte Besonderheiten die Welt vor den Kopf stößt. Selbstverständlich gibt es viele Menschen, die liebenswert sind und ein bisschen naiv. Aber als Europäer fühlen wir uns doch befremdet von dieser Stadt und ihrer Umgebung, die vieles arg vereinfacht und uns trotz ihrer Technik oft primitiv erscheint.

Calanque

Wer an die Côte d'Azur gereist ist, kennt vielleicht die Calanques – zwischen Kalkfelsen gelegene Meeresbuchten südöstlich von Marseille, landschaftlich bezaubernd, etwas abseits vom Touristenstrom. So sehr hatte man uns dieses Paradies gerühmt, dass wir es unbedingt kennenlernen wollten. Wir suchten uns ein Zimmer in dem kleinen Ort Cassis, bummelten am Hafen entlang, genossen die Atmosphäre des Südens und studierten die Informationen für Touristen – ja, man konnte mit einem Ausflugsboot zu den Calanques fahren, dort an Land gehen und in etwa zwei Stunden zu Fuß zurückwandern nach Cassis, eine Strecke von mäßiger Schwierigkeit. Wir waren beide nicht mehr die Jüngsten, aber ganz ungeübte Wanderer waren wir nicht, wir glaubten, wir könnten uns das zutrauen.

Bei strahlendem Sonnenschein verließ das Schiffchen den Hafen, tuckerte an der hohen Steilküste entlang. Wir bewunderten einzelne vorgelagerte Felsnadeln. Dann steuerte es in eine Bucht, die sich rasch verengte, ein im Meer ertrunkenes einstiges Tal. Seltsam – nirgends eine Anlegestelle, kaum Menschen! Im klaren tiefen Wasser schauten wir hinab bis auf den Grund. Hohe bewaldete Felswände umrahmten die Bucht, fielen fast senkrecht ab, spiegelten sich auf der glatten Fläche des Meers. An einer Stelle ragte ein stubengroßer Steinblock etwa zwei Meter hoch aus dem Wasser – den steuerten wir an, und die Schiffsleute sagten: „Ja, hier beginnt der Wanderweg nach Cassis!"

Wir schauten ein bißchen bedenklich, aber wir sprangen an Land, mit uns auch ein paar andere Wanderer. Kaum standen wir auf dem Stein, legte das Schiff wieder ab. Die anderen Wanderer verschwanden schnell auf dem bergaufwärts kletternden Felsenpfad.

Allein in der Wildnis. Von unserem Stein sprangen wir hinüber auf einen anderen am Fuße der Steilwand. Ein bißchen brauner Boden zwischen dünnen Kiefernstämmen. Von Kalkbank zu Kalkbank wie auf einer unregelmäßigen Treppe bergauf. Ein kleiner Absatz, Oleander und Ginsterbüsche, Dorneichen, Kiefern, schattiger Wald. Ist das wirklich unser Wanderweg? Doch, dort am hellgrauen Fels ein buntes Zeichen! Mühsam keuchen wir aufwärts. Immerhin, auf einer schmalen Felsleiste können wir ein wenig verschnaufen, wir schauen in die Runde. Still liegt die Bucht in der mittelmeerischen Sonne. Es wird heiß. Drüben, auf der anderen Seite, erkennen wir ein paar Kletterer, an Seilen hängen sie vor den senkrechten Wänden.

Ob wir es wollen oder nicht, wir müssen weiter bergauf. Karger Waldboden bis zu den nächsten Gesteinsbänken, zwischen denen Unterholz dem Stein Leben abtrotzt, dann Naturstufen, jede mehr als kniehoch. Absatz. Weiter Anstieg.

Und dann eine Felsbank, die mehr als mannshoch ist. Wie kommen wir da rauf? Von oben her kommen uns andere Wanderer entgegen, mit Kindern, die sie über die Felsbank herablassen. Skeptisch beobachten sie uns aus einiger Entfernung – werden die Alten es schaffen, da rauf? Ein paar Einkerbungen, und von oben hängt die dicke Wurzel einer Kiefer herab. Mit über dem Knie verschränkten Händen bilde ich für meine Frau eine Leiter, an den Stein und auf meine Schulter gestützt erklettert sie mühsam die obere Kante. Mir dient die Wurzel als Seil, mit am Stein schrammenden Knien ziehe ich mich hinauf. Geschafft! Sogar unseren Rucksack mit einem kleinen Imbiss haben wir rauf gebracht, Rast im Schatten.

Es geht weiter aufwärts, manchmal steiler, manchmal ein bißchen sanfter, weitere hohe Felsbänke, keuchend überwinden wir sie. Nach zwei, drei Stunden erreichen wir die Hochfläche. Verkarsteter Kalk, tiefe Rinnen zwischen zerklüftetem Stein. Wegmarkierungen, wir kommen leidlich voran, aber es ist immer noch anstrengend. Kein Schatten hier oben, die Sonne brennt.

Endlich mündet der Pfad auf eine Fahrspur. Erschöpft gönnen wir uns eine kleine Rast. Man könnte rasch zugehen, aber wir schlendern nur langsam. Bald gelangen wir an den Ortsrand von Cassis – uns scheint es, als zögen die Vorstadtstraßen sich eine Ewigkeit weit hin. Laut Auskunft hätte die Wanderung nur zwei Stunden dauern sollen – wir brauchten mehr als einen halben Tag.

Alte Sachen

Jüngst flatterte in meine Hand
ein halb vergess'ner kleiner Band
mit Sachen, die ich einstmals machte
als mir noch Jugendsonne lachte.
Ich las und dachte: Ei, nicht schlecht,
was ich da schrieb, das war doch recht!
Doch dann auch wieder: Himmel, nein!
wie konnt' ich nur so töricht sein!
Muß ich mich dieser Torheit schämen
und mich um meine Schande grämen?
Zeigt sich, wie schwach ich damals war?
Hat mich verändert manches Jahr
seit ich verfasste diese Zeilen
auf denen jetzt mein Blick muß weilen?
Darf ich vielleicht für manches Irren
bedingt durch schlimmer Zeiten Wirren
auf gütiges Verzeihen hoffen?
Ist für Verstehn ein Sinn noch offen?
Was ich in guter Absicht tat -
vielleicht war's schwach, vielleicht war's fad;
ein Zeugnis is's von ehrlich Mühn -
bald wird zu Asche es verglühn.

Foto: Michael Rieble, 1989 mein Schüler, nach Abitur 1991
Fotographenlehre, preisgekrönte Prüfungsarbeit.

Ausblick

Mein Haus ist bezahlt, meine Kinder versorgt in guten Berufen. Unsere älteste Tochter kehrte heim aus Kaifornien (Eine schwierige Zeit). Seit etwa 20 Jahren lebt sie glücklich verbunden mit einem Psychologen, den wir sehr lieben. Ihre Tochter wurde Jugendtherapeutin, ihr einer Sohn Analyst bei einer Bank in Washington, ihr Jüngster ist Altenpfleger in Freiburg.

Unsere zweite Tochter ist in Bad Nauheim verheiratet mit einem Diplomingenieur; in der glücklichen Ehe entstanden vier gut geratene Kinder; die zwei Ältesten sind dabei, ihr Studium erfolgreich zu beenden, wir telefonieren regelmäßig und besuchen einander so oft wie möglich.

Unser Sohn konnte sich als Kinderarzt in Chemnitz niederlassen, hat eine eigene Praxis und eine Villa mit Garten. In seiner glücklichen Ehe entstanden zwei Kinder.

Unsere jüngste Tochter, Kinderkrankenschwester in Villingen, heiratete einen Schriftsetzer. Der half mir bei der Druckvorbereitung dieser Biographie und einiger Büchlein. Ich kaufte für das junge Paar eine Eigentumswohnung. Ihr Ältester ist Informatiker, die beiden jüngeren Kinder im Studium.

Mit guter Gesundheit konnten meine Frau und ich vielerlei Reisen unternehmen, meist mit dem eigenen Auto. Wir suchen uns gerne Übernachtungsmöglichkeiten vor Ort, schaffen uns Kontakte zu Einheimischen, freuen uns an Kunst und Kultur. Nichts fehlt uns solange wir gesund bleiben, ist unser Leben schön.

Villingen, März 2021

Es trocknete in einer Ecke
ein Holzstück, doch zu welchem Zwecke
das war zunächst noch unbekannt -
es lehnte einfach an der Wand.
Holzwürmer bohrten sich hinein
und Risse klafften groß und klein.
Da dreht' ein Mann es in den Händen,
tat' s hierhin und auch dahin wenden,
und plötzlich fiel ihm dabei ein:
ein Loch da drin könnt schön doch sein.
Er tat es schräg von vorn durchbohren -
so ward die Holzunschuld verloren.
Es offenbart sich Holzstruktur;
betont man die, gewinnt's Figur,
ne Höhlung hier und dort ein Bauch,
die Linie stimmt – Form wird es auch.
Geschliffen und gelackt, zeigt's Glanz -
nun noch signieren – fertig ganz.
Er trägt es zu 'ner Kunstbeschau
und nennt auch einen Preis genau.
Mit ihm viel andre, Bildner, Maler,
und unbekannte Steuerzahler,
die sich als Künstler mal versuchen
und ihre Anonymität verfluchen.
Gestrenge Richter werden wählen:
Welch Kunstwerke sollen hier zählen?
Gibt es verläßliche Kriterien?
Wer offenbart die Kunst-Mysterien?
Die Richter kommen nicht zum Schlusse
was wichtig ist zum Kunstgenusse;

sie schließen hundert Werke ein -
bis Montag wird man klüger sein.
Bis dahin hat in stiller Nacht
ein Dieb schon seine Wahl gemacht.
Ein Dutzend Bilder und Skulpturen
verschwinden völlig ohne Spuren.
Das Holzstück auch, denn dieses rührte
den Sinn des Diebs, so dass er spürte:
an diesem Ding ist etwas dran
was einen Menschen fesseln kann.
Zwar fahndete die Polizei,
doch fand sie nichts, es blieb dabei.
An der Versich'rung war's zu zahlen
und die Bestohlnen durften strahlen,
denn außerm finanziellen Werte
geschah es noch, dass man sie ehrte.
Des Diebes Auge spähte aus:
Solch Werk schmückt eines Menschen Haus!
Ist auch der Schöpfer unbekannt,
wichtig ist seine sich're Hand
die schön ein gutes Stück gestaltet,
gleichgültig, ob der Stil veraltet. -
Vermutlich sind durch Hehlerbanden
die Werke längst in fernen Landen
wo sie genießen hohe Gunst -
man kennt sie nicht und nennt sie Kunst.
Denn in der Ferne wird geehrt
wem in der Heimat Gnad verwehrt.
Viel später sagt man dann vielleicht:
Jetzt hat dies Stück doch Ruhm erreicht!

Anhang

Viele Figuren, meist ein- bis zwei Fuß hoch, entstanden unter meinen Händen (vgl. Kapitel „Figura"), auch originelle Schalen und Lampen. Einige davon wurden bei besonderen Anlässen Geschenke an ausgewählte Freunde und Verwandte.

Oft war es die stumme Zwiesprache mit einem Stück Holz, z.B. einer Astgabel, die eine Idee entstehen ließ. Manchmal fertigte ich vorher eine kleine Zeichenskizze oder ein Tonmodell. Stets versuche ich, Farbe und Maserung möglichst wirkungsvoll zur Geltung zu bringen – Olive, Kirschbaum, Nußbaum, Zwetschge; alle Figuren sind aus einem einzigen Stück gearbeitet.

Die folgenden Seiten zeigen eine kleine Auswahl von vielen Arbeiten, die seit etwa 1973 entstanden und weiter entstehen. Eine Ausstellung in der Villinger Volksbank 1992 war ein Erfolg.

209

211

213

214

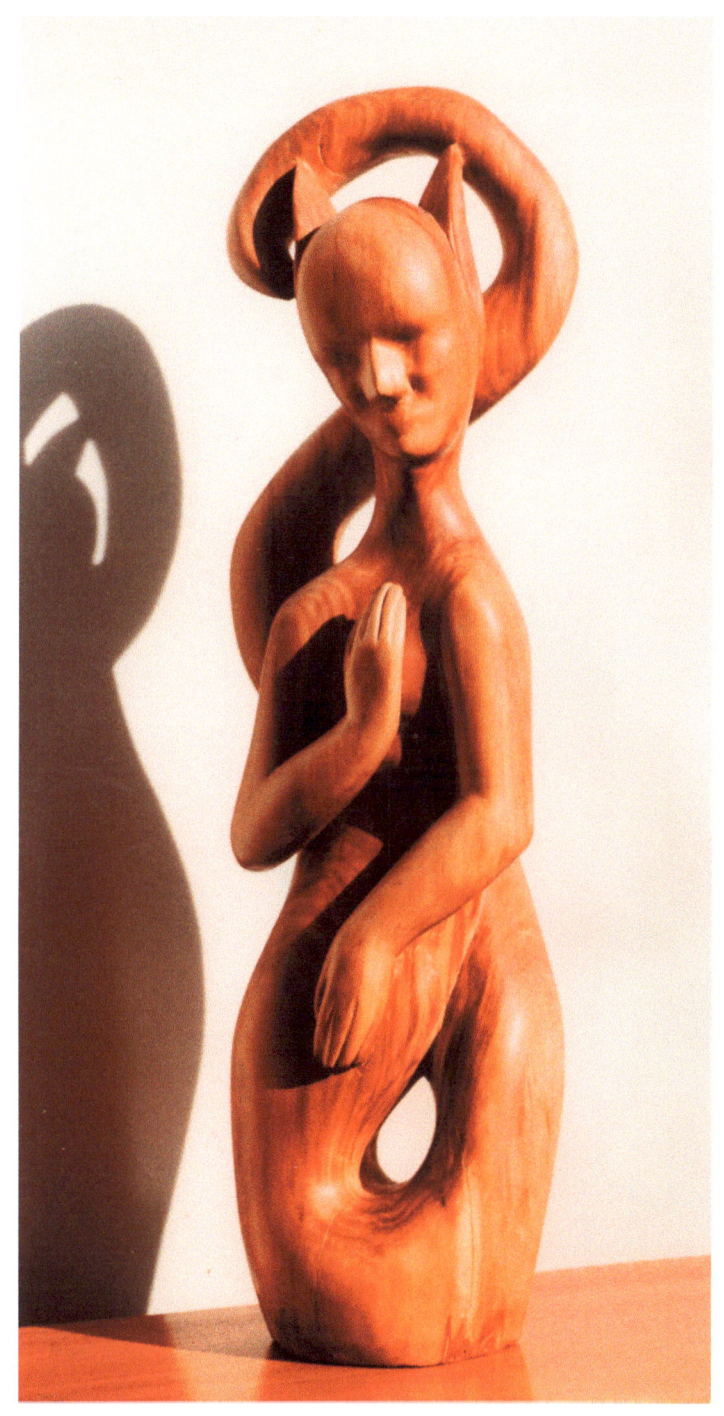

216

218

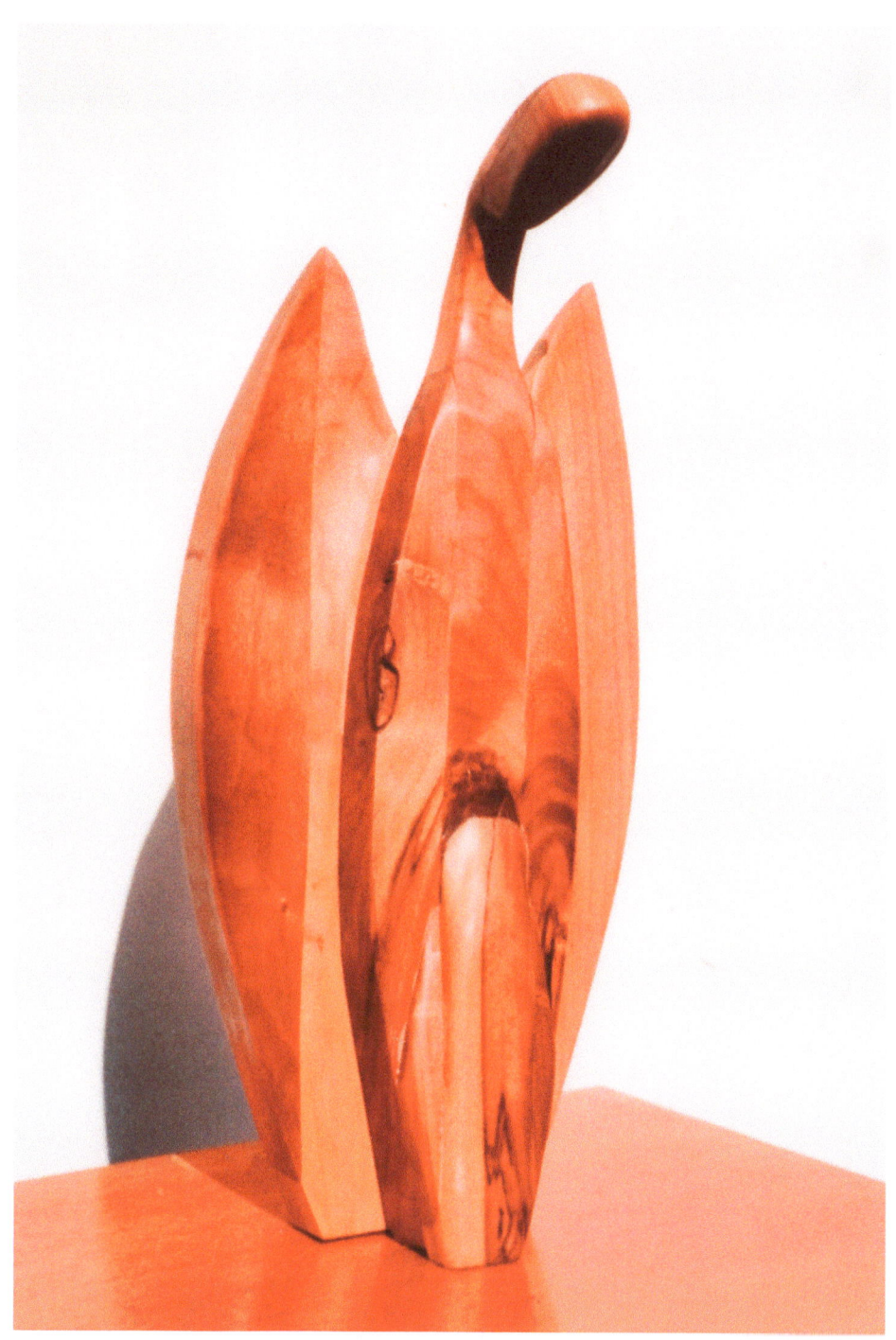

220

Buchdesign, Typographie: MacSchreiber, Satz: Hanno Schreiber,
Herstellung und Verlag: BoD - Books on Demand, Norderstedt,
ISBN 9-783-752-666595